香怡天下 1

文創風 469

末節花開 著

目錄

自序

末節花開

秋風如水，送來一絲清涼，秋葉如夢，編織一段美好。

《香怡天下》是一本關於親情、愛情與友情的故事，故事或許有些俗套，內容卻是可以讓你受到吸引。

在寫這本書之前，某花也曾在腦海中不斷構思一個又一個畫面，串聯、排列……這是一個奇妙的過程，喜歡古代言小的讀者可以發現，古代言小裡的愛情是純淨美好的，男主與女主的愛情是可以亙古不變的。

某花不喜歡悲慘的結局，不喜歡夫妻間的磕磕絆絆，所以在我的書裡，男、女主角的愛情總是美好的，愛情就像花與蝶，相互喜歡，相互吸引，相互纏綿。

一句話總結：這是一本愛與被愛的故事！會讓你感受故事之中他和她的愛情，他和他的友情，她和他們的親情……

你還在等什麼呢？

第一章

曉風閒月，染紅了半卷朱紗，流風日暖，照亮了一方花田。

「秋叢繞舍似陶家，遍繞籬邊日漸斜。不是花中偏愛菊，此花開盡更無花。」

清脆悅耳的聲音在花田間迴盪，隨著風飄向遠方，一個十五歲的女孩坐在花田間，手裡捧著一本泛黃且破舊的書，正津津有味地讀著。

女孩的臉被書遮擋著，看不到其容貌，可是那一身灰色的襖子卻是將其瘦小的身體更加明顯襯托出來。

在這百畝花田的中央，放眼看去，五彩斑斕中倒十分扎眼。

「娟子，妳娘喊妳回家。」

一道破鑼般的嗓子在身後響起，女孩這才回過身來，向那聲音尋去，頓時，一張清麗可人的臉出現在視線之內，那一雙大眼睛裡滿是靈動。

「哦，這就來！」娟子急忙站起身子，拍了拍褲子上的土，才往回走去。

很快，娟子來到一間草屋前，草屋前有著一輛華麗的馬車，在她看來，那是只有村裡考中舉人的書生才會坐上的馬車，便多看了兩眼，然後怯生生地瞄了一眼那坐在馬車上閉目養神的車伕，快步進了屋子。

一走進屋子，娟子被屋子裡出現的陌生男子嚇到了。那人身形魁梧，身高六尺，古銅色的膚色給人一種可以信賴的感覺；可抬頭往上看去，娟子是心裡一驚，那人臉上竟有一道刀疤，那道疤從左耳一直延伸到嘴角，看在眼裡讓人不禁隱隱作痛。

整個人看上去，給人一種血腥的感覺，就好像村口屠夫，每次看到他宰殺牲畜的時候，一臉凶惡，手裡拿著一把殺豬刀，鮮血噴在臉上，可是嚇人呢！

心裡想法很多，可是娟子卻被一道聲音叫醒。

「娟子，過來。」

回過神來，娟子目光望去，說話者是一個中年婦女，這中年婦女身材有些微微發福，一身黑色襖子，雙手有些粗糙，腳穿一雙棉鞋，棉鞋前端有些裂開。

雖是如此，這中年婦女卻長著一張美麗的臉，臉白如雪，雙眼很大，即使經歷了歲月滄桑，卻依舊有神，這是一個美人。按照村子裡王婆說的，這是大戶人家走出來的女人。

「娘！」娟子清清脆脆喊了一聲，繞過那大漢，走到了婦女身前，翹首而立，雖低眉順眼，卻還是忍不住瞧著那大漢。

「娟子，花田的雜草都除了嗎？」婦女滿目柔情地看著娟子，伸手將她額前的青絲挽到耳後，聲音輕緩。

「嗯，都除掉了，我還背下了一首詩呢！」娟子輕笑點頭，聲音輕快得意。

「娟子真乖。」婦人微笑點頭，將娟子拉到身前，看著那人堅定道：「龍哥，這是我女兒娟子，你可以帶走，但請你記住，這不是我的意願，請你記住，莫要欺我母女！」婦人聲音有些顫抖，目中卻帶著一抹堅定。

娟子一怔，雙眼茫然地看著自己娘親，似乎不知道她在說什麼。

帶走？帶自己走？

「娘，您不要娟子了嗎？」娟子雙眼含淚，小手緊緊抓著婦人的襖子，咬著下唇，卻堅強地不讓眼淚落下。

「娟子。」婦人看著娟子，伸出粗糙的手將娟子抱在懷中，在她的背上撫了撫，然後唇附在她耳前，輕聲道：「娟子，娘無能，對不起妳，但娘不會害妳。去吧！去到外面，妳會有更好的生活，這裡……不適合妳！」

娟子身子輕輕一顫，哭聲剎那止住。娘不會害自己，她從未懷疑，這一刻，她的腦海中浮現娘曾對她說過的那些話——有關那個家的事。

擦了擦眼淚，娟子從婦女的懷中離開，露出如花般燦爛的笑容及潔白的牙齒。

「娘，娟子聽您的，您在家等著娟子，總有一天娟子會讓您風風光光地走出去。」話音落下，娟子轉過身去，仰頭看向那刀疤男，淡淡道：「咱們走吧！」

帝都韓家，是有名的香粉世家，可謂是家大業大，單是韓家在帝都的商鋪和工廠就足有十幾家，在全國其他地方也有韓家香粉鋪。

此次娟子要去的地方，便是那帝都韓家。

馬車駛進城裡，進了城，娟子忍不住好奇地撩開窗簾，向外看去，頓時，外面繁華的景象完全吸引住她的視線。

那街道兩邊的商鋪店鋪，小攤小販，吃喝穿用，琳琅滿目，更讓娟子看得雙眼發直，像是五顏六色的帕子、面具，以及一串串紅豔豔、令人嘴裡生津的糖葫蘆……

娟子不由地縮了回來，不再去看。

這一幕倒是吸引曾龍的注意，在他想來，對一個從未出過村子的小丫頭來說，這帝都的一切可算是十分吸引人，沒想到她可以忍住不繼續看。

「曾爺，到了。」身子微微前傾，馬車停住了，外面傳來老周的聲音。

「小姐，咱們下車吧！」

娟子雙手暗暗握緊，鬆開，看向曾龍，曾龍卻已撩起簾子，下了馬車。她被曾龍攙扶著，下了馬車，抬起頭，入眼是兩個工整的大字——「韓府」。

其實在娟子想來，自己未來的日子就是嫁給村裡地瓜大叔的兒子，過著相夫教子、種花賣花的日子，在來到這裡前，她一直都是這麼想的；可來到這裡後，她明白自己的生活似乎要發生改變了。

隨著曾龍跨入韓家大門，入眼是一條筆直、青石板鋪成的路，兩側是綠油油的草地，隨著清風整齊地擺動；左側還有一個花架，花架上爬滿一朵朵花，小而精，奪走娟子的目光。

上了臺階，走進長廊。被爬山虎爬滿的長廊，陽光自縫隙照了進來，落在娟子的身上，讓她嘴角都翹了起來。這是春的氣息，是生命、甘甜的味道。

下了長廊，走在青石板路上，她隨著曾龍進入一間很大的屋子，屋內靜悄悄的。娟子從進屋後始終低著頭，沒有顯露出對四周的好奇。

「大哥，小姐帶回來了。」曾龍聲音洪亮如鐘，在這空曠的屋子裡顯得異常清明。

「知道了，你到一旁坐下喝杯茶。」一道低緩微粗的聲音自前方傳來，娟子袖中的小手不由得扣緊，眼中閃過驚慌，隨即鎮定。

待得曾龍走到一旁坐下，下人快速上茶，那道聲音才再次傳出。

「抬起頭來。」聲音帶著威嚴，帶著不可抗拒的力量。

娟子暗暗吐氣，緩緩抬頭，向前看去，那是一個不怒自威的中年男子，國字臉，劍眉星眼，挺鼻厚唇，古銅色的皮膚，似有非凡之氣流動。這是娟子長這麼大，頭一次見到給她這種不可抗拒之感的男人，而此人就是她娘的男人。

「從今以後妳就住在這裡，之前叫什麼也都不重要了，從今日起，妳叫韓香怡。」話音落下，男子轉頭看向左手邊下方的那個美婦人，淡淡說道：「妳安排她住處，我去書房了。」話音落下，便不再看一眼，起身向外走去。

他路過韓香怡身邊時，她身子微不可察地顫抖了一下，那是一種本能的驚慌。

「跟我來吧！」慵懶不耐的聲音從那中年美婦的口中傳出，人已是來到韓香怡身前，韓香怡急忙閃開身子，那美婦抬腳走了出去。

跟在那美婦身後，韓香怡的目光掃過那仍在喝茶的曾龍，出了屋子。

跟著那美婦左彎右拐，來到一處小院前停了下來。韓香怡在距離那美婦一丈外停下來，乖乖低頭站好，眼睛看著鞋尖，不吭聲。

腳步聲臨近，一隻手扣住她的下巴，抬起她的臉，讓她對上美婦嘲諷的目光。

只聽美婦嘲笑道：「嘖嘖，是個美人胚子，沒想到那個騷蹄子倒是會生養。」說完便鬆開手離開了。

韓香怡雙手攥緊，沒有吭聲，回頭看了一眼那美婦，眼中一抹憤怒閃過，隨即朝著那小院走去。

這裡很偏僻，院子不算大，但和自己那個家比起來要大上很多，屋子是磚瓦房，而且院子裡還種著一些應季的花。

韓香怡沒有進屋，而是來到一塊六尺見方的花田前，蹲下身子，看著那迎風擺動的花，她眼中閃爍著一抹羨慕之意，手指尖輕輕劃過花瓣。

「你們多好，可以沒有煩惱地活著。」韓香怡輕聲呢喃，正要繼續，卻聽到身後有聲音傳來，急忙站起身子，向後看去。

只見兩個相貌不俗的女子出現在小院中，一個美麗，一個可愛，眉宇間也有幾分相似。

「妳就是那個小雜種？」這話是從那長得可愛的女孩口中說出，臉上滿是不屑和嘲諷，似乎對於娟子的到來很是不喜。

韓香怡臉色一變，但很快收起，背後的雙手攥緊，看著那女孩時，臉上一抹笑容也漸漸收起。

「妳說什麼？」

「什麼？雜種，怎麼，妳不愛聽？」那可愛女孩瞪著眼睛低喝。

韓香怡雙眼微冷，淡淡道：「妳們是誰？來我這裡有何事？」

「妳叫什麼名字？」問話的是一旁年紀稍大一些的女子，臉上沒有譏諷，卻也沒有關切，只有冷漠，似乎在她看來，韓香怡還不配引起她的注意。

「娟……韓香怡！」一個娟字剛要脫口，卻想起那人說的，便改口了。

「韓香怡，知道妳為何會出現在這裡嗎？」女子繼續淡淡說道。

韓香怡搖了搖頭，表示不知。

「因為有個傻子要娶媳婦，爹就想到了妳，不過對方家境不錯，倒是便宜了妳。」

那女子繼續說著，目光平靜地看著韓香怡，又道：「不要覺得不忿，對方雖然是個傻子，可好歹也是綢緞商的兒子，妳嫁過去吃喝不愁，到時沒準兒妳娘還會藉著妳的光享享清福。」

話到此，女子目光閃動間，再次緩緩開口。「我叫韓柳靜，她叫韓如玲，雖然妳身分卑微，是丫鬟生的，但好歹也是爹的女兒，我便允許妳叫我一聲姊姊，她是妳妹妹……」

「姊，我不要一個雜種叫我妹妹，我會噁心的。」一旁的韓如玲摟著韓柳靜的手臂撒嬌道，看也不看臉色漸漸難看的韓香怡。

韓柳靜親暱地揉了揉韓如玲的腦袋，笑道：「不喜歡就算了，韓香怡，那妳以後就不要叫了。」聲音很隨意，似乎一句話就可以決定韓香怡的生死一般。

韓香怡面無表情地看著兩人，突然，她笑了，那笑容有些輕蔑。

「妳笑什麼？」韓柳靜雙眼微眯，那笑容讓她不舒服。

「沒什麼，只是覺得妳們幼稚而已。」韓香怡搖了搖頭，轉身不再理會她們。

「妳說什麼？」韓柳靜臉上閃過一抹怒色，聲音漸高。

韓香怡轉身看著她們，淡淡道：「若妳們想來我這裡擺姿態，我可以讓妳們擺，可我只覺得妳們這樣做很幼稚，來我這裡說些莫名其妙的話能怎樣？是想羞辱我？讓我害怕？絕望？那可能要讓妳們失望了。」

「妳……嘴尖舌巧！」韓柳靜怒氣上湧，可卻沒有發出，而是露出冷笑，道：「現在妳儘管得意便是，到時有妳害怕的。如玲，咱們走！」說完，不再看她，轉身離開。

「哼！」韓如玲惡狠狠地瞪了韓香怡一眼，也跟著離開了。

她很清楚，這兩人在給自己這個外來人擺姿態，告訴她，在這個家，自己什麼也不是，即便嫁了，也不會好過。

韓香怡扯了扯嘴角，沒有說什麼，只是將這些牢牢記在心裡，轉身朝著房子走去。

嫁人？傻子？那又怎樣？

一轉眼，韓香怡來到韓家已經一個月，這一個月的時間，雖說她不經常出門，可也知曉韓家的人事。韓家最大的自然是韓家的老祖宗，不過不在韓家，聽說是在徑山寺禮佛，而韓家如今的家主，則是韓景福。

韓景福有一妻一妾，妻子王氏育有兩子一女，分別是長子韓朝鋒，二女韓柳靜，小兒子韓朝陽，而妾趙氏也育有一女，名為韓如玲。

韓香怡見過趙氏以及韓柳靜、韓如玲，至於韓家兩兄弟，因都已到上學的年紀，現今在學堂學習，再加上上的是有錢人的學堂，連帶著可以住宿，因此這兩兄弟每年也只回來兩趟而已。

此時天色已是大亮，早早便起床的韓香怡無事可做。這一個月來，她基本是足不出戶，整日待在自己的院子裡，每日照看這一小片花田，將一些成熟的花朵小心地摘下，再將摘下的花朵放在太陽下風乾。

如今正值春季，恰好是將花朵風乾的最好時節，吃過下人送來的早飯後，韓香怡走出屋子，看著已經懸掛在頭頂的驕陽，邁步來到一塊一人可環抱的青石前。

此時，這青石上已有幾朵風乾的花，她一一取下放在一個小籃子中，再向著屋中走去。

這段時間，她從韓家下人那裡要來不少的東西，都是她所需之物。

關上門，將窗子支起，坐在桌前，迎著溫暖的陽光，吹著和煦的春風，韓香怡開始這段時間一直在做的事情。先是取來搗碎花瓣的圓頭杵和碎花皿，然後將梔子花風乾後的花瓣一一取下放入碎花皿中，五朵梔子花，每朵六瓣，梔子花色澤白皙瑩潤，曬乾後則呈現出一種紅褐色。

將其瓣放入，用圓頭杵搗碎成粉，再拿來細密的紗網，將一些粗的殘渣過濾，剩下的是紅褐色的花粉，而這些花粉還不是最終的香粉。

不過做完這些，韓香怡沒有急著去製作花粉，而是將剩下的花也都搗碎、過濾，此時擺在韓香怡面前的，是三種花的花粉，分別是梔子花、月季、迎春花。

將這三種花粉分別倒在一個容器內，然後加入提前泡好一天的草木水——這並非一般的草木水，而是分別取自三種花的莖葉泡製，其中還加入少許的蜂蜜。

待得草木水與三種花粉充分融合後，韓香怡又取來一塊紗布，再次過濾。過濾兩遍後，將比之前少了一半的剩餘紅色汁液放在桌上，再取來一個提前烤熱的鐵板，把紅色汁液倒於其上。頓時，一股濃郁的花香在屋子裡飄散開來。

韓香怡面色平靜地將鐵板放在窗子前，任風將其吹乾，做完這些，她伸了伸手臂，然後坐在床上，發起了呆。

就這樣，一轉眼天色漸漸被紅色覆蓋，而那窗子下鐵板上的紅色汁液已然消失不見，取而代之的，是一顆顆米粒大小、晶瑩剔透的紅色晶體，這些晶體足有三十幾粒。

此時，韓香怡來到窗前，將那三十幾粒紅色晶體取下，倒入碎花皿中，拿著圓頭杵開始將其搗碎。

一盞茶的時間後，原本還是米粒大小的紅色晶體已然變成一小灘紅白色的粉末，這便是香粉最終的模樣了。

看著做出來的花粉，韓香怡露出淺淺的笑容。自來到韓家後，只有在做出這些香粉時這笑容才會浮現，那是真摯且發自內心的微笑。

正當她準備將香粉裝起時，外面傳來一道冷淡的聲音。「小姐，老爺請您過去。」雖然用詞尊敬，語氣卻十分冷淡與不屑。

韓香怡心裡暗嘆，終於來了！

她面無表情地開口道：「等等。」

她明白，韓家人自上到下，都沒將自己放在眼裡，她也不在意，反正她清楚，自己在韓家的日子也不會很長。

這般想著，她走到床前，從枕頭下取出一個掌心大小的玉盒來到窗前，將製好的香粉小心翼翼倒入其內，蓋上蓋子，收入袖中，這才推開門，走了出去，看著那已是一臉不耐的丫鬟，冷漠道：「走吧！」

與此同時，另一廂的書房中已有三人，分別是韓景福和他的妻妾。

韓景福正在寫字，而趙氏站在一旁磨墨，王氏則坐在一旁喝茶，表情冷漠。

「老爺，小姐來了。」外面傳來丫鬟的聲音。

「進來。」韓景福沒有因為韓香怡的到來而停下手裡的動作，而是淡淡開口，目光始終專注於眼前的字上。

門開了，一道身影走了進來，走得小心翼翼，卻又帶著堅定。

屋子裡四個人，韓景福寫字，趙氏磨墨，王氏喝茶，而韓香怡則是站在那裡，頭微垂，看著地面。

屋子裡靜悄悄，只有磨墨時發出的沙沙之聲。就這樣過去約莫一盞茶的時間，韓景福放下了筆，接過趙氏遞過來的帕子擦了擦手，這才坐下，看向韓香怡。

他的目光很平淡，沒有絲毫感情，聲音冷漠，卻有威嚴。「抬起頭來。」

韓香怡依話抬起頭。在韓家這一個月，她過著比之前好很多的生活，吃穿各個方面都是如此，此時的她不再如之前消瘦，本就清麗的臉上更有著一抹紅潤，白皙如玉的肌膚，熠熠生輝的雙眸，巧鼻下，有一張紅潤的雙唇，再配上一身淺藍色的長裙，整個人看上去很是美麗出塵。

「來到韓家多久了？」

韓景福問得平淡，韓香怡也回得清淡。「一月又三天。」

韓景福點了點頭，端起茶杯喝了一口，放下茶杯，抬頭再次看著她，聲音稍稍有了些色彩，道：「明天修家會上門提親，我會叫人給妳準備準備。到時修明澤也會來，你們見見，畢竟日後就是妳的丈夫。」說到這裡，想了想又道：「雖然他人傻了些，可聽說為人倒也不壞，妳嫁過去不會虧了妳。」

說到這裡，韓景福頓了一下，道：「明白的話，就回去吧！」

韓景福話音落下，韓香怡卻沒動，而是依舊站在那裡。

「叫妳回去，妳沒聽見嗎？還在這裡作什麼？」見韓香怡沒動，一直看韓香怡不順眼的趙氏立刻瞪著眼睛低聲喝道。

就連一直冷漠的王氏也不由得納悶地看了韓香怡一眼，韓景福則皺起眉頭。

這一刻，韓香怡心裡緊張到極點，可就算如此，她也不能就這麼離開，這一個月的時間裡，她想了很多，想到自己在這裡的待遇，想到自己娘親這些年所受的辛苦，以及嫁到修家之後會如何，她甚至可以預想到，自己嫁給一個傻子以後，要承受其他人怎樣的目光。

一想到這些，她的緊張也漸漸消散，反而被堅定取代。她抬起頭，看著韓景福，緩緩開口道：「我算是韓家的人嗎？」

此話一出，三人都是齊齊怔住，趙氏正要出聲呵斥，卻被韓景福攔住。

他看著韓香怡，淡淡道：「自然是。」

「既然如此，您準備給我怎樣的嫁妝？」韓香怡目光平淡地看向韓景福。

這次沒等韓景福開口，趙氏搶先一步說話了，只聽她高聲喝道：「妳算什麼東西！嫁妝？可笑的丫頭，妳可知道妳在胡說什麼？先不說妳一個丫鬟生的低賤東西可以進入韓家已是多大的造化，再說韓家為妳找了如此好的人家，不知是妳修了幾輩子的福氣，這些妳不看，卻敢在這裡要嫁妝？果然丫鬟卑劣，生出來的也就是個卑劣的。」

「趙氏，注意妳的話。」這次開口的人是那一直冷漠的王氏，她臉上有著慍色閃過，看著趙氏，眼神有些冰冷。

趙氏呼吸一滯，不敢再開口。要說在這韓家，她最怕的是韓景福，再者便是這王氏，她可是清楚記得當初自己嫁過來時，她對自己說的那句話，直到現在自己仍記憶猶新。

「妳要記得，不要在我面前耍小聰明，我做大，妳做小，有我一日，妳就老老實實待著，要不然……妳會過得很慘。」

趙氏深知王氏是個狠角色，所以不敢輕易招惹，此刻見王氏開口，她雖然心中不忿，卻也只得乖乖閉嘴。

王氏目光看著韓香怡，嘆了口氣，道：「小梅之前好歹也是我的丫鬟，雖然犯了錯，也並非不可饒恕……更何況……」話到此，王氏沒有再說下去，而是看向了韓景福，道：「景福，畢竟是嫁女兒，這嫁妝還是要有的。」

韓景福雖說平日裡很有威嚴，可是對結髮妻子還是很尊敬的，畢竟當初要不是她，自己也不可能走過來，之前的種種他都記在心裡。

他看著韓香怡，淡淡道：「妳想要什麼？」

韓景福知道，既然今日她提出來，自然是有想要的。

韓香怡深深地看了王氏一眼，然後看向韓景福道：「我想要一間香粉鋪和韓家工坊的使用權力。」

話音一落，屋子裡的三人臉色都變了。

「妳瘋了嗎！」趙氏終是忍不住，朝著韓香怡大聲喊道。

「妳的要求過分了。」王氏也皺緊了眉頭。

韓景福雙眼微眯，看著韓香怡，冷漠道：「不要忘了妳的身分。」

觀察著幾人的表情，韓香怡倒也沒多驚慌，畢竟她之前也預想到他們會如此，想著，又道：「我知道我的要求是過分了些，可是就算沒有香粉鋪，我也想要得到韓家工廠的使用權力。」說到這裡，她抬著頭，目光堅定。

「讓妳嫁進修家，妳的生活已然不錯，妳還想要？」

「嫁人的是我，若對方是尋常人，我便不說什麼，可他是傻子，這對我來說並不公平，我想我要這些也不過分，當然，若你們覺得不妥，我也可不嫁。」韓香怡可以示弱，可不代表她可以軟弱妥協，該要的還是得要。

「妳這是威脅？」韓景福聲音漸冷。

「香怡不敢。」

韓香怡的話音落下，屋子裡陷入沈默。

半晌，王氏嘆了口氣，看了一眼韓香怡，輕聲道：「景福。」

韓景福看了一眼王氏，懂了她的意思，道：「可以，工坊使用權而已，給妳便是，而且我會給妳準備其他嫁妝。」

這話一出，一旁的趙氏卻是臉色一變，看向韓香怡的目光都帶著一抹嫉妒和陰森。

「謝謝……您。」爹爹這兩個字韓香怡說不出口，便換作您。

韓景福似乎也沒有要聽韓香怡叫自己爹，點了點頭，道：「沒事就回去吧，明天自會有人去妳那裡。」

「是！」韓香怡福了福身，便離開了。

直至出了屋子，韓香怡雙腿有些發軟，險些倒下。她扶著牆壁，深吸一口氣，緩緩吐出，這才恢復了一些。回頭看了一眼緊閉的門，她知道自己第一步成功了，嫁給一個傻子可以，但她要爭取一些屬於她的東西，雖然沒有得到香粉鋪子，可是擁有韓家工廠的使用權力，這已經很不錯了，起碼以後需要做些什麼都有地方來運用。

走出院子，韓香怡沒有打算急著回去，而是想在這韓家繞一繞，畢竟自己來了這麼久，都沒怎麼逛過。

走在這個讓她陌生的地方，韓香怡感受到的是來自四周花草樹木的親近之意，像是地面上和青石板縫隙中奮力鑽出的小草、牆縫裡努力掙脫束縛的鳳尾草、牆面上你爭我搶吸收陽光的爬山虎、柵欄裡爭相綻放的各色花朵……每一處，都是生機，每一處，都是美好。

就在韓香怡看得有些入神時，突然聽到有腳步聲靠近，轉頭看去，卻看到一道身影正朝著自己這邊緩步走來。

是一個她沒見過的俊朗少年。這少年一身白衣，黑髮披肩，朗目疏眉，鼻直口闊，此時他面帶柔和笑意。

「妳便是我那可憐的妹妹？」一聲音自那白衣少年口中傳出，帶著柔和，帶著親近，更有一種喜愛和憐惜。

韓香怡猛然回神，目光對上白衣少年那如星辰一般的雙眸，瞬間明瞭，此人正是韓朝鋒。

張了張嘴，她卻不知該說什麼，只得福了福身子，算是拜見。

收到韓香怡嫁人這一消息的韓朝鋒昨日便回到韓家，本想見見韓香怡，可天色已晚，未免前去突兀，便沒有去，今日聽說她來爹爹的書房，這才趕來。

他在韓家地位很高，因為嫡出長子這個身分讓他未來的路早早定下。作為韓家未來的繼承人，他依舊謙虛和氣，對人從不跋扈，與人為善，這是他做人的準則；而他之所以如此，和他幼年曾隨其老祖宗在徑山寺待的那幾年有著密不可分的關係，他沒有像韓家人一樣，對韓香怡有任何不屑與輕蔑，反而帶著憐惜和寵溺。

在他看來，即便她是丫鬟所生，即便她不該存在這個世界上，可她依舊是爹爹的女兒，也是自己的妹妹，兩人身上流淌著相同的血，這份親情是割不斷的。

此時的韓朝鋒面帶微笑，來到韓香怡的身旁，在她怯懦害怕如一隻無助幼獸一般的目光中，伸出手，放在她的頭上，在她輕顫的剎那，揉著她的頭，輕聲道：「我可憐的妹妹，妳在害怕什麼？」

這一句話說得震顫韓香怡的心，她抬起頭，鼓起勇氣直視著這個白衣少年，這個韓家唯一一個如此對待自己的哥哥，搖了搖頭，咬著唇，沒有出聲。

韓朝鋒無奈一笑，收回手，看著她輕柔道：「我知道妳會害怕、會擔心，不過這些都不要緊，妳只要知道，妳是韓家人，這便夠了，我可憐的妹妹。」說完，他再次伸手，在韓香怡的腦袋上揉了揉，這才轉身向著書房走去。

看著韓朝鋒修長的背影，韓香怡目光中有著複雜閃爍，片刻，才默然搖頭，轉身離去。

翌日。

對於出嫁，且對方是傻子的事情，韓香怡雖心有不甘，可也只能默認，娘親讓自己來到韓家想必就已知曉，既然娘親都沒有反對，自己又哪有資格去反對？父母之命，媒妁之言，就像那日韓柳靜對自己擺出的姿態一般，自己在韓家真的什麼都不是。

可越是如此，韓香怡就越是要做些什麼，既然在韓家沒有屬於自己的天地，那就去修家，好歹自己也是名正言順以韓家之女的身分嫁過去的，修家雖不敢說對自己多好，但起碼也會善待自己。在她想來，兩家是想以這個婚姻，永結秦晉之好。

修家是綢緞世家，雖說商人本賤，可那是小商，做大、做強了，世人的嘴巴就都會往好的去說。

當然，她內心的想法其實很簡單：給我足夠安穩的生活，給我可以養活自己的本錢，可以讓我把我娘接來，開開心心，這才最重要。

她沒有大志向，沒有大理想，從小到大的想法就是安安穩穩地活著，相夫教子，做些小買賣，這就是美好的事情。

現在看來，實現的機率或許大了一些，僅此而已。

坐在銅鏡前，看著兩個丫鬟為了自己忙進忙出，為她加衣添彩，好不熱鬧，僅是見個人，又不是拜堂成親，至於嗎？她覺得有些小題大做了。

不過看著銅鏡中的自己，她也驚豔了，這……還是自己嗎？

銅鏡中，是一個極其美麗的女子，散落在身後的黑色長髮濃而密；雪白如玉的肌膚此刻也被淺淺淡淡的胭脂水粉塗抹，少了一絲清純，多了一絲成熟；一雙黑色如夜、閃爍如星的雙眸，與一張紅潤小巧的櫻唇搭配，五官顯得精緻動人；美麗的脖頸上還戴著一串銀白色的項鍊，下墜一顆羊脂玉來點綴。

站起身子，一身曳地紫蘇琉璃長裙，腰間紫色的流蘇隨著動作輕輕擺動，裙邊更是繡著十二朵紫玉蘭花，雙手手腕戴著兩串紫玉手鍊，這麼一打扮，原本清新可人的韓香怡竟是在這一刻變得美豔動人，好似那天上月，枝上花，奪人眼目，即便是那兩個對她看不上眼的丫鬟也是被這樣的美麗所撼動。

此時，院子內左側的草坪上整整齊齊擺放著三個掛著紅花的箱子，想必這就是修家的聘禮了。

目光掃過，韓香怡已是一步跨進門檻，映入眼簾的，是一道身影，很近、很近，那張臉就緊貼在她的手掌上，這幾乎是下意識的反應，就在那臉靠過來的剎那，韓香怡的手已然抬起，蓋在他的臉上。

韓香怡後退一步，收回手，看向那人，那是一個身著白色長衫的少年，看樣子年紀約莫十七、八歲，長得很是俊美，美得有些妖異，似乎比她都美，尤其是那一雙丹鳳眼生得好似渾然天成，毫不給人不協調的感覺，白嫩的雙頰隨著笑容蕩漾，呈現兩個深酒窩。

這是一個美少年，一個妖異的美少年——可讓韓香怡震撼的美少年卻正伸出一根修長白皙的手指摳著鼻子，一邊摳，還一邊嘿嘿傻笑。

韓香怡心中一動，這人許是修明澤，自己那傻夫君了。

「澤兒，莫要胡鬧。」一道威嚴的低喝傳出，只見一個高大筆挺的身影出現在韓香怡的視線之中。

那是一個壯碩的男人，直比韓香怡高出約莫三個頭。此人鼻直口闊，目若朗星，卻又有粗狂之意流露而出，配上如此高度，讓韓香怡不由得抬頭看去，這人好似一座小山。

粗大的手掌一抓之下，竟是將自己面前這傻少年如拎小雞一般拎起，然後對著韓香怡微笑點頭，這才轉身走了回去；再看那傻少年，兩腳離地，張牙舞爪，還朝著自己翻白眼，這讓韓香怡不禁皺起眉頭。

這修明澤與自己想像中的完全不同，她見過傻子，之前村子裡的王大娘就有個癡傻兒，可他是呆呆的傻，每日坐在門前，一隻手搓著腳趾，一隻手撓著亂糟糟的頭髮，只是那麼呆呆地看著天、看著地，數著地上的螞蟻，這就是他的全部，雖說長得沒有修明澤這般好看，可他給韓香怡的感覺是安靜的，起碼不會像修明澤一般，張牙舞爪，似是隨時都要掙脫牢籠的野獸。

韓香怡心裡升起了不安。

「過來坐吧！」韓景福看著走進來的韓香怡，面帶柔和微笑地開口說道。

這笑容讓韓香怡很是不適，她心裡清楚，這笑容是給外人看的，與自己無關。

坐下，垂頭，韓香怡沈默著看著腳尖，落坐後，便聽韓景福笑道：「修老弟，五日後就是黃道吉日，一切都沒問題吧？」

「這是當然，韓老哥你肯把你的寶貝千金嫁給我這傻小子，我這做弟弟的怎麼會不上心呢？放心吧，都已置備妥當。」修雲天笑聲爽朗，目光掃過韓香怡，眼中有一抹幽芒閃過，隨即一把按住自己那好動的傻兒，道：「香怡啊！我和妳爹爹還有事情要談，還要麻煩妳帶著我這傻兒到處走走，如何？」

韓香怡急忙站起身子，福了福，才聲音輕緩說道：「爹爹和修伯父聊便是，香怡會帶著修公子到外面逛逛。」

修雲天微笑點頭，然後一拍身旁修明澤的背，低喝道：「還不快去！」

修明澤哼了一聲，也不知聽懂沒，撓了撓梳得整齊的頭髮，站起身子，向外走去，可剛走出兩步，便腳步一點，蹦蹦跳跳地離開了。

韓香怡見狀，急忙福身，跟了出去。

待得兩人離開，修雲天這才無奈地搖了搖頭，道：「讓韓大哥你見笑了，我這傻兒實在是……」

「修老弟不要如此，其實說來，老哥我還要對你說聲抱歉才是，想必你也知曉，香怡的身分……配上明澤也是委屈了他啊！」

第二章

快走幾步，跟上修明澤，韓香怡走在他身旁，也不開口，只是走著、看著。

修明澤是個好看的人，長得如女子一般美麗，這是無庸置疑的，可他是個傻子，對於這一點，韓香怡表面上很淡然，可心裡終歸還是有疙瘩。

「妳是我的娘子嗎？」

韓香怡正想著，一道聲音傳進耳朵，轉頭看去，只見修明澤正一手抓著一根不知從哪裡折斷的花枝，指著自己，瞪著眼睛質問道。

「現在還不是。」韓香怡伸手將那花枝移開，看著修明澤，一字一句道。

「可我不喜歡妳，我不想讓妳做我娘子。」修明澤再次將花枝指向韓香怡，漆黑的雙眸內有著憤怒閃爍。

韓香怡皺了皺眉，他不喜歡自己，自己又何嘗不是。對於一個只見過一次面的男人，還是一個……她又怎會喜歡。

可是想到自己的未來，她咬了咬牙，一把抓住花枝，鄭重道：「由不得你喜或不喜，五日後我就是你的娘子，咱們是要同住一屋的。」

修明澤修長的睫毛眨了眨，愣了半晌，然後才鬆開花枝，無奈道：「妳娘沒告訴過妳，女人這樣做有失大體嗎？傻！」說完，在韓香怡詫異的目光中，轉身嬉笑著離開了。

「有失大體？傻？是在我說嗎？」韓香怡被氣笑了，同時雙眸流光閃動，看著那將會成為自己夫君的男人，心裡有些怪異，這個修明澤……真的傻嗎？

「啊！」

正想著，一道驚呼之聲猛地自遠處傳來，韓香怡身子一顫，暗道不好，抬起腳步，快速趕了過去。

「你這個傻子，瞧你做的好事！」嬌喝之聲自後花園傳來。

此刻韓如玲正雙手扠腰，怒瞪著修明澤，還有一只碎裂的白玉手鐲在她身前地面上。

修明澤則是一臉無辜地看著韓如玲，那目光很是可憐與驚恐，似乎韓如玲是什麼凶狠猛獸一般，身子還輕輕顫抖著，很是無助。

韓香怡快步走近，看了一眼地面上碎裂的玉鐲，眉頭微皺，但還是走到修明澤的身前，拉著他的衣袖，低聲道：「你撞的？」

修明澤身子一顫，轉頭看向韓香怡，一雙大眼睛眨了眨，然後哇的一聲，竟哭出了聲音，一把抱住韓香怡，哭喊道：「娘子救我，這個……這個女人好可怕！她吼澤兒，澤兒嚇死了！娘子救我！」

這一聲哭喊，韓如玲呆住了，韓香怡也愣住了，實在太突然，兩人都沒想到會突然出現這一幕。

修明澤哭了，還抱著自己……

韓香怡用力掙脫了修明澤，可修明澤還是摟著她的手臂不放開，似乎今兒個吃定她了。

韓香怡覺得腦袋很痛，真的很痛，這傢伙……這是在幹麼！

「韓香怡！」韓如玲知道氣是不能撒到修明澤這個傻子身上了，加上又對韓香怡看不順眼，便將怒火轉到韓香怡這邊，大聲喝道。

韓香怡對韓如玲同樣沒有好感，打從第一天見面起，她就不喜歡，甚至討厭。這個女人按照村子裡李大娘說的，就是個賤嘴的，嘴巴臭著呢，和她說話都嫌她噁心。

韓香怡就是如此，所以此刻看都不看韓如玲，看了一眼修明澤，淡淡道：「走吧！」

「哦。」修明澤倒是乖巧，此刻像極了小女人。

韓如玲雙眼一瞪，呼吸急促，她沒想到這個賤人生的雜種竟敢無視自己，她雖說不是嫡出，可好歹也是名門之後，她娘可是書香門第之女，地位高著呢！今兒個竟被這麼個東西無視，她只覺得氣血上湧，怒氣橫生，快走兩步，攔住了韓香怡和修明澤，目光陰冷地瞪著韓香怡道：「我叫妳，妳沒聽到嗎？」

「叫我何事？」韓香怡眼神平靜，語氣淡淡，似乎根本沒將她放在眼中，自己在這韓家最多還有五日，五日後便是修家人，所以韓如玲對她沒有威脅。

韓香怡雖然身分卑微，卻並不懦弱，在村子裡，她可是能徒手殺雞、見過血的人；再者，她從未覺得自己有多麼低人一等，自己也是人，雖說不得已來到韓家，可她也是有自己的尊嚴，來到這裡她表現沈靜，不是真的本性如此，只是她不想惹是生非。人不犯我，我不犯人，人若犯我，我必還之。

「妳說呢？他撞了我，我的白玉鐲子都被撞碎了，妳說該怎麼辦！」韓如玲今兒個吃定她了。

韓香怡雙眼微瞇，看著韓如玲那得意的小人模樣，心裡不禁想起書中的一句話——

「唯女子與小人難養也。」

看看韓如玲，她默默點頭，古人所說的人就是她。

「妳那是何表情，妳賠是不賠？」韓如玲被韓香怡看得有些不適，急忙喝道。

「妳那鐲子又不是我撞碎的，為何要我賠？」韓香怡含笑說道。

「雖不是妳撞碎的，可你們的關係總不會錯吧，再過幾日你們就是夫妻了，夫債妻還，這是天經地義的，妳賠！」韓如玲雙手扠腰，說得理所當然。

好不講理的丫頭，韓香怡心裡如是想著，嘴上卻笑著道：「既然如此，那妳待我問問。」說著，她轉頭看向緊摟著自己的修明澤，笑問：「她說是你撞碎了她的玉鐲子，是你撞的嗎？」

修明澤眨了眨眼睛，一臉疑惑地搖了搖頭，道：「不是我，娘子，真的不是我。」

韓香怡很滿意修明澤的表現，點了點頭，又看向已經咬牙切齒的韓如玲道：「瞧，他說不是他，雖說他腦子不算聰明，可應該也不會說謊，應該說，他不懂得說謊，他說沒撞，我信，妳信嗎？」

韓如玲呼吸一滯，然後瞪眼道：「他撒謊，就是他撞碎的，是他！」

韓如玲覺得自己要瘋了，這個傻子，還真會裝傻！

韓香怡搖了搖頭，道：「若妳覺得是他撞碎的，那妳找他要，與我何干？」

「我就是找他要呀！」韓如玲氣道。

「那剛剛妳為何說要我賠？莫非妳想訛我？」韓香怡的臉色也沈了下來。

「我……」韓如玲畢竟是個十三歲的小女孩，被韓香怡如此看著，竟生了懼意。她狠狠瞪著韓香怡，咬牙道：「妳等著，我找我姊姊去！」

說完，韓如玲便撿起地上碎裂的玉鐲子離開了。

「人走了，可以鬆開我了嗎？」待得韓如玲離開，韓香怡臉上的笑容漸漸收起，冷漠道。

「娘子，我有一點點喜歡妳了，嗯，不過只有耳屎這麼大。」修明澤將一根小拇指伸到韓香怡眼前，一塊米粒大小的耳屎在他的小拇指上晃晃蕩蕩，被風一吹，飄向了遠處。

韓香怡不由一陣惡寒，急忙退後，瞪著他也不說話。

「哼！」修明澤哼了一聲，得意地轉身離開。

韓香怡暗暗咬牙，還是跟了上去，這個傢伙，到底是不是真的傻，怎麼總覺得他是裝傻呢？

晌午，修家父子在韓家吃過午飯便離開了，離開前修雲天還特地召喚韓香怡，暗中給了她一個海藍色錦囊，叮囑她回去再看。

韓香怡獨自一人回到住處，關上門坐下來，看著桌子上的錦囊，想了想，還是打開它，打開錦囊後，韓香怡雙眼瞪大，一臉不可置信。

這是……

錦囊裡靜靜地躺著一張銀票，一張一百兩的銀票?!

一百兩，這對從小到大只看過一掛銅錢便已覺得很多的韓香怡來說，絕對是一筆鉅款。

「一……一百兩？這麼多！」韓香怡呼吸急促，身子微微顫動，拿著錦囊的手也覺得有些沈甸甸。她深吸一口氣，待情緒平緩一些後，又將錦囊放在桌子上，看著那錦囊皺眉。

他為何給自己錢？還如此之多，這其中到底有何玄機？

也難怪韓香怡會多想，在那些尋常百姓看來，一百兩的確很多，可這一百兩對於修雲天這樣的人來說，就是九牛一毛，修家商鋪遍布各地，每日純收入已萬兩，更不要說這區區一百兩，修雲天也只是隨手送出罷了，畢竟韓香怡就快成為自家兒媳，可這百兩卻把韓香怡難住了。

收，還是不收呢？

清晨，朝陽東升，碧藍的天空沒有一絲白色，使其越加蔚藍。

帝都韓家今日十分熱鬧，大紅燈籠高高掛，紅色的彩綢自高處垂下，一片紅彩輝映。

此刻，韓家一處略顯偏僻的小院內，也是極其熱鬧，屋中被眾人環繞著坐在銅鏡前的人，正是已經打扮完畢的韓香怡。只見她身著銀色繡金牡丹的上衣，上身一抹紅雲墜珠簾的抹胸，外披手繡銀色杜鵑琳琅衫，寬邊衣領繡著蘇金色的夢蘭，下身穿海藍色水霧裙，裙邊繡雪色百合，意喻百年好合，更有流蘇流轉，隨風輕擺，裙襬處尚有紅色玫瑰悄然綻放，似有香氣四溢，使韓香怡整個人看上去多了一股靈氣，活脫脫一個花中仙子。

頭上梳了一個雲髻，其上插著一支雕刻秀蘭之花的青色玉簪，嵌著一顆在日光下閃爍光輝的晶鑽；如玉雙耳綴著兩條銀色流蘇穗，晃動間輕輕擺動，拍打著粉嫩的雙頰，發出叮噹之聲；再往下看去，雪白的脖頸掛著一條金絲纏繞的金色項鍊，雙手玉鐲瑩光流轉，熠熠生輝，閃耀雙眸。她腳履紅鞋，腳踝各戴一串金色墜珠鍊，擺動間，叮叮噹噹之聲悅耳動聽。

一個丫鬟走上前來，拿著紅色的蓋頭蓋在韓香怡的頭上。

失去視線的韓香怡被丫鬟攙扶著向屋外走去，一走出屋子，外面有著十分刺耳的喧譁之聲。

今日，韓香怡必然是萬眾矚目的，所有的目光、所有的議論全部轉向這個僅在韓家待了不足兩月的女子。不為其他，只因今日是她大喜之日！

韓香怡本就是個美麗的人，經過這樣一番打扮，更是美豔動人，成熟韻味更是明顯。

韓香怡目光朝前，看著近在咫尺的紅布，蓋頭下的表情淡然，好似這一切都與她無關，她就是一個旁觀者，可她的心裡，卻是緊張得好似有幾百隻螞蟻爬過，很是難受。她感覺到自己隱藏在袖中的雙手已然濕透，緊張感蔓延全身。

此時，韓家大門外，吹吹打打之聲已響起，八抬大轎一排而立，停在韓家門前，同時，韓家也被很多人圍得水洩不通——所有人都知道，韓家要嫁女，修家要娶妻，修家要娶的是個丫鬟的種，韓家要嫁給一個呆傻的兒，這可就是讓眾人都伸著脖子期待著的好戲。

一如那日離開村子一般，韓香怡在恍惚中上了轎子，隨著轎子被抬起，歡喜的吹打聲再次響起。紅色蓋頭下的韓香怡，雙眼緊閉，雙手攥得很緊。

在韓家待了不足兩個月便要離開，去到自己更為陌生的修家。去了那裡，自己為人妻、為人媳，一切都不一樣，自己能做的就是適應，即便很難，也要學會適應困難，因為自己不再只是自己……

時間不知過去多久，轎子一頓，緩緩落地，簾子被掀開，一絲絲光芒投射進來，照在韓香怡身上，緊接著，有一雙手伸了進來，握住她的手，牽著她，走出了轎子。

出了轎子，韓香怡手中多了一條紅色的絲綢，那雙手緊按著自己的手，讓自己抓著這絲綢的一段，緊接著，吵鬧之聲從四面八方傳來，吵得她雙耳嗡鳴，臉色也有些許蒼白。

接著，她感覺到自己手中的紅色綢緞被人拉著向前，然後自己被人攙扶著，隨著那力量向前走去。

越過門檻，走在青石板路上，再次邁過門檻，來到廳堂裡，耳邊有著聲音傳來，她沒聽清，想要仔細去聽，卻發現自己好像什麼也聽不到。緊接著她被人扶著拜了下去，一拜天地，二拜高堂，夫妻對拜……

該做的，都做了，韓香怡又被人攙扶著向前走著。

不知走了多久，門開了，她走了進去，被人攙著坐在床上，接著一道聲音在自己耳畔響起，也不知說了些什麼，她記不清也記不住，只知道，門再次打開，再次閉合，緊接著，一切都安靜下來。

沒了動靜，沒了人影，也沒了吵鬧喧譁之聲，韓香怡長長吐了口氣，她習慣這樣的安靜，透過稀疏的光芒，她頭微垂，看著雙手，此刻她的雙手被她攥得有些發白。

直到這一刻，她懸著的心才終於放下。

「這樣，便嫁了嗎？」

夜，悄然而至，清冷的月光透過紅木窗灑進屋子裡，照在韓香怡的身上，屋子裡靜謐異常，只有桌上蠟燭燃燒的噼哩啪啦聲。

韓香怡苦著臉揉著肚子，這一坐便是一天，自己渾身疲累不說，肚子也餓得難受，有心起身去抓一塊桌上的白玉糕，可又怕被人瞧見，便也只能忍著。

終於，韓香怡忍不住要起身時，砰的一聲，門被撞開了，傻笑之聲傳進屋子，起鬨之聲漸漸消散。

待門被關上，踉蹌的腳步聲向自己這邊走來，韓香怡一顆心再次懸起。她雙手緊緊扣著，雙眼也是緊閉。

砰！

那人坐到床上，嘿嘿傻笑著，一隻手伸向韓香怡的紅蓋頭上。

修明澤抓著紅蓋頭，猛地一掀，然後指著韓香怡哈哈笑道：「我找到妳了！嗯？妳是何人？為何會在我的屋內？」

韓香怡身子一震，扭頭看著此刻已是一臉紅潤、表情微醺的修明澤，那俊逸非凡的臉上有著傻笑，配上一身紅色的婚袍，此刻的修明澤異常俊美，也使得韓香怡即便知道他是傻子，一顆心卻還是猛地跳了一下，俏臉也有了紅暈。

「夫君，我是你的娘子。」忍著臉紅，韓香怡輕聲喚道。

「嘿嘿！」回應韓香怡的是修明澤的傻笑，他歪著腦袋，甩著頭髮，半晌才嘟嘴道：「無聊。」

說罷，便見他站起身子，將身上的衣服拽扯地脫了下來，露出裡面的白衣。

韓香怡急忙別過臉去，低聲嘟囔了幾句，再次小心翼翼轉過頭來時，只見修明澤已坐在桌前，拿著一塊白玉糕吃了起來，一邊吃，還一邊抓著頭髮，樣子有些好笑。

韓香怡摸了摸肚子，想了想，站起身來到桌前坐下，正要伸手去抓那白玉糕，沒承想被修明澤一把抓到自己身前，瞪著一雙眼睛道：「不要搶我的白玉糕，這是我的。」

韓香怡愣愣地瞧著修明澤，一雙大眼睛眨了眨，似乎沒想到他會這樣，低頭看了一眼桌上剩下的三盤糕點，想了想，又看向修明澤，問道：「你只要那盤白玉糕嗎？」

「這是我的。」他沒有回答，卻將那盤白玉糕抱得更緊。

韓香怡點點頭，手猛地一抓，一把抓住一個盤子，將那盤子抓到自己身前，也是抱住，道：「那這是我的，你不能搶。」

「哼！」修明澤哼了一聲，學著韓香怡的樣子，再次抓了一盤，似乎覺得還不夠，接著又抓了一盤，三盤糕點擺在自己身前，他瞧著韓香怡，得意地笑了起來。

可是此刻的韓香怡哪有心思瞧他多得意，她已經抓著一塊梅花糕放進嘴裡吃了起來，這梅花糕很是香甜軟糯，入口有種快要融化的感覺，很是好吃，吃完一塊，又拿起了一塊，沒一會兒，幾塊梅花糕已經進了韓香怡的肚子，舔了舔嘴唇，她還沒吃飽。

這個過程中，修明澤沒有再吃，而是瞪大眼睛瞧著狼吞虎嚥的韓香怡，待看到她抬頭看著自己的時候，才急忙俯下身子，雙手環抱，保護著自己的食物，瞪著韓香怡道：「妳是豬嗎？這是我的，不給妳。」

韓香怡沒吃飽，可也不餓了，肚子裡有了東西便被睏意侵襲，坐沒一會兒，腦袋輕點，睏倦了，乾脆趴在桌上進入夢鄉。

屋子裡再次恢復安靜。修明澤拿起茶壺，為自己倒了一杯水，一仰而盡，擦了擦嘴角；

此時的他，臉上早已沒有傻笑，取而代之的是冷靜，那漆黑如星空般的雙眸更是有著睿智之芒流轉。

看了一眼那趴在桌上熟睡的韓香怡，修明澤站起身子便要離開，可剛走出兩步，卻是一頓，無奈搖頭，轉身來到她身前，彎腰將其抱起，向著床前走去。

剛走出兩步，懷中的人兒一雙小手下意識摟住他的脖子，緊緊地摟著，精緻的臉蛋緊緊地貼著他的胸口，時不時地蹭著，口中還輕聲呢喃著什麼。

「娘，不要離開娟子，娘，不要……」

將她輕放在床上，費了些力氣把她的雙手拿開，放平後蓋上被子，修明澤深深看了她一眼，便轉身開門離去。

是夜，深沈的夜，寧靜的夜，沒有波瀾，亦無繾綣，有的只是一個熟睡的妻，一個融入夜色的夫。

光芒穿透塵埃，照射在大地之上，伴隨著雞鳴之音，叫醒了沈睡中的人們，朝氣蓬勃的景象也在此刻悄然蔓延。

韓香怡眨了眨長長的睫毛，皺了皺鼻，雙手緊握，雙腿繃直，伸了一個懶腰後，緩緩睜開了雙眼，先是茫然，接著便是猛地坐起身子，臉上有著緊張。她目光掃過床側，卻未發現修明澤的身影，而且自己的衣服沒有褶縐，也沒有被人動過，身體也並無不適。

他沒有碰自己。得到這個結論，韓香怡的心中略有失落。

正想著，砰的一聲，門被一隻腳踹開了。只見修明澤一手扠腰，一手拿著一根花枝，一邊甩著，一邊哼哼道：「該死的，該死的，該死的。」

韓香怡下了床，整理了一下衣裙，這才看向修明澤，而修明澤也看向了她。

兩人就這樣對視著，都沒有開口。就在韓香怡準備打破寂靜時，一道聲音從門外傳來。

「少爺，少奶奶起了嗎？奴婢可以進來嗎？」清脆的聲音在門外響起。

「進來吧！」韓香怡急忙說道。

門被打開，丫鬟走了進來，只見她雙手抱著要換下的衣服，將它放在床前，這才走到韓香怡和修明澤面前，行禮道：「見過少爺，見過少奶奶。」

「少爺、少奶奶，衣服換好就可以去給老爺、夫人敬早茶了。奴婢就在門外候著，需要時便叫奴婢。」說完，再次行禮，轉身出去。

門被關上，屋子裡陷入安靜，韓香怡看了看床上的衣服，又看了看修明澤。

自己要服侍他嗎？可是昨夜……兩人並未圓房，這……如何是好？

紅木窗不知何時已被打開，這獨屬於春日的晨風伴隨著一股花香吹進屋子，蔓延在屋中兩人的身上，韓香怡微微顫抖著雙手，正在為一臉傻笑的修明澤脫衣服。

若是兩人昨日圓了房，如此做倒也沒什麼，可問題是昨日兩人並無夫妻之實，這對於從未親近過男子的韓香怡來說，是致命的。

臉紅如血，胸口咚咚，說的就是她此時的狀態，可偏偏這修明澤此刻好似變了個人，不吵不鬧，只是瞧著自己傻笑。

終於，在修明澤的注視下，韓香怡為他穿好衣服，整理完畢後，偷偷喘了口氣。

那麼接下來問題來了，她也要換！

「夫君，我要換衣服了。」也不知他聽不聽得懂，韓香怡咬著唇道。

修明澤哪管她，直接一屁股坐到椅子上，然後雙手捧著花，傻笑地瞧著韓香怡。

韓香怡一咬唇。罷了，雖無夫妻之實，卻也是夫妻，昨日雖未圓房，早晚也必如此，況且自己還穿著貼身之物，不怕。如此想著，她倒是輕鬆不少，背對著修明澤，脫下婚袍，開始換衣。這個過程十分安靜，只有窸窸窣窣的換衣聲。

而此刻，修明澤依舊坐在那裡，只不過那一臉傻笑卻已消失，取而代之的是平靜；可當韓香怡轉過身子的一剎那，他再次露出傻笑，彷彿剛剛只是錯覺。

兩人隨著那叫小靈的丫鬟向著大廳走去。一路上，小靈還對韓香怡說，下午會有丫鬟來伺候他們，是大夫人親自挑的，請她放心。

韓香怡微笑點頭，聰慧如她，自是知曉，大夫人派丫鬟過來，無非是想在自己這裡安插一個可以知曉一切的人罷了。由於夫君是二夫人所生，她雖不瞭解修家兩位夫人相處得如何，但想來也不會真的那麼相安無事，僅從這大夫人的做法便可看出，她們關係並不好。

心裡想著，韓香怡不由將目光看向一旁傻笑的修明澤，心裡暗嘆，自己這夫君，倒是無憂無慮，這樣也好，起碼不會無端捲入家族紛爭，倒也落個清靜。

很快，三人來到廳堂，此刻廳堂內已坐了幾人，上首左邊坐著修雲天，此刻面帶柔和笑容，正一邊喝著茶，一邊與身旁的夫人聊著什麼。

而那美婦人想必是大夫人了，那一身紅色錦絲衣滿是華貴，雖已為人妻、為人母，卻也是個美人，不說那眼角的皺紋，單就模樣而言，也是風韻猶存。而下面左手邊則坐著一個身著淺藍色衣裙的美婦，臉色有些蒼白，時不時咳嗽，相比那大夫人，她就顯得瘦弱許多，看著就是個體弱多病的人。

「來了！」修雲天放下手中的茶杯，笑看著修明澤與韓香怡。

聽到修雲天的話，正與他聊著的大夫人孫氏也是一頓，轉頭看向兩人，露出了和藹的笑容，可任誰都看得出，那笑容是虛假的；至於修明澤的娘親周氏則是轉頭看來，看著兒子的目中透著喜悅與心疼，兩相對比，便可知曉。

進入這大廳後，韓香怡暗中已將修家幾人看出幾分明白。

敬早茶，是新人對長輩的尊敬。韓香怡與修明澤跪在蒲團上，接過下人遞來的茶孝敬了修雲天與孫氏，然後又由韓香怡為周氏敬了茶。

待做完這些，修雲天呵呵笑著，道：「好，好！我這傻兒也算有了家，香怡啊，妳嫁給明澤，也是委屈了妳，不過妳放心，既是成了我修家的兒媳，那就不會讓妳受到半點委屈，這是我說的，往後要是有哪個輕看了妳，妳與我說，我來辦他！」

此話一出，一旁的孫氏微笑的雙眸微微一縮，冷芒一閃，隨即消散。

修雲天之所以這樣說，自有他的想法，這韓香怡雖身分低微，可好歹也是韓家之女，是修家明媒正娶來的，身分不能落了，一來不能讓外人說閒話，二來修家之事他平日裡雖說不參與，但也不是瞎子。

隨即幾人又坐在一起吃過早飯，當韓香怡夫婦正要回去時，卻被丫鬟叫住，因二夫人要見。

韓香怡心中一動，周氏要見自己她早就想到，可心裡還是有些緊張。她懷著忐忑的心情，隨著那叫歡兒的丫鬟向著周氏的屋子走去。

周氏的住處相對於主廳有些遠，不知是她自己要求還是怎地，穿過長廊，映入眼簾是一個清雅別致的小院，院子四周栽植不少柳樹，院子裡也種了一些花。

隨著歡兒進了院子，推門走進屋裡，便瞧見周氏坐在椅子上，微笑地看著自己與修明澤。

「香怡見過娘親。」韓香怡福了福身。

「娘！」看到周氏，大大咧咧的修明澤也是開心地叫著，跑到周氏身旁，拉著她的手傻笑著，那樣子很是依賴。

韓香怡則是快步走到周氏身前，小心翼翼地看著她。

「坐吧。」周氏聲音有些沙啞，卻很柔和。

見韓香怡坐下，周氏主動牽起她的手，在自己的手掌間摩擦，目光卻是看向修明澤，滿是寵愛。

「香怡，我這傻兒雖傻，可不壞，妳也不要覺得委屈。」

搖了搖頭，韓香怡道：「娘，我不委屈。」

周氏笑了笑，蒼白的臉上有了一絲血色，笑著說道：「一看妳，我就知道妳是個好孩子，我們明澤娶了妳，是他的福分。」說到這裡，周氏話語一頓，看了看韓香怡，聲音壓低，道：「你們還沒圓房吧？」

韓香怡一怔，俏臉騰的一下紅了，但還是忍著羞意點了點頭。

周氏開心地笑著道：「我這傻兒在這方面不如常人，他不懂這些，所以香怡妳要多多努力才行。」

努力？自己努力？

韓香怡覺得自己這回真的委屈了，他傻、他不懂，自己不傻，可自己也同樣不懂啊！她是女孩子，叫她如何努力？莫非要抓著他，讓他從了嗎？

離開周氏院子後，兩人回到自己的住處，韓香怡雙手捂臉，轉頭瞪著那嘿嘿傻笑的修明澤。

已經一個多時辰了，他還是坐在那裡擺動著茶杯傻笑，對這樣的夫君，自己能做什麼？又可以做什麼？

想到這裡，韓香怡心中一動，走到衣櫃前打開櫃門，從最下面的一個格子裡取出一個包裹，將包裹放在床上，打開只見裡面有八個玉盒，正是她在韓家那一個月來做出的香粉。

雖不知韓家香粉如何做出，但想來也是大相徑庭，自己唯一要做的，就是想辦法出去，親自到韓家的工坊瞧瞧，這樣也好讓自己知曉哪裡不同，也可以做一些相應的改進。

可問題是自己要如何出去呢？

在周氏那裡時，周氏交代她的事情中，包括一些修家院中之事，其中管理修家院子各處的是王嬤嬤。這王嬤嬤之前跟隨過修家上任家主，待他去世後，她的地位雖然有所下降，但好歹也是有那層關係在，所以修家內外瑣事的管理就交給她。

換句話說，這院子裡的事，無論大小，她說了算，即便是那孫氏，對著她也要禮讓三分，所以想要出去，就要通過王嬤嬤；可她也曉得，這王嬤嬤能在修家幾十年地位依舊，想必也是個不簡單的人物，自己新來乍到，還真要想想辦法才是。

一個不慎，甚至可能讓自己在這裡的日子變得難過，那要如何做才好呢？

想著，韓香怡的目光看向了那玩得不亦樂乎的修明澤，雙眼驟然一亮。

有了！

要說這修家誰最疼愛修明澤，周氏身為親娘這是無庸置疑，而除她之外，最疼愛修明澤的便是王嬤嬤。聽說修明澤還在襁褓之中時，便是由王嬤嬤細心照料，所以王嬤嬤待修明澤就如親孫子一般，這麼看來自己想要出去，還要從這傻夫君下手才好。

走到修明澤身前坐下，韓香怡雙手托著下巴，看著他，心裡盤算著。

修明澤因為被韓香怡如此直愣愣地瞧著，不由得手上動作一頓，一張臉也是沒了笑容，瞪了她一眼，哼道：「妳幹麼這樣看著我？妳要作什麼？莫非……妳要搶我的寶貝？壞人！」說完，他一把抱住不知從哪兒弄來的一顆檀木球，死死盯著韓香怡，目中滿是警惕之意。

「夫君，你想出去玩嗎？」韓香怡看著他，突然開口問道。

正擺弄著檀木球的修明澤停下了動作，轉頭看向韓香怡，片刻後道：「不要。」

「那你怎樣才肯出去？」韓香怡雙肩一垮，無奈道。

修明澤還真的放下檀木球思索起來，韓香怡見狀，雙眼一亮，有戲。

「我要騎馬！」修明澤雙手握拳，很是認真地說道。

「騎馬？你？」

「嗯！我要騎馬！」修明澤鄭重點頭，那表情是從未有過的認真。

莫非他還會騎馬不成？那他倒也厲害。

想到這裡，韓香怡問道：「可我不知道哪裡可以騎馬，你知道嗎？」

「嗯，我知道。」修明澤再次點頭，表情慎重。

見他如此執著，加上這是唯一可以讓他願意出去的辦法，韓香怡這才咬了咬牙，道：

「好，我答應你，那咱們走吧！」

「好，那妳等我一會兒。」修明澤點頭，笑容已經沒了，取而代之的是嚴肅。

只見他站起身子，走到衣櫃前打開櫃子，背對著韓香怡取出一樣東西放在懷裡，這才關上櫃子，然後一轉身，臉上再次露出傻笑，笑嘻嘻地道：「走吧！騎馬馬！」

搞定修明澤這裡，韓香怡便與他一起出了院子，向著王嬷嬷的住處走去。王嬷嬷的住處相對而言要偏僻一些，雖說她地位很高，可好歹是下人，所以住的地方自然也是下人住的地方。

只不過即便如此，她的住處還是要比其他下人好很多，那是一間獨立的小院，與自己在韓家的住處一般。

韓香怡牽著修明澤的袖子，推開門走了進去，這個時間，王嬷嬷應是在屋中小憩，雖有些唐突，可她知曉也就這個時間才是最合適的，因為到了下午，王嬷嬷還要靜坐修行，雖不知她修的是何物，但聽說不喜有人打擾。

來到門前，韓香怡深吸一口氣，揣著一顆緊張的心，敲響了門。

隨著韓香怡的敲門聲，屋子裡有一道略顯慵懶卻帶著沙啞的聲音傳出。「誰啊？」

「王嬷嬷，是我，韓香怡，明澤的……」

「何事？」王嬷嬷打斷了韓香怡的話，似沒有讓其進屋的意思。

韓香怡有些急切，正想開口說些什麼，一旁的修明澤適時開口了，只聽他高聲喊道：

「王嬷嬷，我來啦！快開門啊！」

這一嗓子雖有些突兀，卻讓屋中之人有了動作，只聽有腳步聲快速逼近，緊接著，緊閉的門猛地打開，只見一個年過半百、鬢髮斑白的老嫗走了出來。

老嫗一身淺灰色的衣服，滿是皺紋的臉上有著異常柔和的目光，乾枯的雙手微微顫抖地抓住修明澤的手，很是親切地說：「明澤來了，進來吧！」說著，便拉起修明澤的手，瞧也沒瞧韓香怡一眼，與他走進了屋子。

韓香怡見狀，急忙跟上，關上門，跟隨著兩人走進裡屋坐了下來。

一坐下，王嬤嬤緊握著修明澤的手，柔和道：「你這傻小子，都幾個月沒來我這裡了，是不是不想王嬤嬤了？」

修明澤嘿嘿傻笑著搖頭，道：「王嬤嬤對明澤最好了，明澤最喜歡王嬤嬤了。」

聽到這話，王嬤嬤臉上的笑意更濃，正待開口，卻是止住，目光看向韓香怡，緩緩道：「說吧，來找我這老婆子所為何事？」

韓香怡來到修家才不到兩日，對於修家也不瞭解，不過，周氏特別提到這個王嬤嬤，並且重點說明過，所以在看到王嬤嬤的那一刻，韓香怡便決定，自己要示弱。

韓香怡微笑著道：「王嬤嬤，其實也不是什麼大事，只是明澤想要出去玩，可我也不好擅自做主，知曉院子裡的事都要透過王嬤嬤您，這不，便來找您問一問，看看可不可以？」

聽了韓香怡的話，王嬤嬤顯然沒有全信，而是看向修明澤，道：「明澤啊，告訴王嬤嬤，你要出去玩對嗎？」

修明澤忙點頭，開心道：「嗯，明澤要去騎馬！騎大馬！」

王嬤嬤見狀，眉頭一鎖，但還是很快舒展開，轉頭看著韓香怡，道：「出去可以，騎馬也可以，但妳能保證明澤的安全嗎？」這才是她擔心的。

韓香怡想了想，搖了搖頭，道：「我不能保證。」

她確實不能保證，如果修明澤是正常人，那麼他可以顧好自己，她也不擔心，可對方不是，如果真的出了什麼事，她一個女人怎麼辦？

聽到這話，王嬤嬤臉色一沈，低聲道：「那你們就不要出去了。」

明澤的安全最重要，安全都不能保證，她為何要答應？

韓香怡點了點頭，沒再多說什麼，而是準備拉著修明澤的衣袖離開，可就在這時，修明澤卻嘟著嘴，一臉不樂意地說：「我要出去，我要騎馬！」

王嬤嬤臉色一變，想要呵斥，卻又狠不下心來，只得苦笑道：「明澤，聽話，騎馬有危險，要是摔下來，你會很疼的，明澤不是最怕疼的嗎？」

「不要、不要，我就要騎馬，我要騎大馬！王嬤嬤不讓明澤去，妳是壞人，妳壞，我再也不喜歡妳了！不喜歡妳了！」修明澤嘟著嘴，越說越氣，最後眼眶含淚，顯然是氣到不行。

王嬤嬤顯然是第一次見到修明澤如此執著的模樣，也被他嚇到了，手足無措地摸著他的手，道：「去去去，咱去騎大馬，乖！明澤乖，不哭了，咱不哭了！」

「真的？」修明澤眼眶轉著的淚，在聽到這句話後，竟一下子全沒有了。

「真的！」王嬤嬤十分確定地說道。

「哦，太好了，可以去騎大馬了！太好了！」修明澤興奮地不停拍手。

而王嬤嬤也是吐了口氣，隨即看向韓香怡，冷冷地道：「你們先回去吧，我會叫兩個下人跟著你們，妳保證不了明澤的安全，我便叫別人保護。」

韓香怡暗暗吐氣，心道，總算是能出去了，雖說有人跟著，但只要能出去，就還有辦法。

想到這裡，韓香怡從袖中取出一個玉盒放在桌子上，淺笑道：「王嬤嬤，這是送給您的小玩意兒，希望您會喜歡。」

王嬤嬤微微一怔，看向那玉盒，她自是認得，那是香粉盒。

「老婆子我皮糙肉厚，不搽香粉，妳收回去吧！」王嬤嬤表情冷漠地說道。

韓香怡笑著搖頭，道：「您這話說得就不對了，您德高望重，要見的人多，更需要保養自己、讓自己更好。王嬤嬤，香怡見您院子裡養了很多的月季花，巧的是香怡也做了一些月季香粉，希望您可以收下，即便不喜歡，也只當擺飾瞧瞧，希望您不要拒絕。」

決定送出去，韓香怡便不打算再收回來。

王嬤嬤一聽這話，心裡倒也舒服，加上她的確很喜歡月季，所以咳了兩聲，收下那盒月季香粉，表情也好了一些，淡淡地道：「好了，我收下了，你們回去吧！」

「那麼……王嬤嬤，我們就先回去了，您好好休息。」韓香怡福了福，便與修明澤一起離開。

透過窗子看著那離去的兩道身影，王嬤嬤從袖中取出那盒月季香粉，小心打開，手指沾了一些塗抹在自己的手背之上，再放到鼻下聞了聞，月季花香很是濃郁，這味道她相當喜歡。

「這小丫頭……倒也不錯。」說著，她收起玉盒，回到床上小憩去了。

第三章

離開王嬤嬤的院子後，韓香怡鬆了口氣。

這樣就可以出去了，不過王嬤嬤會讓兩個下人跟著自己，那自己如何找機會去韓家工坊瞧瞧呢？

心裡正想著，一旁的修明澤卻是猛地拉著她的手，晃動起來。

韓香怡轉頭看去，只見他一隻手抓著一把黃土，然後大聲吼道：「我抓到了！我抓到了！」

「你抓到了什麼？」韓香怡微微一怔，不由詫異道。

「妳瞧！」說著，修明澤開心地張開手掌，只見其掌心有一塊被攥得凝實一些的黃土，而在那黃土中央，竟有著一顆淺黃色、半透明顆粒狀的物體。

當韓香怡看到那東西的一剎那，雙眼猛地睜大，一把抓住修明澤的手，毫不遲疑地將那顆粒狀物體拿在手中，仔細打量。

只見那顆半透明的粒狀物體約有杏仁般大小，裡面可以看到一些細小的脈絡，很是美麗。

這東西韓香怡沒見過實物，卻在書上見過，它不是別物，正是花種！而且還是十分罕見、十分奇特的花種，它有一個好聽的名字——瑞香！

祥瑞留香，這是十分名貴的花，她從未想過自己可以親眼看到。根據書上記載，此花名為瑞香，別名睡香，此花一旦開出，每一朵花都有數十朵小花，由外向內開放，花期兩個多月，盛開在春季，花色紫紅鮮豔，花香濃郁異常；若是用此花來製作花粉，效果一定十分顯著，其香味可以存留在衣服抑或皮膚保持數天不消散，由此可見其珍貴程度。

而且看這瑞香花種似無損壞，更是讓韓香怡興奮不已。

興奮之餘，她一把抱住修明澤，在他呆滯的目光中，狠狠在他的臉頰親了一下，然後開心地道：「夫君，你撿到寶貝了！」

修明澤怔怔看著她，她也看著修明澤，半晌，韓香怡的俏臉漸漸變紅，最後呀的一聲鬆開修明澤，一轉身，向著自己的住處跑回去。

修明澤則是站在原地，用那滿是黃土的手摸了摸自己被親的臉，片刻後，嘴角微微上翹，一抹邪意悄然浮現，隨即一閃而逝，化作滿臉傻笑，他蹦跳著追了過去。

來到帝都也有近兩個月的時日，卻都未好好地走走逛逛，趁著這次出來，韓香怡也打算好好瞧瞧，而時間也隨著兩人不停奔走，進入了晌午。

兩人並沒有急著回去，而是找一家飯館走了進去，找了個靠近門的位置坐下，點了幾道菜，韓香怡讓那兩個下人看住修明澤，說是要如廁，便離開了。

來到後院，韓香怡左右一瞧，見沒人，便打開後門悄悄地溜了出去。

一上午的時間，雖說她一直與修明澤閒逛，可她也一直注意著四周，看到了韓家的幾處工坊。

她離開飯館，出了小胡同，往左一拐，朝著最近的一處韓家工坊走去。韓家工坊在帝都足有五處之多，分布在帝都的主道以及其他兩條輔道上，其中有三處在主道，另外兩家則在輔道上。

這一上午，一路上韓香怡看到了兩處，最近的就離他們吃飯之地不遠。

很快，韓香怡來到一處韓家工坊，一走近，就被兩個身著黑色衣衫的下人攔住。

「此處是韓家私人領地，其他人不得擅闖。」左手邊的下人看著韓香怡，冷冷地說道。

韓香怡也不廢話，直接從袖中取出一塊木牌，向著那兩人一亮，淡淡道：「讓開。」

那兩人本來還一臉冷漠，可在看到木牌上的韓字時，臉色均是一變，急忙退到兩旁，恭敬道：「您請！」

韓香怡沒有理會他們，直接抬腳走了進去。一走近韓家工坊，她就被裡面的一切深深地吸引住了。

韓家不愧是帝都三大世家之一，人力、物力皆是尋常小商難以匹敵。一走進韓家工坊，入眼便是幾十道忙碌的身影，或負責採摘，或負責晾曬，或負責搗碎等等；而且，韓家工坊裡還有很多大型的器具，有專門磨碎花粉的器具，有可以搧風加速花瓣變乾的扇子，也有可以將凝結出顆粒進行搗碎的巨大杵物……可以說，在韓家工坊，分工十分明確。看到這裡，韓香怡總算明白為何韓家的香粉可以做大、做強的原因。

當她正被眼前這些所震撼之時，一道身影卻從裡面快速走來，是一個身材微胖的中年男子，這人便是這工坊的管理人，大家都叫他六叔。

剛剛他是從下人那裡聽說韓家小姐來了，便急忙出來迎接，可是，當他看到來人時，卻是微微一怔。

這位小姐……好面生，她……是誰？

六叔來到韓香怡面前，看著這個從未見過的女子，再看她的髮髻。

嫁人了？韓家的兩個小姐，一個是還未出嫁的韓柳靜，一個是還未長大的韓如玲，卻從未聽說過還有這麼一位已經出嫁的小姐，且從她的年紀來看，也不大……

忽地，六叔想到了一件事，也是這幾天在帝都傳得沸沸揚揚的一件事：丫鬟生的孩子嫁給小妾生的傻子。

莫非她……

「敢問這位小夫人是……」六叔不敢肯定，所以只好試探性地問道。

韓香怡也收回目光，看向那中年男子，她知曉對方在想些什麼，所以乾脆拿出牌子，道：「想必您也知道我的身分了，沒錯，我就是韓香怡。」

「原來是修夫人，失禮失禮。」那六叔忙是點頭鞠躬，可心裡卻多少有些鄙夷，雖說如今已是修家人，可她的身分著實讓人瞧不起。

「韓……我爹他與你說過，我可以使用韓家工坊的事情嗎？」韓香怡也不理會，只是看著他，微笑著問道。

「說倒是說過，只不過……」

「只不過什麼？」韓香怡眉頭一皺，問道。

六叔笑了笑，道：「家主的確說過此事，只不過家主還說了一件事。」

「何事？」

「家主說，可以給您韓家工坊的使用權，但需要在一年之後。」六叔微微一笑，又道：「家主還說，若您想，可以為您少量地做一些，可以送給修家之人，或是作為您的己用。」

韓香怡面無表情，心裡卻是冷笑，看來韓家是不想自己藉著可以使用韓家工坊的由頭，私自製作大量的花粉，這是怕自己做些他們不想看到的事情嗎？他們在怕什麼？怕自己搶了他們韓家的生意不成？

「不知我該怎樣稱呼您？」

「呵呵，大家抬愛，都叫我一聲六叔，若您不嫌棄，也可……」

「六叔，我有一事不明，這一年的期限是為了什麼，可有何說法？」她確實不懂，既然已經答應給自己韓家工坊的使用權，為何不現在便給，又要等到一年以後呢？這裡面到底有何原因？

六叔呵呵一笑，搖頭道：「修夫人您問的問題，我也不知，咱們只是聽話辦事，從不敢多嘴多問，家主讓咱們怎麼做，咱們便怎麼做，至於一年之後是為何……呵呵，您還是親自問家主吧！」

韓香怡聽到這話，知道在他這裡也是問不出什麼了，便點了點頭，告辭後就離開了。

看著韓香怡離開的背影，六叔不屑地撇了撇嘴，自語道：「就妳也想要分韓家一杯羹，真是作夢！」

離開韓家工坊，一路上她都在琢磨，韓景福所謂的一年期限到底是何意？一年以後給自己使用權與現在給又有何差別？莫非在這一年內會有變故？

韓香怡越想越覺得不安，隱隱覺得似乎有什麼事情要發生……

一邊想著，她回到飯館，從後門進去，走到前面，看到飯菜已經上桌了，修明澤正大口大口吃著。

韓香怡快步走來，對著那兩個下人微笑點頭，然後坐到修明澤身旁，拿起筷子低頭吃了起來。

這其中一定有事，可到底會是何事？韓家如今生意蒸蒸日上，加上如今又與修家結了親，按理說不應該有事發生，可為何自己會這麼不安呢？

多想也無用，無奈地搖了搖頭，她看著已經吃完的修明澤，伸出手，拿著手帕在他的嘴角擦了擦，那眼神很是柔和，也很專注。

修明澤不由得看呆了，停下了動作，只是坐在那裡任由韓香怡為自己擦嘴。

這一刻，似乎周圍一切都安靜下來，只有兩人在這裡略顯曖昧。

「吃飽了嗎？吃飽的話咱們就去騎馬。」收回手，韓香怡還沒察覺到有何異樣，看著修明澤淺笑道。

修明澤眨了眨眼，一咧嘴，嘿嘿一笑，道：「騎大馬，騎大馬嘍！」說著，還開心地跳起來，拍著大腿，很是興奮。

當來到所謂騎馬的地方時，韓香怡瞪大了雙眼，一臉不可置信地看著前方。

「這……就是馬？」

韓香怡本就懷疑自己這個傻夫君到底是否會騎馬，她總覺得騎馬不是他能做到的事情，可偏偏他卻又如此興奮，她不由得動搖，或許他真的在這方面有天賦，或許自己可以期待他騎馬時的帥氣模樣……

可當她看到眼前的一切時，她知道自己想多了，什麼馬，這分明就是驢！

而且還是一群被圈養在城北邊緣的驢群，這些驢子一頭頭都很瘦小，與她所知曉的馬可是有著千差萬別，這裡的驢一看就知道是要被宰殺的，哪裡能騎呢！

再看一旁自己那已經一副躍躍欲試模樣的傻夫君，韓香怡就苦笑不已。

期待？自己到底在期待些什麼啊！

眼看著修明澤就要去騎驢，韓香怡連忙一把抓住他，在修明澤不滿的目光中無奈道：

「夫君，這就是你要騎的馬？」

「是的，我要騎馬，我要騎大馬！」修明澤很是認真地說，目光更是炯炯放光地盯著面前一匹稍微大上一些的驢子，一副躍躍欲試的模樣。

「夫君，要不咱們改天吧，改天我帶你去騎比這還要大、還要威風的馬，如何？」韓香怡覺得要是讓修家人知曉她帶他們的兒子騎驢，自己或許會被懲罰，而且這種事情要是讓那些好事的人看去，不知道要傳出什麼話來。

可是修明澤卻是不管，甩著雙手氣憤道：「不要，我不要，我現在就要騎大馬！」

「夫君，這馬不好，臭臭的，你騎上去也會變得臭臭的，你若是變得臭臭的，回去娘親就會罵你，你想要被娘罵嗎？」韓香怡死活拉著他的手，苦口婆心地勸說著。

修明澤聽到這話，似乎動搖了，只見他站在那裡，咬著牙，一臉掙扎的模樣。

「夫君，要不咱們下次，下次我叫他們提前將大馬洗得乾乾淨淨，這樣咱們既能騎大馬，也不會臭臭的，好不好？」

修明澤咬著手指，一臉糾結，半晌後才點了點頭，然後伸出小拇指，對著韓香怡道：「來，咱們打勾勾。」

「嗯，打勾勾。」韓香怡暗暗吐氣，跟他拉了勾，然後好說歹說把修明澤勸好了，便拉著他的手，兩人離開這裡。

可就在兩人準備回去的時候，幾道身影卻出現在他們的視線之內。

這八人，每一個都是錦衣紈袴的貴公子，不過臉色蒼白且精神萎靡，一看就是縱慾過度、整日留戀煙花之地的樣子。

而在這些人中，為首的一人身著海藍色錦衣，腰繫銀絲帶，配戴著一塊白玉掛墜，腳穿一雙白色上等絲布鞋，略顯蒼白的臉上帶著桀驁與不屑。

他的目光掃過迎面走來的韓香怡與修明澤後，那眼中的不屑更濃，甚至還有深深的怨毒。這目光雖是一閃即逝，但還是被韓香怡深深地看在眼中，同時心底也暗暗猜測此人的身分。

與此同時，那人身後一個穿著黑色錦衣的肥胖少年嘿嘿一笑，然後陰陽怪氣地說道：「海哥，這不是你那傻哥哥嗎？嘿，今兒個怎地還在這裡遇到了呢，真是巧了，咱要不要去打個招呼啊！」

被稱為海哥的少年一聲冷笑，道：「打，怎麼能不打呢，雖說是個傻子，可好歹也是我哥，走，咱們去給咱的傻哥哥打聲招呼。」

這少年不是別人，正是修家嫡出次子修明海——修明澤的弟弟。

說起這修明海，雖是嫡出次子，但這個身分卻令其身邊那些庶出次子十分羨慕，再加上他的兄長是個傻子，這樣一來，他就注定會是修家的繼承人，萬貫家產跟生意都會屬於他，所以才會有這麼多紈袴子弟都心甘情願跟著他，期待以後還有出頭之日。

可即便如此，修明海心裡卻依舊有著深深的恨意，他恨修明澤，恨他比自己早出生一年，僅僅這一年，就讓他成為次子，雖是嫡出，可次子卻成為他心底深深的刺。即便修明澤是個傻子！

帶著眾人朝著修明澤走去，突然，修明海的目光看向站在修明澤身旁、美麗可愛的韓香怡，眼中不由閃過一抹邪念。

當初修明澤迎娶韓家之女韓香怡時，他便知曉對方的身分，因為瞧不起，那日他都不在家，多在外面流連，並未見過自己這個嫂子；可今日一見，他卻被她那清麗可人的模樣深深地吸引了，他見過的女人多如牛毛，妖豔嫵媚的不在少數，美麗動人的更多，可以說，以他的身分，只要勾一勾手指，就會有大把的美女成為他的女人。

即便如此，他卻從未對哪個女人有心動的感覺，可是當他看到韓香怡時，他的心竟是狠狠跳動了一下，再加上她是修明澤的妻子，這使他心底湧出一個十分瘋狂的念頭——得到她，扒光她的衣服，讓她成為自己的女人！這個想法一旦出現，便如蔓延的藤蔓一般瘋狂生長，不會消失。

「嫂子嗎？有意思。」嘴角上揚，輕聲呢喃，修明海已然帶著眾人來到韓香怡與修明澤面前。

「見過二少爺！」韓香怡身後的兩個下人見到來人是修明海，便急忙行禮。

修明海沒有理會那兩人，而是將目光看向修明澤，面帶嘲諷地道：「我的傻哥哥，今兒個吹的什麼風，竟是把你給吹出來了？家裡的老傢伙們可都是把你當作寶貝似地看著，還真是讓我沒想到呢！」

說到這裡，修明海目光一轉，看向那正警惕地看著自己的韓香怡，手一伸，微微一笑，一改諷刺的模樣，柔和地說道：「嫂子，妳真美。」

這話……已是調戲了！

若是換作平時，修明海還未必會如此，可今日他心情本就不是很好，又遇到這個讓他十分厭惡的傻子，偏如此得意娶了個美嬌娘，還在街上顯擺，他覺得自己心情更差了。

此話一出，在場的眾人臉色都有了變化，有的幸災樂禍，有的驚慌失措，有的暗自冷笑，有的則是面無表情。

將眾人表情收進眼底，傻笑的修明澤眼中一抹冷芒一閃而逝，隨即拉著韓香怡，有些膽怯地看著修明海道：「弟弟。」

修明海身子一抖，眼中厲芒閃爍。

弟弟，這兩個字多麼讓他厭惡。

強壓下心中的憤怒，修明海冷冷一笑，道：「瞧你來的方向不會又去騎大馬了吧？呵呵，那些『馬』可還好騎？」

「哈哈哈，海哥你還真逗，那也叫馬？分明是驢子，這傻子還把牠當成馬，真是笑死我了！」修明海身後一人捧腹哈哈大笑道。

修明海一瞪眼，呵斥道：「傻子？傻子是你叫的？閉上你的狗嘴，即便我哥是個傻子，那也不要說出來，這樣不好。」

「是是是，海哥你說得是，是我嘴巴臭了，該搧！」那人說完，倒也有模有樣地搧了自己兩耳光，但那模樣哪有知錯，分明是更深的嘲笑。

修明海心裡暗爽，轉頭看向修明澤，笑道：「我的傻哥哥，瞧瞧你，不老老實實在家裡待著，還要出來丟人現眼，現在外人都叫你傻子，你說你丟不丟修家的臉？還不快滾回去！」

修明澤站在那裡，依舊傻笑，一副聽不懂的樣子，可是韓香怡此刻臉色卻是難看起來。追根究底還是因為自己的緣故才害得修明澤被這些傢伙羞辱，要不是自己想去韓家工坊，他也不會被這些人如此辱罵，尤其是這個修明海，對自己哥哥如此，可見其人品確實很差。

「夫君，咱們走吧，回去晚了王嬤嬤該怪罪了。」不想理會他們，韓香怡拉著修明澤想要繞開他們。

可韓香怡兩人剛要繞開，卻被修明海一步跨出，擋在兩人面前。

「我說大嫂，妳這麼急著走是要作什麼？既然咱們都見面了，那也應該好好坐下來聊聊不是？正巧，我們要去茶莊喝茶，要不你們跟我們一起，大家熟絡熟絡，以後若有事也可照顧一二，妳說如何？」修明海笑眼看著韓香怡，大有妳若不去，便不能回去的樣子。

韓香怡心中暗氣，可氣又如何？自己現在鬥不過他們。

她微笑搖頭，道：「謝謝小叔的好意，我們出來許久，該回去了，要不然……」

「嗯？」修明海臉色一沈，冷聲道：「怎麼？大嫂是不給我面子了，莫非大嫂瞧不起我？」

「小叔這話嚴重了，我怎會瞧不起……好吧！和你們去便是了。」韓香怡看著修明海陰冷的目光以及他身後幾人凶神惡煞般的模樣，不由心中一緊，便答應下來。

無奈自己一介女流，夫君又不能指望，只好應了。

「嗯，大嫂這樣才對嘛！隨咱們喝喝茶、聊聊天也好，都是自家人，不要見外嘛！」修明海大笑著，便要與韓香怡一起去茶莊喝茶。

所謂茶莊，本是喝茶聊天、文人雅士去的地方，可這裡的茶莊卻不是。這裡的茶莊每日聚集的都是如修明海這樣的紈袴子弟，整日在這裡尋歡作樂，所謂的茶，也都是酒，喝茶便是喝酒。

一想到要去那種地方，韓香怡身後的兩個下人都是臉色大變，有心阻止，無奈自己兩人身分低微，沒有說話的權力。

就在兩人急切之際，一道爽朗的笑聲忽地傳來，哈哈大笑間朝著韓香怡眾人走了過來。

那是一個身材壯碩卻俊朗非凡的少年，這少年給韓香怡的感覺與僅見過一次的曾龍有些相似，卻沒有他身上的血腥氣息，有的是一種難言的霸氣，身邊的這些少年與其實在不可相比。

同樣聽到笑聲的自然也有修明海等人，他們臉色都是一變，尤其是修明海，臉色更是陰沈得可怕，身子也是不由自主向後退了一步。

「你們這些傢伙在這裡作什麼？老遠便瞧見你們，怎麼？看到小爺我，你們不高興嗎？」少年哈哈大笑著來到眾人面前，目光先是掃了一眼修明海等人，最後落在修明澤身上，眼中有著一抹難言的悲色，一閃而逝，隨後看向了韓香怡，向著她微笑點頭。

「宋景軒，我們很熟嗎？」修明海冷眼看著宋景軒，冷哼道。

來人正是宋景軒，三大世家中鐵騎世家的嫡長子，鐵騎世家與皇家有著密切關係，名為鐵騎，無疑便是為軍隊提供盔甲、戰甲，以及武器等等，放眼整個帝都，就屬他們宋家最大，與其相比，香粉世家韓家與綢緞世家修家明顯略遜一籌。

儘管如此，宋家一直都表現得很低調，可明眼人都很清楚，若是宋家想，別說一個修家與韓家，便是兩、三個都甭想在帝都好好待著，所以不僅僅是韓家與修家，即便是其他一些二流、三流家族也都叮囑自家子嗣，不要招惹宋家，否則後果不是他們可以承擔得起的。

而此時，在場那些紈袴子弟，包括修明海在內，可都是被宋景軒教訓過，雖然心裡對他有恨，卻又因其身分不敢表露出來。

要知道這宋景軒可也是了不得的人物，光宋家嫡出長子這地位便無人可比；其次，因其家族經常與軍隊打交道，所以為了磨練宋景軒，將年僅七歲的他送入軍隊，而與他一起被送入軍中的還有一人——韓香怡的夫君，修明澤！

在軍隊那些年，宋景軒一直都將修明澤當作自己的大哥，他不清楚修明澤為何會一夜之間由一個正常人變為一個傻子，可他還是自己心中的那個人。

「熟，怎麼會不熟呢！咱們上一次玩得多開心啊！怎麼？瞧你們的樣子似乎還有些念念不忘，好，也不往我如此對你們，既然你們想去，我就陪你們去。」宋景軒笑看著修明海道。

「宋景軒，你不要欺人太甚！」修明海咬牙低喝。

他怕對方，可他更怕丟臉，當著這麼多人的面，他不想被壓下去。

宋景軒的笑容漸漸收起，冰冷如刀般的目光掃過眾人，最後落在修明海身上，看著他冷聲道：「欺人太甚？哼，我就欺你又如何？有本事你來打我，我讓你一拳一腳。」

「你……你當真以為我們這麼多人打不過你一個？」修明海雙手握拳，大聲喝道。

宋景軒一臉嘲諷，伸出手指，對著修明海勾了勾，不屑道：「別光說，你們一起上，讓我瞧瞧你們是不是爺們！」

話音落下，他退後一步，一隻腳往前一邁，前腿微弓，一隻手已然是推了出去。

看到宋景軒這架勢，修明海等人都是臉色一變。他們都被宋景軒打過，知曉他的實力，更是知曉他曾在軍隊待過五年；他們從帝都老兵那裡聽說過，去過那裡的人，看到死人都不會眨一下眼，而他們相信宋景軒就是這樣的人，遇到一個不怕殺人的傢伙，他們哪裡能生出勇氣去和他打。

修明海身後的幾人頓時雙腿打顫，想要轉身逃走，可又怕從此得罪了修明海，這樣一來，在帝都可就真的混不下去了，於是他們只好站在那裡硬挺著，希望修明海不要衝動！

修明海自然不會衝動，雖然他恨，也很想出手，可他知曉自己的斤兩，自己過去就是以卵擊石，到時受傷的是自己，且對方還不需要負責，這種事早有先例：一個二流家族的嫡長子惹到了宋景軒，當場被他踩斷一條腿，宋景軒不但沒事，子孫被踩斷腿的家族還親自帶著那嫡長子到宋家賠禮道歉。

這叫什麼？這就叫強大，這就是道理，即便不服，但也沒有人否認。

「哼，粗鄙的莽夫，就知道打打殺殺！」修明海雖不敢出手，可嘴上卻也不落下，冷笑中嘲諷道。

宋景軒收回手腳，往前一步邁出，一步踏在修明海的身前，一隻腳儼然是踩在他的腳面之上。

「你有膽再說一遍。」宋景軒看著他，雙眼微眯，露出了微笑。

修明海臉色大變，他只覺得自己的腳劇痛無比，可又縮不回來，只能任宋景軒踩著。

臉色本就蒼白的修明海此刻更是毫無血色，額頭冒汗，嘴唇發白，聲音有些顫抖地道：「你……你踩到我了。」

「踩到你了？怎麼會？我看路很清楚的，快，再把你剛剛的話說一遍，我沒聽清，你說我什麼？粗鄙的莽夫？」

「我……我沒說，你聽錯了。」修明海一邊抽氣，一邊咬牙說道。

「哦，我聽錯了，那你的意思是我耳朵不好用了，對嗎？」宋景軒依舊面帶微笑，腳下卻是更加用力。

「啊！」修明海終是忍不住，慘叫出聲，這叫聲頓時引來周圍所有人的目光。

「你這是作什麼？搞得好像我打你了一樣，我打你了嗎？」宋景軒退後兩步，一臉錯愕地看著他道。

修明海快速地抽氣，被踩的那隻腳實在是痛到極點，一條腿都在顫抖，可他還只能忍著，瞪著他，惡狠狠地道：「算你狠！我們走！」說完，便被一旁的兩人扶著，向遠處離開。

「孬種！」宋景軒不屑地呸了一聲。

對於這個修明海，他從小就看不慣，修家的修雲天和修明澤，哪個不是爺們，可卻獨出了這麼個孬種，他每次見他，都恨不得把他打死算了。

「什麼東西！」宋景軒再次低聲罵著，然後轉過身子，深深地看了一眼站在那裡一臉膽怯的修明澤，無奈地搖了搖頭，然後看向韓香怡一拱手，道：「大嫂，讓妳受驚了。」

韓香怡對著宋景軒還禮道：「謝謝你幫我們，謝謝。」

宋景軒大手一揮，嘿嘿笑道：「謝什麼，我和澤哥可是拜把的，我們是義兄、義弟，他是我哥，我就該幫他，雖說他現在變成傻子，可在我宋景軒的心中，他永遠是我大哥！」

因為在那裡，他為我差點付出自己的生命啊！

這句話藏在宋景軒的心底，他從未對任何人說起。可這不需要說，只需要做，為了他，他可以去死，更別說趕走這些蒼蠅了。

「大嫂，我看時候也不早了，我送你們回去吧！」宋景軒怕修明海那幾個傢伙會再來找韓香怡和修明澤的麻煩，便主動開口道。

韓香怡點了點頭，並沒有拒絕，她也知道有宋景軒在，他們就能安全回家，到了家，即便修明海想做什麼，也要想想了。

於是，回去的路上多了一個宋景軒相伴，韓香怡也從他的嘴裡瞭解到修明澤更多的事情。

「大嫂，你們進去吧，我還有其他的事就不進去了，下次我定來拜訪。」宋景軒將兩人送到修府大門前，一抱拳便轉身離開了。

看著宋景軒的背影，韓香怡搖了搖頭，他幫自己，自己該感謝他，可如此一來，自己在修家的日子或許就不會好過了吧！

正想著，一個丫鬟的身影快速跑來，跑到韓香怡四人面前，她看著韓香怡，冷冷地道：

「大夫人叫您過去一趟。」

韓香怡臉色微微一變，心裡暗自叫苦，果然……還是躲不了啊！

「娘，妳輕點，很痛啊！」修明海坐在床上，一邊抽著氣，一邊喊道。

孫氏狠狠地瞪了他一眼，道：「怎麼不疼死你，你這臭小子，招惹誰不好，偏去招惹那個祖宗，被踩了也是活該！」罵完又心疼地用冰水浸泡過的手巾給他敷腳面。

孫氏心裡也恨那宋景軒，可她也只能在心裡恨，畢竟她招惹不起，只能怪自己兒子胡亂招惹。

瞧瞧這腳腫的樣子，沒個十天半月怎會消下去呢！同時心裡連著那修明澤與韓香怡也恨上了，宋景軒她招惹不起，修明澤她可以。自己兒子會受傷，追根究底還是因為這個修明澤，她知曉修明澤與宋景軒兩人的關係很好，所以宋景軒才會對她兒下手。

對於修明澤的恨，孫氏不比修明海少。她雖是正房，可無奈自己不爭氣，第一個生的是女孩，而人家周氏第一個便是男孩，這讓孫氏對周氏一直懷恨在心。

在她看來，是周氏奪走自己兒子的長子地位，所以在修家，表面上大家都是和和氣氣的，可是暗地裡孫氏對周氏沒少擠兌使壞，要不是這幾年修明澤突然變成傻子，周氏早就一命嗚呼了！

人成了傻子，便沒了威脅，也不會對自己兒子未來的地位構成威脅，可沒有威脅不代表就會看著順眼。對孫氏來說，即便修明澤成了傻子，卻還是很礙眼，如果可以，她倒希望他可以永遠消失，這樣才沒有後患。

修家的一切，她勢在必得！

「你這小子就是不聽話，與你說過多少遍就是不聽，沒事別老往外面跑，與那些臭小子在一起混什麼，你現在這個年紀，就應該老老實實待在家裡，跟在你爹身邊好好學學，要不然你爹怎麼肯將修家交給你！」孫氏一邊揉著修明海的腳面，一邊語重心長地說。

修明海抓起一個梨子咬一口，擦了擦嘴角留下來的汁液，不滿道：「娘，您又不是不曉得，我爹他瞧不上我，見了我就要打我，我怎麼敢跟著他？而且您擔心什麼，這修家早晚都是屬於我的，誰也搶不走。」

孫氏噗哧一笑，一巴掌搧在了他的腿上，笑罵道：「就你會說，娘知道修家是你的，可你也要好好經營不是？你以為修家如今的一切都是憑空出來的？那不還是你爹、你爺爺他們一手做起來的嘛！」

「我當然知道，可我就是不喜歡啊！什麼染布、曬布這些我都不喜歡，瞧著都頭痛，更別說學了。算了，我想我以後還是做些別的吧，反正修家還有您呢，您不是學得挺好的嗎？嘿嘿，到時候修家就您說了算！」修明海一邊拍著孫氏馬屁，一邊笑著。

孫氏也是無奈地笑了笑。修家她說了算？她倒不敢想，她只盼著自己的兒子能夠有出息，繼承修家，讓修家越做越強，越做越好。什麼宋家，什麼韓家，到時統統踩在腳下！

「兒啊，話雖如此，可你在你爹面前也要好好表現，我瞧你爹這段時間似乎有些想法，你也受傷了，就這段時間在家裡好好待著，別讓你爹再生氣了，明白嗎？」

「明白、明白，我都受傷了，還能去哪兒？」修明海一臉不耐地擺了擺手。

真不知道他娘親到底在擔心什麼，莫非還真怕那傻子搶了自己的位置？怎麼可能！

見修明海還是一副無所謂的模樣，孫氏正要再說些什麼，門外卻是傳來敲門聲。

「大夫人，大少爺、大少奶奶來了。」門外丫鬟出聲。

孫氏笑容漸漸收起，自己只叫韓香怡來，那個傻子怎麼也來了？

想著，她淡淡道：「讓他們進來吧！」

「是！」那丫鬟應了一聲，便推開門，只見韓香怡拉著修明澤的手，一前一後走了進來。

「見過大娘！」韓香怡禮貌地福了福。

孫氏冷冷地看著韓香怡兩人，淡淡道：「你們可知我叫你們來的目的？」

「香怡不知。」韓香怡垂頭，淺聲道。

「不知？」孫氏冷哼一聲，一邊揉著修明海的腳，一邊道：「今兒個發生的事情你們都在場，妳與我說不知？」

「您說的是在外面發生的事情？」韓香怡又道。

「還會有什麼？說說吧，我家小海怎會受這麼重的傷，當時你們在做什麼？」孫氏臉色陰沈，聲音也是冷了下去。

韓香怡想了想，道：「回大娘的話，此事香怡不知曉，只知那宋景軒與小叔關係很好，兩人相談甚歡，香怡與我夫君只是站在一旁看著，並未覺得有何不妥，只等那宋景軒離開，我兩人方才看到原來小叔的腳受了傷，只是不知……」

「放屁！」坐在床上等著看好戲的修明海朝著韓香怡大聲吼道。說自己與那混蛋關係很好？狗屁！所有人都看到他們吵得多凶，她說相談甚歡，這分明是睜眼說瞎話！

韓香怡目露疑惑，看著修明海，不解道：「小叔為何口出粗言，莫非小叔覺得香怡在撒謊不成？」

修明海被孫氏瞪了一眼，也知自己魯莽了，便冷哼一聲，低聲自語。「哼，有無撒謊妳自己心裡清楚！」

「香怡，有些事情大家都心知肚明，妳也不必如此，宋景軒與我兒的關係好壞，沒有人不知，你說他們關係很好，這不是明顯在說謊嗎？」孫氏臉色難看地看著韓香怡。

韓香怡一臉無辜地看著孫氏，無奈道：「大娘，您如此說可真的是冤枉香怡了，您說大家都知曉他們之間的關係，可不代表香怡就知曉啊！香怡來到帝都的時間加起來也不足三個月，又怎會知曉小叔與那宋景軒的關係呢？大娘，您可莫要冤枉香怡啊！」

韓香怡一口一個冤枉，一口一個不知，孫氏的臉色也是越加難看。她看著韓香怡，雙眼微微瞇起，這個自己之前不曾在乎的丫頭，沒想到竟如此難對付，看來小地方來的野丫頭也不能小瞧了啊！

韓香怡不清楚孫氏如何想的，她只知道，有些事情可以示弱，有些事情不可以，起碼此事對於韓香怡來說，就不可以！一旦承認，恐怕自己就只能一直被人低看下去了。

見韓香怡如此，似是不打算承認，對孫氏來說，宋家是惹不起的，修明澤也不能罵太狠，只有這韓香怡，她才敢去說，可對方似乎並不害怕她，這讓孫氏心中的怒也是更加濃了幾分。

「冤枉？妳這話說得好似我只會冤枉好人。小海被傷這是事實，很多人都看到，妳也不必狡辯；小海與明澤是兄弟，弟弟被人傷了，卻不幫忙，還在一旁看熱鬧，妳說妳沒看到，可有人說妳不但看了，還一副幸災樂禍的樣子，這樣妳還要說些什麼？難道妳還想說妳沒看到？」孫氏臉色陰沈，聲音也提高了幾分。

韓香怡面無表情，心裡卻是暗暗冷笑。幸災樂禍？欲加之罪，何患無辭！

「妳是壞女人！我要告訴爹，說妳欺負我！」一直表現怯懦的修明澤卻突然指著孫氏，大聲喊道。

這一喊，屋子裡的三人都愣住了，齊齊看向修明澤，只見他惡狠狠瞪著孫氏，然後拉著韓香怡就這麼推門離開了。

屋子裡孫氏與修明海對視一眼，兩人都沒想到最後竟會變成這樣，自己還沒做什麼，這修明澤卻激動成這樣，顯然是始料未及。

「娘，這個傻子雖然傻，卻也很討厭。」修明海坐直了身子，恨恨說道。

「算了，這事被他這麼一攪，估計又要傳到你爹那裡，你記得，如果你爹問起此事，你一定要一口咬定是那宋景軒的錯，這樣你爹就不會對你怎樣了。」孫氏心裡知曉，在老爺眼裡，修家傻兒還是寶，這個時候不能當著他的面使壞，加上那宋景軒與自己兒子的確有過節，所以推到他身上，倒也合理。

「放心吧，娘，我知道該怎麼說，只可惜沒有讓那傻子和那丫頭受點懲罰，便宜他們了。」修明海撇了撇嘴，心裡卻是又癢癢了起來。

韓香怡，韓香怡……

第四章

此刻，韓香怡已是被修明澤拉著跑出老遠，要不是她一把拉住修明澤，說不定他都能跑出修家大門。

「好了，你別跑了，歇會兒吧！」韓香怡一邊喘氣，一邊問道：「夫君，你為何要跑？」

修明澤一雙丹鳳眼左瞧瞧，右看看，確定沒人後，這才拍著胸口道：「那個女人壞，很壞，她以前還打過我呢！咱不和她說話，咱找爹去，找我爹，那個壞女人最怕我爹了！」

「咱不去找爹，爹還有很多事情要忙，咱先回家。」韓香怡說著，便要拉著修明澤往自己的住處走去。

「不要！」修明澤用力一甩，一把甩開了韓香怡的手，瞪著她道：「妳也是壞女人，妳也不讓我找爹爹！妳壞！」喊完，他直接轉身跑開了。

看著跑開的修明澤，韓香怡不禁扶額，自己這個傻夫君，還真是傻，這件事情孫氏明擺著有準備，找爹爹又如何？他會因為這點事情就懲罰那修明海？明顯是不可能的。

若修明澤不傻，還有機會競爭修家繼承人，可如今，這個機會就落在修明海那裡，傻子可以疼愛，可是不能偏寵，若把兩人擺在明面上，韓香怡相信，修雲天會選擇修明海。

搖了搖頭，韓香怡還是追了上去，誰讓那是自己的夫君呢，自己不管他，誰管？

來到修家之前，她只想安安分分在修家度過一生，做些小買賣，生活富足，有時間將自己娘親接來，即便不能住在一起，等她有了錢，也可以為娘親買一間房，讓她過上好日子，這就是她簡單的想法，可實現卻好難。

一來，她雖是修家媳婦，可現在手頭無私房錢，不可能買得起房子，在帝都最便宜的房子大概也要百兩銀子，即使有那張一百兩的銀票，也無濟於事，她還不如用那一百兩做些其他的事情；二來，韓家曾許諾自己的工坊使用權，卻被推遲到一年之後，一年……太久，她不知曉其中的緣由，她擔心這其中會出現什麼岔子，到時自己真的就只能被人坑；第三，修家也不是自己想像中那麼簡單，本以為只要她不爭不搶，好好過自己的小日子，這便足矣，可來到修家才幾天，就出了這樣的事情。宋景軒雖是好心，卻辦了壞事，想必今後孫氏也不會放過自己，那個修明海對自己也是不安好心……

這一切都讓她覺得很無力，現在的她反倒希望可以回村子裡，過著真正平平淡淡的生活，只可惜不可能了。

「夫君，你莫要跑，快回來！」韓香怡大聲喊著，可修明澤似乎沒有聽到一般，速度不但沒有放慢，反而更快，眨眼間就消失在她的視線之中。

韓香怡對修家本就不熟，這樣一來，她找不到修明澤不說，還迷了路。

在這偌大的院子裡，轉了又轉，沒有找到回去的路，這讓韓香怡又急又惱。急的是自己要趕快回去，而且要找到修明澤，以防他惹了什麼禍，自己就會遭殃；惱的是，這個修明澤還真是不讓人省心，這麼大的人了，雖說腦子不好使，可怎麼就不聽話呢？真是越想越氣！

就在她決定先休息一會兒的時候，突然眼前出現一個白色的月亮門，想了想，她邁步走了過去。

可剛走到月亮門前，就聽到一道聲音自那月亮門內傳出。

說話聲倒也正常，可是當她聽到說話之人的聲音後，她卻是身子猛地一顫，快速躲在門邊，向裡看去。

這一看，韓香怡不由就是一怔，是他——那個曾經將自己送入韓家的男人，曾龍！而和他在一起的正是修家家主修雲天以及一個她不認識的中年男子，此刻三人坐在亭中，似乎談論著什麼要事，都面色嚴肅、不苟言笑的模樣。

隱約間，韓香怡似乎聽到兩人的話語中提到了工坊。

工坊？韓香怡不由想到了那一年的期限。正想細細聽去，突然肩膀一痛，忙轉身，只見一道身影站在自己身後，正冷冷看著自己。

那是一個身材有些矮小卻長得十分俊朗的少年，看年紀似乎是在十四、五歲之間，一頭黑褐色的長髮整齊地垂在腦後，濃而密的眉毛下一雙眼睛大而亮，炯炯有神，挺鼻厚唇，每一處都恰到好處。一身藍白錦衣，腰繫白玉帶，手拿一把青松白面扇，很有一種少年書生的感覺。

此刻少年正冷眼瞧著她，滿是敵意。

韓香怡詫異地看著那少年，只聽他冷冷地說道：「妳在偷聽？」

「我沒有，我只是碰巧路過而已。」韓香怡忙搖頭道。

「哼，爛藉口，修家這麼大，妳哪裡不碰巧，偏在這裡碰巧，妳覺得我會信嗎？」少年一副不依不饒的模樣，繼續冷眼相向。

「我為何要騙你，且你信與不信又與我何干？」韓香怡也是雙眼一冷，轉身便要離開。

「想走？」少年冷哼一聲，身子往後一側，手臂抬起，一把抓住她的手腕，在她吃痛中拉著她向著院中走去。

「你這是作什麼，快放開我！」韓香怡心下大驚，雖說自己並未偷聽，可畢竟自己所做之事確實不妥，又恰巧被這小子看到，自己還真是有理也說不清了。

「放開妳？到了地方我自然會放了妳！」少年哼哼冷笑，抓著韓香怡，向著那亭子快步走去。

「爹、修叔、曾叔，你們瞧，我給你們帶來了個偷聽賊！」快要走近時，少年一把舉起韓香怡的手腕，得意地喊道。

亭中三人停止交談，紛紛轉頭看來，可當看到韓香怡時，修雲天與曾龍的面色都有了變化，而這也被一旁的中年男子收進眼底。

「景書，莫要胡鬧！這裡是你修叔家，哪裡來的偷聽賊，還不快放了人家！」中年男子雙眼一瞪，出聲喝道。

「爹，可是她……」

「放手，這是你修叔家，你修叔自會評斷，休得胡鬧！」中年男子打斷那少年的話，再次訓斥。

「我……哼！」少年哼了一聲，一把甩開韓香怡的手腕，惡狠狠地瞪了她一眼。

韓香怡也不甘示弱暗暗瞪了回去，在那少年氣憤地想要開口時，率先向修雲天深深一禮，恭敬道：「香怡見過爹爹。」

「嗯，香怡啊，起來吧！」修雲天露出和藹的笑容，示意其起身。

可這一幕卻讓那少年猛地愣住，一臉不可思議地看著韓香怡，那表情很明顯在說，妳到底是誰？至於那中年男子，則是面色平靜，沒有任何反應，不過心裡卻也有些詫異，沒想到這女子是修家人。

「呵呵，讓兩位見笑了，這是我那傻兒的妻子，韓香怡。曾兄定然知曉，宋大哥……」

「呵呵，無妨，沒想到是明澤那小子的妻子，是我兒莽撞了。景書，還不給你兄嫂賠罪！」宋哲瞪著自家兒子道。

宋景書咬了咬牙，又看了看韓香怡，在確定自己確實沒有聽錯的情況下，只好心不甘、情不願地對韓香怡一拜，低聲道：「是我魯莽了，還望兄嫂原諒！」

對方都如此了，韓香怡自是不能駁了面子，於是她也還禮，道：「這不怪你，是我的行為不妥，讓你懷疑也是自然。」
「嗯，這樣就好。對了，還沒給妳介紹，這位是宋家家主，這小子是宋大哥的小兒子，宋景書。」
「香怡見過宋大伯，景書弟弟好。」
「呵呵，好，沒想到明澤能娶到妳這麼好的妻子，倒也是他的榮幸啊！」宋哲呵呵一笑，看了修雲天一眼，又道：「雲天老弟，你有福氣了。」
「是啊！我那傻兒子，我也沒想到他還能娶到妻子，香怡是個好姑娘。」
修雲天微笑點頭，可眼中卻有著一抹揮之不去的痛，而這一幕被韓香怡看在眼裡。
「對了，香怡啊，我看天色也不早了，妳怎麼在這裡？明澤呢？」修雲天心裡已然猜到了什麼，但還是問道。
「回爹爹的話，夫君跑出來玩，我來尋他，可這院子太大，我一時間迷了路，也不知怎麼就來到這裡，剛聽到您和宋大伯、曾叔的談話，正要離開，卻被……還望爹爹原諒香怡誤闖之過。」
修雲天點了點頭，笑道：「無妨，也不是什麼大事。天色也不早了，妳一個人也找不到路，這樣吧，麻煩景書代替修大伯將我兒媳送回去吧！你對這裡熟得很，有你帶她，我也放心，如何？」
「可以，修叔您說送就送。」宋景書笑了笑，爽快地應下了，不過那眼中的狡黠卻是被幾人看到，都是無奈搖頭。

一路上，宋景書一邊斜眼瞧著韓香怡，一邊有些調侃地說：「沒想到妳還是明澤哥的女人，嘖嘖！還真沒看出來。」

韓香怡懶得理他，只是一邊走，一邊看著四周，期望可以看到那道身影，只可惜，走了半天，也沒看到他。

「喂，妳聽見我說話沒？」宋景書見她一副心不在焉的模樣，頓時來氣了，朝著她喊道。

韓香怡收回視線，看向他，淡淡道：「你要說什麼？」

「我……」

被她這麼冷漠地瞧著，不，應該說被人冷漠瞧著，從小到大還是頭一次，以他的身分、地位，真的還沒人敢這麼看他。

宋景書不由得有些不適，一瞪眼，喝道：「妳那是什麼眼神？」

「這就是你要說的話？」韓香怡依舊冷漠地看著他。

他被瞧得有些發火了，便跳了起來，道：「妳那是什麼態度，我可是宋景書，妳知道我的身分嗎？妳還敢這麼瞪著我，小心我告訴修叔，讓他治治妳！」

韓香怡目露不屑，淡淡道：「你除了會到處說別人不是，你還會些什麼？」

「我……」宋景書被她這麼一說，一張臉頓時脹紅，只覺得自己好似被人瞧不起了。

在韓香怡看來，這個宋景書就是嬌生慣養的小少爺，什麼也不懂，只知道到處告狀，這樣的人她最是瞧不起了，而對付這種人，最好的辦法就是把他的臉面扯下來，讓他再也不能得瑟。

此刻，看著宋景書那一臉氣憤的模樣，韓香怡淡淡地轉過臉，也不看他，而是一邊往前走，一邊尋著她夫君的身影。

兩人又尋了一會兒，無奈夜幕降臨了，只好作罷。

韓香怡安慰著自己，心想，這是修家，夫君即便再傻、再不認路，在修家十幾年，怎麼著也應該回院子了，即便找不到，這麼大的修家還沒有丫鬟、婆子嗎？想來應該不會有什麼大礙。再說，爹爹已經知曉夫君不見的事情，想必也會派人去找……這樣想來，她反倒輕鬆了不少，腳步不再急切，而是慢慢跟著宋景書，一路上好好觀察修家的一切。

韓香怡一邊走，一邊看，心裡卻突然想起自己的娘親，不由有些難過。

一旁的宋景書心裡正想著如何報復韓香怡，可當他轉身準備開口時，卻是看到韓香怡那憂傷的雙眸，那一刻，他嘴巴閉上，醞釀一肚子的話也都憋了回去。

他不曉得她在想些什麼，也不知道她還有什麼憂愁，在他想來，可以嫁入修家已經是她天大的福分了；雖然明澤哥有些傻，可以後的日子起碼也是錦衣玉食，可她又為何會如此？

「妳在想什麼？」宋景書不禁多管閒事地開口問道。

韓香怡抬起頭，一滴淚落下，她輕輕擦掉，搖了搖頭，道：「你有想追求的理想嗎？」

「理想？」宋景書不解地看著她。

「就是對未來的追求，可以為了這個不斷努力，只為達到，你有嗎？」韓香怡看著他，淺笑道。

那笑容雖淺，卻美美的，宋景書心底一顫，不由自主看向他處，道：「不知道妳在說些什麼，我現在生活得很好，不需要什麼追求。」

韓香怡無奈一笑，道：「你說得對，你該有的都有了，或許對你來說不需要，因為你都可以實現吧！」搖了搖頭，她抬腳向前走去。

走到這裡，她已知道該如何回去了。

腳步一頓，她轉過身，看著宋景書，淺笑道：「謝謝你帶我回來，之前我若說得過分了，還請你不要在意，剛剛說的話，也當我是在胡言亂語吧！我是從小地方來的，沒有你們這麼多的涵養，說起話來也直接，希望你理解。還有替我謝謝你哥，謝謝他……幫了我和我夫君。」說完，韓香怡對著他點了點頭，便轉身離開了。

看著她的背影，耳邊迴盪著她的話語，宋景書站在原地，駐足許久，半晌，當一抹涼風吹來打在他的臉上，將他喚醒後，他急忙搖頭。

「我這是怎麼了？她說一堆莫名其妙的話，害得我也有些莫名其妙了！哼，真是可惡，還跟我說什麼不要在意，這分明就是要我很在意。等著，下次見面，有妳好瞧！」嘟囔了半天，宋景書這才有些不自在地轉身離開。

回到冷清的屋子裡，修明澤還沒回來。

韓香怡將窗子打開，春夜的風有些涼，但也會讓人神清氣爽。她從袖中取出一個玉盒，將其打開，裡面裝著紅白色的粉末，這是之前她融合梔子花與其他花種的香粉。

她已經去過韓家的工坊了，那裡有許多東西是她未曾見過，也不曉得如何使用的，更別說要弄到。現在她除了時間之外，一無所有，那麼現在能做的，只有靠著自己熟練的技術爭取在短時間內製作出更多香粉。

沒有韓家工坊不重要，重要的是，自己若是想做，那就要想辦法做到。以自己的經驗和速度來說，製作出一批香粉，至少需要三天時間，每一批也只有不超過五盒的數量，以此來推算，若想製作出一百盒，自己起碼需要兩個月的時間，而且還必須要保證天氣晴朗、沒有陰天多雲，可她知道這是不可能的。

春天雖日漸溫暖，但也同樣伴隨著多雨多雲的天氣，而製作香粉的花朵不但不能沾上雨水，還需要很好程度地風乾，這樣算來，自己要製作一百盒，時間就只能延長。

不過，也不全然沒有辦法，只要自己多採一些花，有足夠的青石，自己花一些時間或許可以做得更多。

可是如何找來青石呢？這是一個問題，其次便是玉盒了。之前在韓家，因為韓家本就是做香粉生意，所以家裡倉庫內有大量玉盒，自己索要也還算方便，可現在到了修家，就不是那麼容易了。

據她打聽得知，現在帝都這樣的玉盒一個就需要二十枚銅板，這還只是普通的玉盒，其中摻雜了許多雜質、不純淨，這樣的玉盒保存香粉的時間也會很短，一般不會超過一年；而好一些的則需要一百枚銅板，這樣的玉盒可以保存香粉五年時間，一般的小商鋪都會購買這樣的玉盒。

最好的便是白玉盒，白玉盒是無雜質的，純白如玉，這樣的玉盒可以保存香粉足足十年，但價格也極其昂貴，每一個玉盒都需要一兩銀子。

如果韓香怡想買，那麼一百盒便需要一百兩，這對她來說，成本實在太重，她手裡雖有一百兩銀票，可她還有他用。

「太普通的自己不能買，那種雜質太多的玉盒不易保存，年限短，一些懂得香粉的人也不會買，至於那一兩一個的白玉盒，以自己現在的財力，還買不起，看來還是要買一些能夠保存五年的玉盒了。」

心裡打定主意，韓香怡又從衣櫃下面的抽屜裡取出壓在下面的一百兩銀票，一個玉盒需要一百個銅板，十個便是一兩銀子，一百個那便是十兩銀子。

一想到自己手裡的一百兩銀票就要沒了十兩，這對於從未有過如此多錢的韓香怡來說，無疑是很心痛的，無奈自己必須要這麼做，只有這麼做，才能賺得更多。

將銀票收好，看了看外面，天色也不早了，她發現修明澤還沒回來，他到底做什麼去了？

坐在床上，韓香怡漸漸有了睏意，上眼皮和下眼皮不停地碰觸，終於，當她再也抵擋不住睏意時，便一頭倒在床上，睡了過去。

風吹過，一道身影在這夜色中閃現，出現在窗前。

那人透過窗子看向屋內，瞧著床上熟睡的身影，片刻後，他將支著窗子的木棍拿下，悄悄關上窗，藉著暗淡的月光，看見的是一張精緻的側臉。

那人吐了一口氣，身子一躍而起，眨眼間消失在夜色裡。

清晨，伴隨著花草香，風兒將清新的空氣吹散在大地之上，使得一切在這春日變得異常美麗。不知何時，陽光已是高掛枝頭，暖暖的陽光在這一刻充斥著春日的氣息，透過窗子照射進來，落在韓香怡身上。

「嗯……」

韓香怡輕聲呻吟，那長而彎的睫毛顫了顫後，緩緩睜開，一時間被陽光刺得緊閉雙目，她往裡挪了挪，這才睜開雙眼。

「我是什麼時候睡著的？」

韓香怡猛地坐起身子，目光一掃四周，屋裡就自己一人，修明澤不在。

「他一夜未歸？」

韓香怡有些焦急地下了床，正要準備出去，可是剛來到門前，門卻被打開了，一道身影走了進來，不是修明澤還會是誰。

「妳要幹麼？」修明澤看著韓香怡，眼神不善地問道。

「我……我要去找你的。」韓香怡後退了一步，說道。

「哼！」修明澤不滿地撞了她一下，走進屋子，坐到椅子上，從背後取出一串葡萄，舉在頭頂，一口幾顆，吃得倒也開心。

「你昨晚沒回來？」韓香怡來到修明澤身前，問道。

「哼！」修明澤瞪了她一眼，轉身繼續吃著，卻不理她。

「夫君，你生我氣了？」韓香怡咬著唇，拉著他的衣袖，輕聲問道。「你看你玩得頭髮都亂了，我幫你梳頭吧。」

一夜未歸，修明澤的頭髮亂糟糟的，不需要細聞，都可以聞到一股土味。

修明澤這次倒沒躲開，而是手一伸，將那一串葡萄遞給韓香怡，悶悶道：「給妳！」

「哦。」

修明澤乖乖坐在椅子上，一臉睏意地任由韓香怡為其梳頭。

「妳還是我的娘子嗎？」

「夫君，你昨晚出去了？」韓香怡一邊為修明澤梳頭，一邊問道。

「妳還沒有回答我的問題呢，妳還是我的娘子嗎？」修明澤耷拉著腦袋，蔫蔫地問道。
「你先回答我的問題，我自會回答你的問題。」韓香怡眼中閃過一抹狡黠，笑著道。
「我去了後花園，我在那裡找到好多小傢伙，可有趣了，我還給牠們東西吃了呢！」說到這些，困倦的修明澤立馬來了精神，手舞足蹈地說著。
「後花園的小傢伙？」
「嗯嗯，小傢伙，好多的小傢伙。」
「是……怎樣的小傢伙？」韓香怡也來了興致。
「嗯……」修明澤搖著手指，皺眉，噘嘴，撓耳朵，片刻，腦袋一歪，鬱悶道：「我說不出來。」
「好吧，沒關係，有時間我陪你去看看你說的那些小傢伙。」
「真的？太好了，不過現在妳該回答我的問題了吧！妳還是我的娘子嗎？」
韓香怡看著修明澤，她還從未見過他對一件事情可以如此執著，單是這句「你還是我的娘子嗎」便已問了三遍。
起初她也沒在意，只以為他是覺得好玩才問，可是現在她知道，他確實想知道答案。
想到這裡，韓香怡將他那梳理好的頭髮紮起，將頭髮平整地理在腦後，這才走到他面前，蹲下身子，雙手放在他的腿上，點頭道：「我是你娘子，你是我夫君。」
「真的？」

「當然。」

「那妳能為我做一件事情嗎？」修明澤開心地問道。

「什麼事情？」韓香怡一怔，問道。

「妳會幫我的，對嗎？娘子。」修明澤可憐兮兮地看著韓香怡道。

「這個……你要先告訴我，我才能幫你。」

「好吧，其實……我想去學堂，娘子，妳能幫我嗎？」

「去學堂？為何？」

韓香怡實在不理解，無緣無故的，怎麼就想要去學堂呢？那裡是學習的地方，他去做什麼？玩耍？先生不氣死才怪。

「夫君，你能告訴我，你為何想要去學堂嗎？」

「就是想去，就是想去，我就是想去！娘子，妳幫我吧！妳帶我去吧！好嗎，好嗎？」

修明澤拉著韓香怡的手，一邊甩，一邊撒嬌道。

韓香怡有些頭疼，先別說去不去學堂，單說兩人想要出府都有些困難，莫非還要自己去求那王嬤嬤？一次也就罷了，好歹還有個理由，這次要用什麼理由？

說要陪著夫君去學堂？這不是胡鬧嗎！

家裡不讓他學習，想必就是怕他惹出事來，也就是說，自己根本不可能帶他去學堂的。

「夫君，是不是誰和你說了些什麼？你告訴我好嗎？」

修明澤搖頭，只是搖頭，卻什麼也不說。

有事，這裡面一定有事。

「是不是有人欺負你了？或者有人與你說了些什麼？你告訴我。」韓香怡自認不算是可以保護別人的人，可對於自己的夫君，還是一個傻到有些可愛的人，她心裡升起想要守護的念頭。

即便他不喜歡她，即便他不曉得什麼是夫妻，可他還是自己的夫君，自己是他娘子，這是無可厚非的。所以她絕對會幫他出氣。當然，如果可以的話。

「沒有人欺負我，沒有。」修明澤搖著頭，然後有些期待地說：「我聽說，學堂是個很好很好的地方，那裡有很多和我一樣的人，他們都可以在一起學習、玩耍。娘子，我也想去，我也想去那裡。」

韓香怡沈默了，這是一個難題，起碼對她來說是的。首先，要想出去，就要通過一個人，那就是王嬤嬤。上一次撒謊說要陪著夫君騎大馬，這次該怎麼做呢？

心裡思索著的韓香怡對著修明澤道：「夫君，你若真的想去，就在這裡安靜等我，等我回來了，再告訴你咱們去不去。」

「娘子，妳要幹麼去？」修明澤抓著韓香怡的手，道。

「去求一個人。」

再一次來到王嬤嬤的房門前，韓香怡的心情變得不一樣了，若說之前是為了自己，那她還不會太在乎，若不成功，不出去便是；可此次為了她的夫君，她覺得身負重任。

敲響房門，過了幾息，很快，門被打開，只見一身著青色小衣的丫鬟正站在門內看著自己，行禮道：「見過大少奶奶，不知您找王嬤嬤有何事？」

「王嬤嬤在休息嗎？若在休息，那我就不打擾了。」

「剛剛醒來，正吃點心呢。」

「那便幫我問一句，我有事想要與王嬤嬤聊聊。」韓香怡說著，遞給那丫鬟一盒香粉，這是她唯一可以送人的。

那丫鬟哪裡用過什麼香粉，都是看著那些主子們用，要知道，這一盒香粉可足有數兩銀子貴呢，她們每個月也就發五十枚銅板，怎麼買得起，即便再普通的香粉，也要半吊錢。

所以在看到那香粉後，她眼睛一亮，快速收起，然後對著韓香怡笑道：「大少奶奶您稍等，我這就給您問去。」說完，便關上了門。

果然，錢好用，值錢的東西更好用。一盒香粉對於一個丫鬟來說，是再好不過的東西了。

很快，門再次打開，那丫鬟對著韓香怡眨了眨眼，笑道：「王嬤嬤請您進去。」

走進屋內，只見王嬤嬤此刻正坐在桌前，一手拿著一個白玉糕，一手端著茶杯，吃一口，喝一口，很是悠閒。

「見過王嬤嬤。」

第二次見王嬤嬤，韓香怡覺得有些親切，而且，她從王嬤嬤的身上聞到了花香，想必王嬤嬤定是搽了自己送她的香粉。

「今兒個來我這裡，所為何事，不會又想出去吧？」說著，王嬤嬤放下茶杯，將最後一口白玉糕放入口中，看著她道：「上一次你們出去便惹了事，害得我被大夫人埋怨，這一次，不可能了。」

含在嘴裡的話，被王嬤嬤打了回來，韓香怡有些無奈，同時對那孫氏更是好感全無。面帶微笑，韓香怡走到王嬤嬤身前坐下，笑道：「王嬤嬤您擔心的是什麼，無非就是明澤的安全，可是您說，修家都不打算讓他離開這個院子嗎？他現在或許還可以老實待著，可以後呢，總不能一直把他關在這裡吧？他總歸是要出去的，若真讓他一直待在這裡，他不會快樂。」

「大少奶奶，您說的這些，老婆子我都懂，也都很清楚，對於大少爺，我只能說，覺得很心疼，也很可惜。老婆子我在修家也算是老人了，大少爺是我從小看到大的，我很疼他。」王嬤嬤喝了口茶，順了順，舒服了些，才繼續道：「暫且不說安全的問題，上一次讓你們出去，最後被責怪的還是我。」

「王嬤嬤，您應該知道那不是我們的錯。」

「我明白。修明海那小子是什麼德行，我清楚得很，好歹我也在修家待了這麼久，我想妳應該也清楚，孫氏是什麼樣的人，尤其是在她兒子的事情上，她更是得理不饒人，甭說是被踩了腳，就算手指破了皮，她都會計較。」王嬤嬤撇了撇嘴，又道：「所以出去的事情妳就別找我了。」

「可是王嬤嬤，明澤他真的很想出去……」韓香怡哀求道。

王嬤嬤嘆了口氣，片刻，她道：「我這裡是一定行不通的，不過妳可以去找一個人，若他同意，我想你們定能出去。」

「誰？」

「家主。」

出了王嬤嬤的住處，韓香怡不由皺起眉頭，叫自己去找家主，這不是更難嗎？況且家主又怎麼會同意讓自己出去，更別說還是帶著修明澤一起去學堂了。

「這怎麼辦才好呢……」韓香怡一邊走，一邊想。

不知不覺，她竟是再次來到後花園，走過月亮門時，後花園靜悄悄的，沒有半個人。不由得讓韓香怡想到修明澤說的那些小傢伙，那些小傢伙是什麼東西？

想到這裡，她邁步向裡走去，修家的後花園她上一次進來，還是被宋景書給抓進來的，根本就沒有心情好好欣賞。

「不過話說這後花園的花還真是不少，雖說修家不以花朵採摘為業，可這裡種的花倒也繁多。」

紫丁花、杜鵑花、月季……各種各樣的花朵，一團團，一簇簇，很是美麗。

「若將這些花採摘下來做成香粉，一定很不錯。」不知為何，一看到這些花朵，韓香怡的腦海中自然而然浮現出製作出來的香粉。

繞著花園走了一圈，韓香怡沒有看到修明澤所說的那些小傢伙，不由得搖了搖頭，都不知道該怎麼才能出府，自己還有心情在這裡賞花……

莫非真要自己去找修雲天不成？

正想著，只聽身後有笑聲傳來，韓香怡轉頭看去，只見有三個女孩正笑談著向著這邊走來。

這三個女孩都是身著統一的藍色衣衫，看年紀應該都在十二、三歲，而在中間的那個女孩，韓香怡瞧著有些眼熟。

嗯，與修明澤有些相似，莫非……

來到修家以後，該見的人她都見過了，唯獨沒見過的便是修明澤那個十三歲的妹妹修芸。聽周氏提起過，她待人和善，處事大方，對自己哥哥也很照顧，現在她在私塾裡學習琴棋書畫，平常也多留宿在外，偶爾歸家。

正想著，那三個女孩已走了過來。

韓香怡沒動，只是站在那裡，雙方互打了照面。

「請問妳是……」修芸拉著那兩個女孩來到韓香怡面前，淺淺一笑，禮貌問道。

在修明澤的大婚之日，由於上學地方遠，修芸匆匆趕回來參加儀式後，便又匆匆趕了回去，所以只看過蓋著紅蓋頭的韓香怡，並不知道她長得什麼模樣，恰好今日歸家，就碰見了韓香怡。

「若我沒猜錯的話，妳應該是修明澤的妹妹修芸吧？我叫韓香怡，是明澤的妻子。」韓香怡走上前去，笑著說道。

修芸微微一怔，原本還想著要親自去見見這個嫂子，卻沒想到在後花園見到，她還沒準備好，也沒有把自己準備的禮物帶在身上。

回過神來，修芸急忙拉住韓香怡的手，尷尬地道：「大嫂，真是抱歉，我不知道會在這裡遇到妳，所以……」

「無妨，我也是在這裡閒逛而已，也沒想到會碰到妳。妳們逛吧，我還有事要辦，就先回去了。」

「大嫂，一起走吧！我跟妳一起回去。」修芸急忙拉著韓香怡，沒讓她走。

既然見都見了，就一起聊聊吧，她心裡也有一些事情想和她說一說。

韓香怡自然明白她心裡所想，也沒拒絕，點了點頭，便跟著她們一起往回走去。

「大嫂，大哥大婚那日我實在是因為沒有時間，便匆匆離開了，妳不會怪我吧？」修芸主動挽著韓香怡的手臂，親暱地說道。

「怎麼會呢，妳能回來，我就已經覺得很好了，況且只是一個儀式而已。」韓香怡倒沒有多在乎，笑著說。

「嘻嘻，大嫂妳真好，我哥能娶到妳，真的是他的福分呢！對了大嫂，妳說妳還有事要辦，是什麼事啊，我能幫到妳嗎？」

韓香怡心中一動，修明澤想要出去的事情，或許……修芸可以幫忙。

於是韓香怡將事情與修芸說了一遍，又將之前在外頭發生的事情講予她聽。

修芸聽完，便皺起了眉頭。「大嫂，我哥他想要去學堂這件事情，我怎麼想都覺得奇怪，他怎麼會無緣無故想要去學堂呢？這其中可有何原因？」

「問過他了，可他只說想要去，也問不出個所以然來。我是瞧妳哥真的很想去，所以才想要試一試，只可惜王嬤嬤那裡行不通。」韓香怡聳聳肩。

「哼，那個可惡的修明海，真不是個好東西，他娘也一樣，錯不在你們，實在是他們太壞了。」修芸顯然對孫氏以及修明海都十分痛恨。

或許這就是修家平靜背後的暗湧，她能感覺得到，修家恐怕很快就要有事情發生了。

「要不這樣，妳跟我去求求我爹，我想我爹應該不會不答應，大不了咱們倆一起看著我哥，不會讓他出事。」修芸想了想，還是覺得這樣機率會大一些。

韓香怡自然是希望如此，所以笑著答應了，暫時與修芸的兩個好姊妹分開後，兩人直奔書房而去。

第五章

現在是上午，修雲天這個時間一般都會在書房看書。

時人總覺得商人一身銅臭味，不會詩詞歌賦，也不喜歡讀書寫字。

應該說，時人描述的對象多是小商，真正到他們這樣的程度，都會提升自己的文化修養，到了他們這樣的層次，需要的便是知識，因為接觸到的人不同了，所需要表達的也就不同。

若是從前，買賣雙方都是普通百姓，小商小販自然不需要如此，可如今，他們修家的綢緞有大部分都是與那些達官貴人、書香門第來往，有頭有臉的人物見得多了，不說薰陶，也要瞭解一二。

從前的修雲天也算是一個粗人，只靠著買賣布疋賺些小錢，可如今他的生意做大了，已屆而立之年的他，也漸漸開始對書有了興趣。

為此他還特意請來教書先生，教他讀書寫字，如今的他已然可以毫不費力地讀完一本詩集。對他來說，書，不但是交流所須，也是提升自己品行的必備之物。

此刻，修雲天正拿著一本書看得津津有味，沒承想，書房卻響起敲門聲。

他皺了皺眉，放下書，道：「誰？」

「爹，是我！」

聽見是修芸的聲音傳來，修雲天的眉頭也舒展開來。他很喜歡這丫頭，從小就聰慧過人，現在又在讀書，對他來說，一個女孩子能做到這樣，已經很不錯了。

「芸兒啊，進來吧！」

修芸推門邁步走了進來，跟隨她進來的，自然還有韓香怡。

「呵呵，香怡也來了，怎麼？妳們有事？」修雲天看到韓香怡也在，便笑著問道。

「見過爹爹。」

修芸看了看韓香怡，然後快步走到修雲天身邊，按著他的肩，嬉笑道：「爹，這麼久不見，您有沒有想芸兒啊！」

「好久不見？前幾天不是才見過嗎？妳這丫頭，是不是有事求妳爹？」修雲天一眼便瞧出她有事相求，要不然怎麼會主動替自己按肩呢！

「爹爹，瞧您說的，難道我只能有事的時候才來看您嗎？您若是真這麼想，那我可就傷心了。」修芸晃著修雲天的肩，撒嬌道。

「妳這丫頭別給我來這套，沒事嗎？那好，我有事，我要忙了。」說著，修雲天便要送客。

「爹爹！」修芸一把將修雲天按下，然後朝著韓香怡猛眨眼。

韓香怡便道：「爹，香怡有事求您，希望您能答應。」

修雲天露出笑容，道：「我就知道妳們有事相求，說吧，是不是明澤那小子的事？」

既然修雲天都已經猜出，韓香怡也不再猶豫，便一五一十將事情的始末說予修雲天聽。

修雲天聽罷，亦是緊鎖著眉頭，這件事情他其實不應該阻止，可是自己兒子是個傻子，他若僅僅是在外面玩耍也就罷了，可去學堂這件事情就得好好思量了。

學堂是學子們學習之地，修明澤若是前去，無事倒好，若有事，那可就是大事了。要知道，若在那裡惹出事端，雖說修家和官府關係還不錯，可估計也不會輕饒。

「爹爹，您想什麼呢，您到底同不同意啊？」見修雲天低頭不語，修芸便繼續晃動著他的肩，問道。

「若說是你們去外面玩，我就答應了，可此事不妥，學堂那種地方可不是好玩之地，明澤若要去，誰也不敢保證他不會惹出事來，若真的有，那咱們修家可就要被罰了。」

「爹爹，您怎麼這麼膽小呢，有我和大嫂在，不會讓哥惹事的，您就答應我們吧！」修芸繼續軟磨硬泡。

「爹，香怡明白您擔心的是什麼，可是爹，香怡原本也不想讓明澤去學堂，因為那裡不是他該去的地方，可我看到明澤的堅定後，我便決定要幫他，即便不能進去，也要讓他在外面瞧一瞧。」韓香怡也開口說道。

自己是他的夫人，是他以後的枕邊人，雖說他心智不全，但他也可以有自己的想法，他既然如此想做一件事情，哪怕再難，她都想去幫他完成。

「這……」修雲天皺緊眉頭，此事還真讓他犯難了。

「爹，您就答應我們吧，我們保證，絕對會看好我哥的，爹！」

「好吧，我答應妳們，但我會再派兩個人跟著你們，免得出了事妳們倆也未必能幫得上。」說著，修雲天拿起紙筆，刷刷刷寫下幾行字，然後遞給修芸，道：「將這交給王嬤嬤，她自會讓你們出去。」

「謝謝爹爹，您真好，那我們走啦！」修芸開心地抱著修雲天的臉頰親了一口，這才開開心心拉著行禮的韓香怡離開。

「這丫頭，真是越來越讓人招架不住了。」修雲天笑了笑，隨即拿起了書，可是卻又沒了看下去的心思。明澤那小子為何要去學堂？他不理解，也想不通。

「可千萬不要出事才好。」

明尚書院，乃帝都有名的學府，是帝都除去皇家內院外最重視之地，而這也是為何修雲天如此重視的緣故。

聲明有稱，此地不得有鬧事者，若被發現，輕則杖責，重則關進監牢一年，以示反省。如此，自然沒有人敢在這裡鬧事，除非真的想皮開肉綻，抑或吃一年牢飯。

可是今日，修明澤卻叫嚷著要去明尚書院，這不得不讓修雲天慎而重之。

「你們一定要看住大少爺，不能有一絲閃失。」修雲天看著面前的兩個家丁，慎重地說道。

「放心吧，家主，我們一定會好好看住大少爺的。」

「準備好了嗎？準備好咱們就出發吧！」修芸站在門口，似乎對可以去明尚書院更為興奮。

「好了，咱們走吧！」韓香怡拉著穿戴整齊的修明澤笑道。

此刻的修明澤被韓香怡打扮一番，顯得更加俊逸，一身素白長衫蓋過腳面，腰繫白玉帶，上配琉璃掛穗。

黑亮的長髮整齊地披散在腦後，白皙如玉的臉上帶著真摯的笑容，丹鳳眼被這笑容渲染得更加妖異。作為男人，修明澤帥氣俊逸，若作為女人，他也會傾國傾城。

「大嫂，妳如此精心打扮我哥，有什麼心思？」修芸笑嘻嘻地挽著韓香怡的手臂道。

韓香怡笑了笑，道：「我會有什麼心思，既然出去，還是去明尚書院，那自然要儀表端正才好，總不能邋遢。明尚書院是育人的地方，咱們去了，便要帶著真誠的心。」

修芸吐了吐舌頭，沒有再說。

三人走出修家，此刻修家門前已有一輛馬車停在那裡，車伕和兩個下人都站在那裡等待三人的到來。

「大少爺，大少奶奶，二小姐，請上車吧！」一個下人放下小板凳，恭敬道。

上了車，修芸緊挨著韓香怡，修明澤則是自己坐在一旁，也不知在搗鼓什麼。

「小芸，妳去過明尚書院嗎？」

「去過兩次。」修芸俏臉微紅著說道。

看著修芸那羞紅臉的樣子，韓香怡便是一樂，道：「那裡該不會有妳喜歡的人吧？」

「怎麼會！」修芸羞得跳腳，俏臉更紅。

一邊與修芸笑鬧，一邊看著修明澤在那裡嘿嘿傻笑，很快馬車便是一晃，然後停了下來。只聽那車伕道：「大少爺，大少奶奶，二小姐，咱們到了。」

「還真快，那咱們下車吧！」修芸興奮起來，最先下車，接著是韓香怡和修明澤下了車，韓香怡便被眼前的建築深深地震撼了。

在韓香怡的印象中，「書院」就是鎮子裡一間磚瓦小屋裡整整齊齊擺放著十張桌椅，一個教書先生拿著一本破舊的書在那裡搖頭晃腦地讀著，下面的孩子亦在搖頭晃腦、有模有樣地學著。那才是韓香怡記憶中的學堂，可是……

當她看到眼前這個學堂時，她知道，是自己寡聞少見了。

「這才是書院，這才是學堂啊！」韓香怡仰著頭，輕聲呢喃。

出現在她眼前的是一座雄偉的建築，建築前是一個足有兩丈高，由白色大理石雕刻而成的門樓，門牌上龍飛鳳舞寫著四個大字——「明尚書院」。

隨著修芸往裡走去，入眼是一條足有四、五丈寬，乳白色大理石鋪成的路面，在路的兩側則分別豎立著一座又一座的雕像，似乎都是一代代先人的樣貌，或手拿大弓射日，或手拿詩書孜孜不倦，或驅車趕馬威風凜凜，或盤坐琴前彈奏嫋嫋樂音……每一個一丈高的巨大雕像似乎在描述著一個又一個的故事，將韓香怡帶入一個又一個奇幻的世界。

在這裡，她感受到從未感受到的氣息，在這裡，她也感受到從未感受到的舒服。

而隨著三人的深入，一座座樓宇出現在她的面前，三層高的樓閣，雕梁畫棟，美輪美奐，每一處似乎都是精雕細琢，每一處似乎都被擦拭得一塵不染。

這哪裡是書院，這分明就是殿堂！對於韓香怡來說，這裡讓她難以想像。

走過這些樓閣，映入眼簾的是兩個很大的場地，被柵欄圍著，每一個場地足有幾十丈寬、幾十丈長。

韓香怡能看出，左邊遠處豎立著一個個靶子的場地應該是射箭的場地，而右邊那停放著一輛輛戰車的場地則是用來馭車的。

參觀完明尚書院的一切後，韓香怡不由暗暗吐氣。

「這就是明尚書院，帝都最好的書院嗎？果然名不虛傳！」

「嘻嘻，大嫂，妳這就震驚了嗎？若是進入那些樓閣內，妳不是更加震撼了。」修芸捂著嘴，笑意更濃。

「哦？咱們還可以進去？」韓香怡心動了。若說來之前她純粹是為了陪修明澤，可來到這裡後，她知道，自己也想好好瞭解這個讓她心動、高尚之地。

「當然可以，明尚書院可是出了名的好書院，而且也是對外開放呢，不怕人來參觀，因為有嚴令不許在這裡惹事，所以也沒人敢鬧事。」
「可是女子也能進入嗎？」韓香怡有些擔心地問道。
「女子怎麼啦？這裡又沒有規定女子不可進入，雖說女子不可在書院學習，但參觀參觀還是可以的。」修芸笑嘻嘻地解釋道。
「原來如此，那咱們就進去瞧瞧吧！」
韓香怡雙眼明亮，正準備進入時，修明澤卻是突然大叫道：「我要尿尿，我要噓噓！」一邊喊，一邊向著遠處跑去。
韓香怡幾人嚇了一跳，頓時也沒了繼續參觀的心情，快速與下人一起追了上去。
韓香怡一邊追，一邊擔心地想，剛剛一切都好好的，可不要在這個時候出事啊！
修明澤跑得很快，眨眼間人就不見了，韓香怡與修芸站在原地，一臉急切與驚慌。出來之前還保證不會出事，現在倒好，事情似乎有些大了！
「你們兩個，還不快去找，分頭找，一定要找到我哥！」修芸急得對著身後的兩個下人喊道。
「是，我們這就去。」
待兩個下人離開，修芸急忙拉著韓香怡的手，手足無措道：「大嫂，這下該怎麼辦啊！我哥他……他怎麼不見了呢，不會出事吧？」
「放心吧，妳哥不會出事的，不會的。」雖說韓香怡如此安慰著，可她心裡也七上八下，總感覺會有什麼不好的事情發生。

到得此時，不得不提，明尚書院真的很大，幾人繞了幾圈都沒找到修明澤，這也使得她們的心情更為沈重。

現在惹事與否已然不重要了，目前最重要的是修明澤的安全，他若是受了傷、出了事，她們可怎麼交代啊！

修芸當初還拍著胸口，信誓旦旦地說可以保護好修明澤，現在倒好，剛來這裡就出了事。修芸年紀小，對這種事情很懼怕，此刻已經是淚水浸濕眼眶，鼻子抽動，哭了起來。

「大嫂，怎麼辦呀，這可怎麼辦呀？大哥他……他要是真的出了事，爹爹會打死我的。大嫂，妳快想想辦法呀！」修芸徹底慌了，沒了主意，只能緊抓著韓香怡的手。

韓香怡也是拍著她，讓她冷靜，同時心中想著對策，想著想著，她心中一動，看著修芸問道：「小芸，書院裡面有妳認識的好友嗎？」

「好友？」

「沒錯，咱們找不到，妳可以找他們來幫忙，人多總比咱們胡亂瞎找的好，而且這裡他們應該比咱們熟悉。」

「對呀，瞧我，怎麼沒想到這個呢！我之前來過這裡，這路我熟。大嫂，跟我來，我帶妳去找他們。」說著，修芸一把拉起韓香怡的手，向前走去。「一般這個時間他們都會在寢居待著，咱們去那裡找他們。」

「哦？這妳都清楚？」韓香怡有些曖昧地看著修芸道。

修芸被韓香怡看得俏臉不由一紅，但還是小聲道：「人家就是知道嘛！」她之所以知道，還是因為那次宋景書曾帶她來過一次，一想到他，修芸的俏臉不由又紅了幾分。

一路上，韓香怡只看到三三兩兩的人走在路上，或是幾人笑談，或是一人捧著書卷讀得津津有味；此時是休息時間，凡是住在這裡的學子大部分都會留在自己的寢居，或休息，或看書，也算是清閒。

「對了，大嫂，咱們要不要去找韓大哥啊？」

「妳是說……韓朝鋒？」韓香怡腳步一頓，聲音略顯緊張。

「是啊，大嫂，難道妳不曉得韓大哥也在明尚書院嗎？」修芸拉著韓香怡，邊走邊道。

韓香怡皺了皺眉，出了韓家，她就不打算與韓家再有何牽連，反正自己也是半個修家人，韓家如何她不在乎，可沒想到，在這裡竟要與大哥韓朝鋒見面，她心裡頓時有些緊張和忐忑，或者說是一種道不明的感情。

韓家上上下下，沒有一人喜歡她、在意她、看得起她，唯有一人例外，那便是韓朝鋒。從他的眼睛裡，她能看到關切、看到心疼，她明白，他是真心把自己當妹妹看待，可越是如此，她就越覺得不舒服。

因為在她心裡，韓家已被列為壞人的範圍，可這些壞人之中卻突然有一個好人出現，讓她心裡極其彆扭，她不清楚自己該用怎樣的方式面對他。

「大嫂，妳怎麼了？看妳心神不寧的樣子……」見韓香怡一邊走，一邊眉頭緊鎖，修芸不由得關心道。

搖了搖頭，韓香怡轉移話題道：「除了我哥，還有誰在這個書院讀書？」

「很多啊，帝都，不，應該說不僅僅是帝都，很多富家子弟、書香門第，凡是有錢有勢、有地位的人，都會將自己的孩子送到這裡讀書。大嫂，韓大哥和韓朝陽都在，我們修家修明海那個混蛋自然也在，再來就是宋家。」

說到這裡，修芸俏臉微微一紅，但還是道：「宋大哥和……景書都在這裡呢！」說到宋景書時，她俏臉更紅，聲音也微微抖了一下。

原本只是想要轉移話題的韓香怡察覺到這一點後，不由露出笑意，拉著她道：「原來我們小芸來此地，是為了看宋景書啊！」

「我……我才沒有！我才不是為了看他呢，要不是我大哥要來，我才不會來呢，哼！」

修芸脹紅著臉，辯解道。

「當真如此？」

「當真。」

「好吧！」韓香怡笑了笑，沒再多說，但她心裡明白，這妮子心裡喜歡的人是宋景書，

雖然她不太喜歡那個傢伙，但不得不說他長得很不錯，是個可以吸引女孩子的少年，加上修

芸與宋景書才相差一歲，喜歡他也很正常，只是不曉得那傢伙心裡有沒有修芸。

很快，兩人一前一後來到一片青磚綠瓦之地，這裡是一個個獨立的小院，每一個小院之間都有一丈遠，不會太吵，也不會讓人覺得孤立。

而就在韓香怡有些錯愕地站在那裡時，修芸已經輕車熟路地帶著韓香怡朝著左手邊數來第四個小院走去。

「這裡住的是韓大哥和韓朝陽。」

聽到修芸這麼說，韓香怡腳步一停，開口便要阻止，可惜已經晚了，只聽修芸嬌聲喊道：「韓大哥，朝陽，我們來看你們啦！」

隨著她的聲音傳出，小院內的房門被打開，只見一道身影快速走出，這人一身青色長衫，樣子與韓朝鋒有幾分相似，也是個俊朗的小哥，尤其是那一雙眼睛，格外明亮。

此時的他一雙眼睛掃過四周，最後落在修芸和韓香怡兩人身上，頓時眼睛一亮，對著兩人擺手道：「修芸，我在這兒！」

韓香怡眉頭微微皺起，看樣子，他應該就是自己還未見過面的韓朝陽了。

她心裡正想著時，另一道白衣身影走出，正是韓香怡見過面的韓朝鋒。

韓朝鋒本沒有在意，可當他看到韓香怡時，腳步一頓，那冷漠的臉上也浮現了淺淺的笑容。

「妹妹，咱們又見面了。」話音落下，韓朝鋒已邁出腳步，越過韓朝陽，向外走去。

韓香怡眼中的驚慌一閃而過，隨即平靜心神，面露淺笑，隨著修芸邁步向前走去。

「香怡見過哥哥。」韓香怡變得十分乖巧，朝著韓朝鋒淺笑福了福，隨即看向韓朝陽，在他詫異的目光中，笑道：「若我猜得沒錯，你就是韓朝陽吧！」

「沒錯，我是。」韓朝陽看著韓香怡，突然笑道：「我哥說妳很好，雖然我不瞭解妳，但我相信我哥看人的眼光。」

「哦？」韓香怡眉毛一挑，笑道：「這麼說你承認我是你的姊姊？」

韓朝陽嘴角一翹，笑道：「幹麼不承認，我又不像家裡那些女人，我對妳不反感。」

聽到這番話，韓香怡眉頭一挑，這讓她心裡有了些許變化。看來，在韓家不只韓朝鋒一人如此，這個韓朝陽也不錯。

「芸兒，妳來啦！咱們可是好久沒見了，妳想我了沒？」韓朝陽嘿嘿一笑，來到修芸身前，一臉興奮地問道。

「叫誰芸兒呢，我可比你大，你該叫我芸姊。」修芸一瞪眼，嬌喝道。

「就大了一歲，得意什麼。」韓朝陽自討沒趣，便沒再多說，只站在韓朝鋒身旁。

「香怡，妳今日怎會來書院，發生了何事？」韓朝鋒看著韓香怡，柔和問道。

「是這樣的，我還有小芸是陪著夫君來這裡的，可是就在剛剛，他走丟了，我們對這裡不是很熟，所以希望可以……」

「修明澤也來這裡了？」韓朝鋒的笑容在聽到修明澤的名字後，漸漸收斂起來，眼底露

出一抹外人難以察覺的厲色，腦海中不斷迴盪著那日在韓家書房的一幕──

「敢問爹爹，為何要把我妹妹韓香怡嫁給一個傻子？」

「我兒為何如此關心那丫頭嫁給誰？」問話的是王氏，她一臉不解。

她不解的是，兒子向來對家族的事不聞不問，也不會插手，為何今日回來卻關心起一個素未謀面的丫頭？

同樣不解的自然也有韓景福與趙氏。

「朝鋒，你知道你在說些什麼嗎？」韓景福看著韓朝鋒，聲音有些低沈。

「請爹爹回答我的問題。」韓朝鋒與韓景福四目相對，絲毫沒有退縮。

韓家人或許都怕韓景福，可他不怕。

韓景福雙眼微眯，片刻，他冷哼道：「哼，還能因為什麼，還不是為了家族的利益，咱們韓家雖說香粉生意做得還算不錯，可畢竟不能只靠著這一條路，修家是綢緞商，他們的生意要比咱們韓家好得多。

「如今大多數人都光顧綢緞鋪子，買衣服、做衣服，比比皆是，再瞧瞧咱們香粉鋪子，每個鋪子每日賺的錢都不到十兩銀子，這樣長此以往，咱們的生意只會越來越差，而與修家合作，對咱們來說很有幫助。」

韓朝鋒淡淡一笑，道：「所以你們就把香怡賣給修家？」

「朝鋒，你這話說得嚴重了，什麼賣不賣的，香怡嫁給修家，那是她的福分。」趙氏站在那裡，笑著道。

韓朝鋒冷冷看了她一眼，便道：「福分？若您嫁給一個傻子，您也覺得這是福分？」

「朝鋒你……」趙氏臉色一青，險些發火。

砰！韓景福猛地一拍桌子，站起身子大喝道：「混帳，你怎麼這樣跟你二娘說話呢！還不道歉！」

韓朝鋒冷冷看著韓景福，嘴角上翹，眼裡冷意流轉。

「您說的這個理由我可以接受，為了家族的利益犧牲一個人，我可以理解，因為我清楚，這麼多的家族，幾乎都是如此，這也是我們的悲哀。」說到這裡，他雙眼霍然瞪大，聲音略顯沙啞地道：「可是爹爹，您給我的理由似乎還不夠啊！我想您將香怡嫁過去，一定不止這一個理由。」

「還有何理由，我為的都是家族可以昌盛不敗，我這麼做都是為了家族，還有何理由？還有什麼？」韓景福情緒很是激動地吼道。

這臭小子回來一趟就是為了氣死他老子的，韓景福恨恨地想著。

韓朝鋒眼中閃過一抹不屑，眉毛一挑，道：「為了家族，呵呵，好一個為了家族。哈哈哈！好一個為了家族啊！」大笑著，韓朝鋒轉身離開了。

他不傻，他很聰明，為了家族那只是一部分，剩下的一部分，恐怕並不是那麼簡單。

回過神來，韓朝鋒看著韓香怡，目光再次柔和起來，末了，還伸手在她的頭上揉了揉，輕聲道：「我叫人一起去找，辛苦妳了，在修家過得如何？沒被人欺負吧！」

韓香怡有些不適應地紅了臉，搖了搖頭，輕聲道：「沒人欺負我，我……過得很好。」

「這就好。」韓朝鋒淺淺一笑，然後便抬腳向前走去，喚人一起去找這個妹妹的傻夫君。

在明尚書院，眾多學生被分為三股勢力，這三股勢力都有一個學首，分別是以韓朝鋒為首的韓黨，以修明海為首的修黨，以及以宋景軒為首的宋黨。

當然，這裡又以宋黨最為強悍，而韓黨稍遜一籌，至於修黨那純粹就是一些紈袴子弟組建的一個小隊伍，每個人都是不務正業的。

而此次，韓朝鋒便是召集屬於他的那一夥人，足有幾十人，看起來頗為壯觀。或許是因為這邊的動靜大了，也引起其他兩夥人的注意，他們也分別通知了各自能說得上話的人物。

於此同時，就在寢居最左面，那裡有一間看起來十分特別的院子，院子裡，修明海正躺在搖椅上，一隻被包裹得嚴實的腳搭在凳子上，他一手拿著一顆葡萄，扔進嘴裡，美美地享受著陽光。

忽地，一道身影快速跑來，進了院子，來到他面前，低聲道：「海哥，韓朝鋒那邊有動靜。」

「哦？什麼動靜？」正閉眼享受陽光的修明海緩緩睜開雙眼，淡淡問道。
「韓朝鋒似乎帶著他的人在找什麼。」那人不確定地道。
「找什麼？」修明海放下葡萄，微微皺眉，有些不解。
那人又繼續道：「而且海哥，我還看到了兩個人。」
「誰？」
「韓香怡和修芸。」
「嗯？是她們?!」修明海猛然坐起，臉上滿是驚訝。

另一廂，有一處相對安靜的地方，距離其他寢居有一段距離，此處有一院落比其他的寢居要大很多，相較於其他院子裡的花花草草，這裡有的是一個又一個的鐵器，一件又一件的鎧甲。
而在那院子中央，有一個兩人高的火爐，火爐內烈火熊熊，燒著一塊精鐵。
突然，一隻古銅色且粗壯有力的手臂驟然伸出，蒲扇般的手掌拿著一個鐵鉗子，鐵鉗子一把夾住那塊精鐵，將其抽離火爐，將精鐵放在精鐵石塊上，另一隻手，緊握一個足有嬰兒人頭般大小的鐵錘。
手臂驟然抬起，青筋暴起，猛地落下。
噹！

清脆的撞擊聲響起，隨著鐵錘一下下的擊打，那已被燒紅透亮的精鐵火星四濺。

一連串的敲打聲源源不斷傳出，卻又十分有規律地敲打著。

三下一頓，五下一翻。

動作很是熟練，一看便知此人打鐵至少三年。

他，便是宋景軒，此刻的他赤裸著上身，那強健的體魄，古銅色的肌膚有汗水浮現而出，結實的肌肉隨著他的動作越發緊實。

鍛造，對他來說已然是小菜一碟，從他十四歲開始便接觸，如今已有四年的經驗。

打鐵、打造兵器及鎧甲……這對他來說，不但是平常課後的樂趣，也是他鍛鍊自己的方式。或許是知曉他每日此時都會打鐵，所以基本這個時間都不會有人來打擾他，可在今日，這平靜卻被打破了。

「軒哥，軒哥！」叫喊聲由遠及近，很快，一道同樣高大健碩的身影快速跑來，一躍而入院中，看著那專心打鐵的宋景軒，大聲喊道：「軒哥，出事了！」

正在打鐵的宋景軒，手中動作不停，一邊打，一邊道：「何事？」

琅軒深知自己不喜人打擾，所以平日這個時間不會來自己這裡，而一旦他出現，就說明真的有大事發生。

「是這樣……」

於是琅軒便快速將書院發生的事情說了一遍，包括韓香怡、修芸的到來，韓朝鋒帶領韓黨一起尋找修明澤，自然也包括修明海與修黨參與其中。

琅軒跟隨宋景軒四年，與他最親，本身也是一個大家族的長子，不過不在帝都，自然比不過宋景軒，但兩人關係很好，如親兄弟一般，所以他自然也知曉宋景軒與修明澤之間的關係。

在他看來，修明澤，即便是個傻子，對宋景軒來說，也是極其重要的人物。

「軒哥，事情就是這樣，你看咱們怎麼辦？」

果然，聽完了琅軒的話，宋景軒手中的錘子緩緩落下，手中的鉗子將那已經被砸出雛型的鐵餅扔入涼水中。

熱氣不停冒出，如滾滾白霧一般將宋景軒籠罩在內。

一抹森然也在他眼中悄然浮現。

「隨我前去，看看情況再說。」說到這裡，他再次拿起鉗子，將那已經迅速變涼的鐵餅再次投入火爐之中，穿好衣服，來到琅軒的面前。

「軒哥，咱們只是看看嗎？」琅軒不確定地問道。

聽到這話，宋景軒嘴角上揚，一抹冷然浮現而出。

「看，那是在沒有事情發生的情況下要做的，若是澤哥出了事，被我看到是哪個小子暗中搗鬼，老子會扳斷他一條腿，讓他終身難忘。」說完，宋景軒一躍而起，眨眼間消失在琅軒的視線之中。

琅軒深吸一口氣，眼中精芒暴射。這就是他的軒哥，這樣才有意思！嘿嘿一笑，帶著一抹血腥之色，琅軒也快速追了上去。

明尚書院三股勢力也在這一刻即將聚齊。

「香怡，妳說聽到他說要如廁，可這裡並無一人。」韓朝鋒看著韓香怡，皺眉道。

韓香怡也是一臉不解，修明澤跑走前明明說要上茅房，如今到了這裡，卻沒看到一個人。

「或許他並不知曉茅廁的所在地，許是去了其他地方……」

「這樣……」韓朝鋒皺了皺眉，隨即看向身後眾人，道：「大家也別跟著我了，三兩個一起分頭去找，書院再大也有範圍，你們一個地方、一個地方地找，只要他不出書院，早晚會找到的。」

「是！」那幾十人齊齊喊著，便三五成群離開了。

眨眼間，此處就只剩下韓香怡、修芸，以及韓朝鋒兄弟。

「咱們也去其他的地方找找吧！不要太擔心，這麼大的人，不會丟的。」韓朝鋒一邊安慰著韓香怡，一邊四下尋找。

韓香怡點了點頭，也與修芸一併跟去。

四人正往前走，就在此時，一道陰陽怪氣的聲音在四人身後響起。

「喲，今天是什麼日子啊，怎麼這麼熱鬧呢。大老遠就看到你們一大幫人四處轉悠，可是有好事發生，與我分享分享如何？」

聽到這聲音臉色最先變化的人是韓香怡，她一聽便聽出那聲音的主人是修明海。

四人轉身看去，只見修明海此刻正由四個人抬著竹架，悠哉地坐在上面，看著韓香怡四人，一臉笑咪咪的樣子，讓人生厭。

「我們有事，沒空理你，咱們走。」修芸臉色低沈，狠狠地瞪著修明海，拉著韓香怡要離開。

「唉，別啊！好不容易在這裡遇到，怎麼能讓你們走呢！咱們還沒說說，你們這是要幹麼啊！」修明海眼中冷芒一閃，手一揮，頓時，他身後快速走出十幾人，很快攔住韓香怡四人的去路。

「修明海，你這是作什麼？」韓朝陽也是看不下去，手指著修明海，低聲吼道。

「嘖嘖嘖，瞧瞧你的樣子，都不及你哥十之一二，瞧你哥多麼淡定；再說，我有做什麼嗎？我只想和你們聊聊罷了。」

一直沒開口的韓朝鋒，此刻雙眼微微瞇起，笑容收斂，緩緩開口道：「修明海，你應該很清楚我們在做什麼，又何必如此？」

修明海笑容不減，身子前傾，冷冷地笑道：「是啊，我都知曉，所以才要和你們好好聊聊。怎麼？你不給我面子？」

明尚書院的學生幾乎所有人都知曉修明海的為人，那是一個為達目的不擇手段、背後使壞、沈迷女色的紈袴子弟，這樣的人若不是有好的出身，他什麼也不是。

書院每年都會舉行藝考，可每一次他的名次都是最後，就連那些跟隨他的紈袴子弟都比他強上一些。

書院有一個規定，每年藝考的最後一名必須離開書院，偏偏每年最後一名都是修明海，他卻因為家族勢力的關係未遭到驅逐，反而是與他成績相差無幾的學生離開了。

這種情況已經好幾年了，這也是為何他會如此囂張的緣故，就連書院都不能管他，他怎會不得意，怎會不囂張？

除他一夥人外，幾乎書院裡所有學生對他都是厭惡的，更不要說本就對立的韓黨學首韓朝鋒。

他雙眼微微瞇起，看向那被人抬著的修明海，兩人在書院的關係本就不是很好，基本上見面也不會說幾句話，今日他主動找來，還如此跋扈，明顯是衝著自己身旁的韓香怡與修芸來的。

雖然他對修明澤說不上憎恨，卻也不喜歡自己妹妹被人欺負，且對方還是這個讓人厭惡的修明海。

「看熱鬧也要有個限度，我們還有事情要做，沒空在這裡與你閒聊。咱們走！」說著，韓朝鋒便要與韓香怡幾人離開，可是，那幾人卻沒有讓路。

修明海在後面大聲地喊道：「急什麼急，一個傻子而已，丟便丟了。」

此話一出，韓香怡與修芸都是腳步一頓，齊齊轉身。

修芸惡狠狠地瞪著修明海。

韓香怡則是冷冷地說道：「傻子也是你大哥，你不找便罷了，還在這裡說這樣的渾話，若讓爹爹知曉，你怕是會遭殃。」

韓香怡算是看出來了，這個修明海是天不怕、地不怕，就怕他老子，一見他就慫了。

果然，在聽到他爹後，修明海臉色明顯一變，然後狠狠地瞪了韓香怡一眼，道：「告訴我爹？妳想去說我什麼？我在這裡說的是事實而已，他就是個傻子，一個傻子！」

「你他娘的放狗屁！」一聲暴喝忽地自不遠處傳來。

眾人目光望去，只見十幾道身影向著這邊快速走來。

為首的宋景軒身材壯碩高大，虎目生威，一臉怒意，快步朝著眾人而來，然後主動站在韓香怡身邊，瞪著那修明澤，冷寒道：「你有種把剛剛的話再說一遍！」

看著宋景軒的目光，所有人都不會懷疑，如果可以隨意殺人，他第一個就會把修明海撕碎。

修明海身子一哆嗦，不由自主往後靠了一些，但還是咬著牙哼道：「我說我哥關你什麼事。」

見他不敢再說，宋景軒一聲冷哼，道：「你若真當他是你哥，我自然不會多管閒事，我也沒那麼閒，可你心裡怎麼想的我很清楚，你哥和我是好兄弟，誰都不能污辱他，即便那個人是你。」

「宋大哥，你怎麼來了？你也知道我哥不見了嗎？」修芸問道。

「嗯，我聽琅軒說了，你們放心吧，我已經派人去找了，相信只要你哥不出書院，就能找到！」

明尚書院三個勢力的人都聚集在這裡，而此時，宋黨與韓黨明顯是站在一條線上，自然修明海想要做的事情就做不了了。

本來還想好好地羞辱羞辱他們，可他內心裡除了自己老爹，最懼怕之人便是宋景軒。俗話說，一朝被蛇咬，十年怕井繩。宋景軒就是那條蛇，一條可以吞噬人的蛇。他很早就在修明海的內心深處種下一顆恐懼的種子，即便此刻修明海表面可以表現淡然，可心卻狂跳不已。此刻腳上還有傷，他對宋景軒是耗子見了貓，離開是他此刻唯一想做的事情。

修明海一拍身旁的人，想要離開，可就在這時，宋景軒的聲音再次傳來，讓他轉過的身子猛地僵住。

「我說讓你離開了嗎？」

「你還要作什麼？」修明海背對著宋景軒，低喝道。

「作什麼？你還好意思問我，你哥不見了，難道你都不派人去找一找？這些話也要我提醒你嗎？」宋景軒看著他的背影，冷冷說道。

「哼，我自會派人去找，不用你操心。走！」修明海暗暗吐了口氣，急忙與他的人一起略顯狼狽地離開了。

看著修明海一行人離開，韓香怡也是暗暗鬆了口氣，這個修明海真不是個好東西，每次見他都沒好事。

「大嫂，妳不要太擔心，大哥不會有事的，一定可以找到。」修芸見韓香怡皺眉不語便安慰道，同時也安慰自己的心。

韓香怡點了點頭，雖然擔心，但她相信這麼多人找，一定可以找到的！

這裡發生的事情，皆被不遠處一棵大樹上的人看在眼中。

此人隱藏在茂密的樹葉之中，一雙丹鳳眼微微瞇起，看著所有一切。

待得修明海離開，他嘴角微微上揚，一抹邪意悄然浮現而出，隨即腳尖一點樹枝，身影頓時消失不見。

夕陽西下，明尚書院原本沒有多少學生駐足的草地上，此刻已經聚集了上百人，議論之聲迴盪在這片空曠的草地上。

「都一天了，怎麼還是找不到？我哥他不會出事了吧……」來到草地上，修芸已經是臉色微白，眼中有著恐慌。

如果真的找不到修明澤，她怎麼回去與老爹交代啊！

「人怎麼會無緣無故不見了呢？」韓朝陽咬著水果，不解道。

「香怡，天色也不早了，我看妳們還是先回去吧，等找到他，我們會派人把他送回去的，別太擔心，不會有事的。」韓朝鋒看著韓香怡，安慰道。

「是啊，嫂子，妳就甭擔心了，我會派幾個兄弟去外面找的，妳們就先回去吧！」宋景軒來到韓香怡身前，如是說道。

「可是……如果我們不找到我哥，我們回去該怎麼交代啊！我……我不敢回去。」修芸一把拉著韓香怡的手，滿臉害怕地說道。

「可現在天色已晚，妳們若不回去，要去哪裡住？」韓朝陽聳肩道。

韓香怡正打算回去，一旁的韓朝鋒卻突然說道：「這樣吧，我那裡還有一個院子沒有人住，妳們若不想回去，就先在那裡住下，等明日再找找，若還找不到，妳們再回去也不遲。」

「哥，那院子你不是……」

韓朝陽正要開口，卻被韓朝鋒一擺手，道：「無妨，住一晚而已。」說完，便看向韓香怡兩人，道：「妳們覺得如何？」

「這裡是書院，我們是女子，怎麼可以……」

沒等韓香怡說完，韓朝鋒便笑著道：「無妨，書院雖為男子學習休息之地，卻並無規定女子不可入住，而且……」

韓朝鋒頓了頓，道：「這宿舍可不歸書院管。」

「沒錯，這宿舍可是我們自己花錢買下來的，雖是在書院內，但仍是歸我們自己支配。姊，妳們就住下來吧！」既然哥都同意了，韓朝陽自然沒有意見，而且……看了看修芸，他露出了笑容。

韓香怡皺了皺眉，正待再說些什麼時，緊抓著她的修芸卻急忙道：「好呀，這樣再好不過了，只要不回去，住哪裡都可以。大嫂，妳說呢？」說完，生怕她不同意，還用力抓了抓她的手。

「現在回去爹爹也會擔心，也罷，那就住一晚，明日接著找，若實在找不到，再回去與爹爹說一聲吧！」說出這話時，韓香怡其實心裡也是懸著的。

若明天再找不到……她不敢去想，只得放在心底。

「那好，就先這樣吧，稍後我會派人去修家知會一聲，說妳們今晚要在這裡住下。」宋景軒也是點點頭，很是贊同。

於是，韓香怡與修芸便跟隨韓朝鋒兄弟一起，向著她們的住處走去。

這是一個獨立的小院，與韓朝鋒的住處隔了一丈的距離。

來到籬笆外，韓朝鋒看著韓香怡，目光柔和地說道：「妳也不要太擔心，就安心在這裡住一晚，明日妳夫君一定會找到的。」

「嗯，希望如此吧！」韓香怡點點頭。

目送著韓朝鋒兩兄弟離開後，韓香怡便與修芸一起進了院子。

推開屋門，裡面的佈置倒也簡單，有床和桌椅，床旁是一個一人高的衣櫃，櫃門半掩著，可以隱約看到裡面幾件衣服。

似乎是……女人的衣服。

「大嫂，我好害怕啊！」躺在床上的修芸緊緊地摟著韓香怡的手臂，擔心呢喃。

韓香怡只能握了握她的手，輕聲安慰道：「不要太擔心，好好睡一覺，明天都會好的。」

「哥，你不是說那個院子不讓人住的嗎？你怎麼……」屋內，韓朝陽看著韓朝鋒，一臉不解。

「她不是外人。」韓朝鋒一手拿著書，對著燭光，皺眉看著。

「可你不是說那個院子是為了羅姐留的……」

「不要再說了！」沒等韓朝陽說完，韓朝鋒臉色一冷，低喝了一句，然後在韓朝陽害怕的目光中，嘆了口氣，道：「此事莫要再提，時候不早了，你也早點休息吧，明日或許還要忙。」

「哦，我這就睡了，哥你也早點休息吧！」

「嗯，睡吧。」

吐了吐舌頭，韓朝陽轉身回到床上，睡覺去了。

藉著晃動的燭光，韓朝鋒那俊朗的臉上漸漸浮現出一抹悲傷，那悲傷似是失去最愛之人，雙眸更是悲戚流轉，讓人看了為之心痛。

「若可以，倒寧願妳不曾出現在我的生命裡，那樣我也不必如此心痛……」低聲呢喃，韓朝鋒雙眼緩緩閉上，再次睜開時，那悲傷已消失不見。

宋景軒的屋內，燈火幽暗，晃動間，將屋內照耀得有些蕭森。

「軒哥，你說明澤哥會去哪兒？」

此刻，宋景軒與琅軒兩人正坐在桌前，低聲聊著。

宋景軒雙眼微微瞇起，看著那搖曳的燭光，低聲道：「不清楚，明澤哥不會無緣無故來到書院，更不會無緣無故消失，這其中必有蹊蹺。」

「軒哥，你難道還認為明澤哥他在裝傻？」琅軒看著宋景軒的樣子，苦笑道。

宋景軒沒有開口，可那堅定的眼神卻回答了琅軒，他一直這麼覺得，從未改變。

「對了，派去的兄弟回來了嗎？」宋景軒將手中一把黑色的匕首放到桌子上，低聲問道。

「回來了。」

「那修家怎麼說？」

「修家沒說什麼，只說會通知家主。」

宋景軒點點頭，沒有再說什麼，只是在他的心底，總覺得隱隱有些不安，似乎接下來又有什麼事情會發生。

「什麼?你說韓香怡沒回修家?」修明海坐在床上，一邊吃著水果，一邊皺眉問道。

「是的，海哥，不但沒回去，還在咱們書院住下了，就是韓朝鋒給安排的。」一個紈袴子弟彎腰恭敬道。

修明海吐掉嘴裡的果子，思索片刻，然後對著那人招了招手，那人見狀，急忙靠近俯下身子。

修明海則是在他耳邊悄悄說了些什麼，那人雙眼一亮，急忙稱讚道：「海哥果然足智多謀，好主意，好主意啊！」

「哼，行了，甭廢話，快按我說的做吧！」修明海得意地笑了笑，便讓那人離開。

待得那人離開，修明海雙眼微瞇，陰冷地低語。「修明澤，韓香怡，叫你們這麼對我，我要你們生不如死。哈哈哈！」

陰狠的笑聲在屋內傳開。

這一夜，注定無眠。

第六章

清晨，韓香怡醒來，發現自己的手臂正被修芸緊緊地摟在懷裡。她輕緩地抽出已經有些麻木的手臂，下了床，穿好衣服，方才出了屋子。

此時天剛剛亮，外面還有些涼，緊了緊衣服，韓香怡目光不由向著左邊韓朝鋒的院子看去，這一看，不由一怔。

只見此刻韓朝鋒已在院子裡背書，他一身青色長衫，筆挺的身材，配上俊朗的側臉，在清晨陽光的照射下顯得格外非凡。

「早。」韓朝鋒也看到了韓香怡，放下手中的書，笑著打招呼。

「早。」同樣打著招呼，韓香怡還是有些不自在，然後想了想就要回屋子。

「過來聊聊吧！」

韓朝鋒的聲音在她身後響起，韓香怡腳步一頓，點了點頭，於是轉身走了過去。

來到韓朝鋒的院子，兩人坐到早已鋪好厚墊子的石墩上，便聽韓朝鋒笑道：「昨夜睡得好嗎？」

「嗯，睡得很好。」韓香怡乖巧地答道。

「兩個人睡一張床，會有些擠，想必也不會睡得很好。」韓朝鋒笑著，又道：「我已經讓人去買些包子和粥，就快回來了。」

「謝謝……哥。」韓香怡坐在那裡，俏臉微紅地說道。

「妳這妮子，害羞什麼？」韓朝鋒笑著，伸手去揉了揉她的頭，親暱道。

韓香怡心裡微微一顫，下意識將身子向後挪了挪，然後輕聲道：「也不知道明澤他現在怎麼樣了？到底有沒有回家？若是沒回家，可如何是好呢？」

聽韓香怡說起修明澤，韓朝鋒笑容略顯僵硬，但還是笑道：「放心吧，妳夫君不會有事的，帝都不認得他的人也是少之又少，即便不在明尚書院，興許也不會出事，等吃過早飯，咱們就出去找找，我也會派人去一趟修家，或許他已經到家了也不一定。」

「希望如此吧！」韓香怡點了點頭，語氣有些擔心地說。

韓朝鋒明白，自己說再多，她心裡還是在意此事，於是他不再說，轉移話題道：「我聽我爹說，他答應給妳韓家工坊的使用權，妳去瞧過了嗎？」

一說起此事，韓香怡雙眼不可察覺地一縮，然後不動聲色地道：「嗯，前些日子去過了。」

「哦？呵呵，那感覺如何？韓家的工坊如何？」

「嗯，很好，有很多我從未見過的東西，想必製作起來也會比純手工的要更快吧！」韓香怡笑道。

「這是自然，韓家的工坊每天可以製作出幾十盒的數量，晾曬、研磨等等，這些基本都是器具在工作，人工也只是負責晾曬，其餘基本都是靠著那些大型的器具完成。韓家在帝都的工坊也有幾個，不知妳去的是哪個？」

「哦，就是被稱為六叔的人在看管著的那間。」

「六叔那裡？嗯，那裡算是這五個工坊裡面相對好也比較大一些的，不過靠近皇城那裡有一家工坊最大，足比妳去過的那裡還要大上一倍多，以後若有時間，妳也可以去那裡瞧瞧，妳會更加驚訝的。」韓朝鋒笑著說道。

「哥，香怡有一件事不解。」突然，韓香怡臉上的笑容漸漸收斂，露出了疑惑。

「什麼事情？」

韓香怡決定將這件事情問問韓朝鋒，或許他知道答案，想到這裡，便道：「爹爹答應給我韓家工坊的使用權，卻是要等到一年以後，哥，你知道這是為何？為何爹爹要推遲到一年以後呢？」

韓朝鋒聽到這話，先是一怔，隨即雙眼一瞇，似乎想到了什麼，又思索了片刻，低聲道：「妹妹，這話是六叔說與妳聽的？」

「嗯，六叔說的，他說是爹的意思。」韓香怡點頭道。

韓朝鋒皺了皺眉，想了想，道：「香怡，此事妳現在還不宜知曉，再等等，等過一段時間，我自會告知妳，到時也會恢復妳韓家工坊的使用權，好嗎？」

看著韓朝鋒的眼神，韓香怡無條件地相信了。

「那我不問了。」韓香怡淺笑道。

「妹妹真乖。」韓朝鋒笑著再次揉了揉她的頭，隨即問道：「聽我爹說，妳提出的條件是要韓家工坊的使用權與一間香粉鋪子對嗎？」

韓香怡點點頭，不解地看向他。

韓朝鋒微微一笑，從懷中取出一把鑰匙，遞給了韓香怡，道：「這個給妳。」

「哥，這是……」韓香怡心裡猛地一跳。

「妳這妮子，知道還問我。這是一間香粉鋪子的門匙，這間香粉鋪子以後可以供妳使用，妳要拿它做什麼都可以。」韓朝鋒笑著說道。

他很喜歡看著韓香怡那驚訝的可愛模樣，其實在他的心底，一直渴望可以有一個訴說心裡話的妹妹，韓如玲、韓柳靜這兩人雖然與他相處較久，可他不喜歡，因為這兩人和他爹一樣，都是那種眼高於頂的人，他很反感。

唯獨這個出身不好的妹妹，他看著很順眼，也很喜歡，總想要給她最好的，他也很享受這個哥哥的身分。

即使心裡已然有了猜測，可她還是忍不住，驚叫道：「哥，這真是給我的嗎？」

「當然。」韓朝鋒笑道。

「可是……這樣真的好嗎？」

韓香怡快速冷靜了下來，想到韓景福，想到了王氏，想到了韓家，她又有些擔心起來；

若只有她自己，她不怕，可這牽涉到韓朝鋒，這個韓家對自己最好的一個人，她便有些擔心了。

韓朝鋒笑了笑，伸手在她的腦袋上揉了揉，聲音輕柔卻又霸道地說：「沒什麼好與不好，妳是我妹妹，我是妳哥哥，哥哥送給妹妹一些小禮物還是很正常的，誰若敢反對，叫他找我便是。」

「不過房契還是放在我這裡，便不給妳了，免得爹問起來會出岔子，放在我這裡，也還是我的，他也不會多說什麼。」韓朝鋒笑著說道。

「謝謝。」

「叫哥哥。」

「哥哥。」韓香怡臉一紅，脆生生地叫道。

「呵呵，乖。」韓朝鋒親暱地揉了揉她的頭。

感受著韓朝鋒手上傳來的溫度，韓香怡感覺心裡暖暖的，突然，她想到了什麼，便問：「哥，我能問你一件事情嗎？」

「問吧。」韓朝鋒笑著道。

韓香怡想了想，然後咬牙道：「哥，昨晚我住下時，看到房間的衣櫃裡有女人的衣服，難道這間屋子之前有女人住過嗎？」

聽到韓香怡的問話，韓朝鋒的手明顯一抖，然後收了回來，淡淡道：「嗯。」

「那……對哥哥來說是重要的人嗎？」

看著韓香怡的目光，韓朝鋒心中又是一痛，隨即伸手在她的臉上輕輕地捏了一下，輕聲道：「妳的眼神和她很像，真的很像。」說完，便不待她再問什麼，站起身子離開了。

看著韓朝鋒的背影，韓香怡不知怎地，感覺到那背影十分的落寞。

「姊，妳真的想知道？」就在韓香怡愣神時，一道聲音在她的身後響了起來。

「你知道？」韓香怡轉頭看向韓朝陽，問道。

「當然。」韓朝陽笑著走到她面前坐下來，然後嘆了口氣，道：「其實這屋子是我哥留給她的。」

「她？」

「嗯，羅姐。」

於是，韓朝陽就為韓香怡講述了一段關於韓朝鋒與那位羅姐的淒美愛情故事。

故事發生在兩年前，那時的韓朝鋒十五歲，在那個年紀，正是對一切都好奇又嚮往的時候，他自然也不例外；他聰明且好學，不喜歡學習經商之道，只對書本感興趣，而他的志向便是有朝一日可以金榜題名。

那一年，是他剛剛來到書院之時，因為家裡怕他一人在書院不好照顧自己的生活起居，於是將府上的丫鬟送來，那丫鬟便是羅姐。

羅姐其實年紀並不大，只比韓朝鋒大了一個月；不過這個羅姐長得很好看，人也很天真，做起事來更是十分麻利，所以將韓朝鋒照顧得很好。

可是男孩子在那個年紀，思想上逐漸成熟，對女人也是會由不在意到在意，再到有了想法，韓朝鋒自然也不會例外。

因為兩人長期相處在一起，雖然各自都有各自的屋子，可相處久了便生出一種不一樣的情愫，於是兩人便保持著這種超越主僕的關係生活著。

當然，韓朝鋒清楚，兩人的愛情是沒有結果的，羅姐自然也清楚，所以她雖然心裡對韓少爺很是喜歡，卻還是保持一定的距離。

就這樣，時間一晃便過去一年，一年的時間，韓朝鋒除了學習，就是待在宿舍，而羅姐也總是陪在他的身邊，兩個人雖然都沒有將感情挑明，卻也會時不時牽著手一起在屋子裡聊著天，或是在院子裡散步。

日子一天一天過去，兩人都很開心，可是，紙終究包不住火。一年後的一日，韓朝鋒上完課回到住處時，卻發現羅姐不在，起初他還沒有在意，以為羅姐出去買菜了。

可是等到深夜她都沒回來，韓朝鋒便察覺不對勁，急忙出去找她，可是在書院找了一圈都沒有找到，而他似乎想到了什麼，也顧不得許多，急忙出了書院，直奔家裡而去。

當他回到家裡的時候，卻發現在院子裡，那道熟悉的身影正被綁在十字板上，渾身上下都是血痕。

看到這一幕，韓朝鋒的雙眼都紅了，衝上去便將已經昏迷的羅姐從十字板上解下來抱在懷裡，看著那慘白的臉，韓朝鋒的眼中已經滿是淚水。

「朝鋒，你這是在做什麼？」一道冷喝卻突然傳來，韓朝鋒抬頭看去，卻見韓景福正站在那裡冷冷看著自己。

「爹！您為何要將她打成這樣？為什麼？」韓朝鋒對著韓景福大聲吼道。

韓景福臉色一沈，低聲喝道：「混帳，這是你對你爹說話的語氣？」說著，他瞥了一眼已經奄奄一息的羅姐，冷聲道：「你說我為何打她？一個下賤之人竟敢勾引自己的主人，簡直不知死活！」

「爹，您誤會了，我和她……」

韓朝鋒想要解釋，可是韓景福卻不給他解釋的機會，繼續冷冷地道：「這一年多的時間，你和她整天在一起，她做了什麼我自然知曉。兒啊，我這麼做也是為了你好。」

「為了我好？」韓朝鋒將羅姐輕輕地放在地上，然後站起身子看向韓景福，同樣冷冷說道：「又是為了我好！又是這句話……

「小時候我說我喜歡養鳥，您就把我養的鳥都殺了，您說這是為了我好，怕我玩物喪志；後來我長大了一些，我把我的朋友帶回家，可第二天您就把他們一家人都趕出帝都，您說他是窮人家的孩子，我和他在一起不好，我說那我不和他來往不就好了嗎？可您說，您怕我做不到，這麼做是為了我好。

「之後不管我做什麼，只要是您看不過去的，您都會幫我『處理』，然後您都會說一句

『這是為了我好』。呵呵，我覺得好可笑，真的好可笑，在您的眼裡，難道只有錢、只有地位，對您來說有用的才算好嗎？我的興趣、我的朋友，在您的眼裡什麼都不是對嗎？」

「朝鋒你……」韓景福一臉驚愕地看著韓朝鋒。

他怎麼了？這還是自己那個聽話懂事的兒子嗎？

「怎麼？您驚訝嗎？是啊，在您的眼裡，我一向都是逆來順受的，對您的話我從來都是聽從的；可是……我越是這麼做，您就越是變本加厲！」

說到這裡，他指向躺在地上的羅姐，聲音帶著些許顫抖地說道：「她到底犯了什麼錯，您要這麼對她！當初我說我不需要人照顧，是你們非要把她放到我身邊的，可是現在，我們只不過是走得近了一些，您就這樣對她，您怎麼可以這麼殘忍！」

「那是她不自量力，她做錯了事，就該受到懲罰！」韓景福冷聲喝道。

「那什麼才叫對？」韓朝鋒突然吼道：「在您的眼裡，什麼才是對的？和有錢的人做朋友叫對？和門當戶對的女人在一起叫對？」

「你……」

「我受夠了，我真的受夠了！我喜歡她，我就是喜歡她！怎麼了？這到底怎麼了？我們做錯了什麼？」韓朝鋒大聲地吼著，淚水順著他的臉頰流下，這一刻的他就像是一頭受驚的獅子，他恐慌，他無措，可偏偏事實又那麼真實且殘酷。

「你錯就錯在不該喜歡一個下賤的丫頭！」韓景福看著韓朝鋒，冷聲說道。

韓朝鋒身子猛地一震，然後搖了搖頭，慘笑著道：「是我錯了，是我錯了，我錯就錯在我根本不該生在這樣的家裡。」

說完，他一把抱起羅姐，抬腳朝外走去。

「來人，把少爺帶回他娘親那裡。」

「是！」

沒等韓朝鋒走出多遠，三、四個下人便圍上來，將韓朝鋒拉開了。

聽到這裡，韓香怡急忙問道。「那之後呢？之後羅姐怎麼樣了？」

韓朝陽苦笑著搖了搖頭，道：「後來爹將她賣到妓院，不過聽說第二天她就上吊自殺了。」

聽到這裡，韓香怡不由得一陣唏噓，沒想到，原來在韓朝鋒身上還發生過如此讓人心痛的故事，難怪現在他會這麼幫助自己，怕是對家裡的不滿已經很久了吧！

吃過早飯後，韓香怡和修芸與韓朝鋒兄弟，四人一起離開了寢居，今日他們打算去外面找找看，或許會有收穫。

可四人剛來到書院門前，卻都停住了腳步。

此刻，書院門前停著一輛馬車，馬車前站著一道身影，那人韓香怡沒有見過，可是修芸卻驚叫出聲。

「修伯，您怎麼來啦？」

修伯，是與王嬤嬤一樣的老人，他是負責看管帳房的人，一般很少出現在修家，所以韓香怡沒有見過，而這個修伯也是一個重要人物，一般只要他出現的場合，都說明事情嚴重了。

「大少奶奶、小姐，老爺叫我來接妳們回去。」修伯臉色冷漠，聲音緩緩。

「小芸，這是……」

韓香怡不解地看向修芸，卻見修芸此刻臉蛋已是毫無血色，身子輕輕顫抖著，目光中滿是恐慌之色。

「這人是修伯，修家有話語權的人之一，即便是修雲天對他也十分尊敬，不過他平常都只在修家管帳，很少出門，但只要他出現，都說明，出大事情了。」韓朝鋒在韓香怡身邊小聲解釋著，頓了頓，又道：「若我沒猜錯，修明澤不見的事情，修家應該已經知曉。」

韓香怡身子不可察覺地一顫，雙眼微微眯起，低聲道：「你的意思是說，有人偷偷將此事告知修家？」

「嗯！」

「修明海？」韓香怡眼中有著憤怒閃過。

韓朝鋒點點頭，低聲道：「應該就是他了，除了他，沒人會這麼做。」

韓香怡深深看了修伯一眼，然後拉起修芸顫抖的小手，轉頭對著韓朝鋒道：「哥哥，那我們就回去了。」

「嗯，一切小心，若遇到麻煩，便來找我。」

「我明白了，朝陽，我走了。」

「姊，小心！」這一刻，韓朝陽十分清楚事態的嚴重性，也不再玩笑，而是嚴肅道。

「修伯。」來到修伯面前，韓香怡禮貌地行了一禮，然後在修伯冷漠的目光中，拉著修芸上了馬車。

馬車由修伯親自趕著，向著修家行去，漸漸消失在韓朝鋒兄弟的視野之中。

「哥，姊她不會有事吧？」韓朝陽看著韓朝鋒，有些擔心地詢問道。

韓朝鋒搖了搖頭，目光中冷芒閃爍，沒有開口，而是轉身往回走去。他一邊走，心裡一邊默唸著三個字——修明海！

馬車上，修芸雙眼通紅，淚水在眼眶打著轉，巴掌小臉此刻已是因驚慌而變得蒼白無血色。

「大嫂，我……我好害怕。」

韓香怡緊緊地抓著修芸那冰涼的手，一邊揉著，一邊道：「小芸，妳為何如此害怕，修伯接咱們回去，到底會發生什麼？」

她雖然從韓朝鋒那裡聽說了，修伯出現，說明事態嚴重，可修伯出現會引發什麼事情，她也不清楚。

修芸抽泣了兩聲，平復了一下心情，這才聲音略顯顫抖地說道：「大嫂，其實事情是這樣的，若要說起，還要從幾年前說起。」

於是，修芸便一字一句將事情的原因經過說了一遍。

原來，就在三年前，修家發生了一件大事。

那時候修芸十歲，修明澤十四歲，對於他們來說，玩耍自然是最重要的；而那時十三歲的修明海與修明澤本就看不順眼，即便修明澤傻了，可他們還是鬧矛盾，害得修明澤離家出走了兩天的時間。

當時修家上下都因為此事，很是憤怒，處理此事的便是修伯，在修家，做錯事了要受到懲罰，而懲罰別人的便是修伯。

那一次，修伯毫不留情地將年僅十三歲的修明海打了十個板子，當時的他屁股都開花了，也正因為那一次，修家人再也不敢對修明澤不好，原因只有一個：修伯十分寵愛修明澤，且有懲罰的權力。

「那爹爹也不管嗎？」韓香怡皺眉道。

「爹爹？爹爹也是修伯看著長大的，他也怕修伯，修伯是陪伴著我爺爺一起將修家壯大起來的，修家能有如今成績，修伯有很大的功勞。」修芸越說越是害怕。

「可咱們又不是故意將明澤弄丟的，難道真的會被打？」韓香怡覺得這有些荒唐了，即便有錯，也不應該打人啊！

「大嫂，妳不明白，在修伯眼中，我哥是他的寶，誰也不敢動，誰也動不得，雖然我們都不是很清楚，為何修伯會如此看重我哥，可是我們都知道一件事情。」

「什麼？」

「我哥不能出事，起碼不能消失不見。」修芸說到最後，眼淚終究還是沒有忍住，啪嗒啪嗒地掉落下來。

「這樣啊。」韓香怡暗暗點頭，心裡卻也有些擔心，如今修明澤下落不明，也不知曉他到底在哪裡，以修明海的為人，他一定會將此事告訴他娘，他娘也一定會將此事鬧大。

想來，回去以後，等待她們的將是一個惡夢。

被打板子嗎？韓香怡心裡暗暗想著，卻也有了決定。

馬車停了下來，車外，修伯淡淡的聲音傳來。

「大少奶奶、小姐，到了。」

修芸身子一顫，一臉驚慌地看向韓香怡。

韓香怡拍了拍她的手，示意她不要太擔心，這才拉著她一起下了馬車。

「請隨我來。」修伯冷漠說著，率先進了修家。

韓香怡與修芸也隨後跟上。進了修家，沒有去主廳，而是隨著修伯左彎右拐，向著裡面走去。

此刻，韓香怡也發現，身旁緊貼著自己的修芸，也顫抖得越加厲害。

突然，修伯腳步一停，韓香怡也急忙止住腳步，目光不由自主向前看去。

而當她看到眼前的一幕後，頓時震驚地張大了嘴巴。

或許在韓香怡的印象中，最殘酷、最血腥的無非是村頭屠戶手裡那把滴著血的殺豬刀，抑或是鎮子上肉鋪裡一排排血淋淋的骨肉。

在她看來，那已經是讓人作惡夢的地方，可如今，出現在她面前一件件「刑器」都讓她不由得毛骨悚然，這讓她很難想像，平常人家裡怎會有這些東西。

靠近她的是一張長足有一人高、半臂寬的板凳，板凳上約兩個少女手臂粗細的木棍上還有乾涸的血跡，看著讓人心裡有些發涼。

而在那板凳的左側，是一個釘板，釘板上有著密密麻麻約拇指長的鐵釘，鐵釘上有著風乾的鮮血。

這還不算什麼，在那板凳的右側，有著一個十字木樁，木樁深深插入地面，橫木兩邊有著沾染鮮血的麻繩。看樣子，是將人綁在上面抽打用的。

這三件「刑器」雖說只是靜靜放在那裡，可韓香怡還是看著心底發涼，看向修芸時，也瞬間理解了她的驚恐，任誰看到這些，都無法再淡定了。

「家主，大少奶奶與小姐帶回來了。」修伯來到屋簷前，躬身說道。

屋簷下，修雲天、孫氏和周氏三人都在，此刻，三人的臉色都有些難看，當然，這裡面臉色最難看的自然要數周氏。

自己的兒子丟了，作為母親的她，自然是最著急的。

修雲天平日裡的笑容也早已消失不見，取而代之的是一臉冷漠，他看著韓香怡與修芸，冷聲道：「不找，妳們還不打算回來了嗎？」

韓香怡還沒開口，修芸便大聲喊道：「爹爹，是我哥自己走丟的，我們……我們找了一天，可都沒找到，不過今……」

「閉嘴！」修雲天低沈吼著，在修芸顫抖中，低聲道：「錯了還不知悔改，明明是妳們弄丟了人，卻還在這裡狡辯，這才是讓我生氣的。」

話語一頓，修雲天看向韓香怡，收斂了怒意，淡淡道：「妳可有話要說？」

韓香怡自打來到這裡，便明白，如今事已至此，自己也不需要辯解，因為想必孫氏早已添油加醋地說過了。

想到此，韓香怡福了福身子，輕聲道：「爹爹，香怡無話可說，錯在我，是我沒有看好夫君，我願意接受懲罰。」

如今唯一的辦法，就是主動承認錯誤，這樣才能讓自己降低刑罰。

聽到韓香怡乖乖認錯，修雲天的氣也消了一些，但還是冷冷道：「知錯是好的，可妳們犯了錯，還是不能原諒，不過這也不全怪妳們，我錯在不該讓妳們帶著明澤出去。」

說到這裡，修雲天看了一眼修伯，又道：「明澤我已派人到外面去找，相信很快就有下落，可即便如此，妳們丟了人，又不及時回到家裡將此事說明，這便是犯了大錯。國有國法，家有家規，無規矩不成方圓，犯了錯就要受到懲罰，這是修家秉持的道理，並非針對誰，所以妳也不必多想。」

最後一句是說給韓香怡聽的，韓香怡只是垂著腦袋，沒有說話，似乎這一刻的她，即便要受到懲罰，也已經認了。

這讓修雲天身旁的孫氏眼中閃過一抹不屑與得意，這麼一個丫頭還敢與我鬥，簡直就是笑話，天大的笑話！在韓家，她什麼也不是，嫁到了修家，更是如此，想在她的頭上興風作浪，休想！

想著，孫氏目光瞥向一旁的周氏，此刻周氏臉色極為難看，加上她臉色本就有些病態的白，現在更因為憤怒和焦急變得有些扭曲，身子也在輕輕顫抖著。

看到這一幕，孫氏的心裡更是興奮不已。這是她想看到的，在她的心裡，早已將周氏看作眼中釘、肉中刺，先是搶了她兒子的地位，又搶了她兒子在修家的資源。

一個小妾，搶在她前面生了個兒子，這長子的身分就是壓在她心底的一塊大石，讓她快要喘不過氣。

不過好在，周氏的兒子如今是個傻子，這讓她放鬆了下來，至少以後修家就是自己兒子的了。

見韓香怡如此，修雲天也不好再責怪，目光看向修芸，冷喝道：「妳還要說什麼？」

修芸身子一抖，眼眶中的眼淚迅速聚集，然後啪嗒啪嗒掉落，抽泣著道：「我錯了，我知道錯了！求爹爹原諒！」

修雲天看著也是心裡一軟，正準備說「此次便算了，下次不得再犯」，可他的話還沒說出口，坐在他身旁的孫氏卻率先開口。

只聽她冷冷一笑，然後一臉嘲諷道：「原諒？怎麼能原諒？做錯了便要罰，這是修家的家規，我兒當年不也被打了板子？妳若被原諒了，那對我兒可就不公平了。老爺，您說是吧？」

修雲天臉色一僵，皺了皺眉，點頭道：「沒錯，妳們大娘說得沒錯，做錯便要受到懲罰，明海當年也是為此受到處罰，大家都知曉，所以妳們犯了同樣的錯，自然也不能原諒。」

「爹爹，我們……」

修雲天狠狠地瞪了修芸一眼，再次道：「但……諒妳們乃是無心之過，便不重罰妳們，這樣吧，妳們一人受五個板子，再加上一天不許吃飯，這樣的懲罰也不算輕，讓妳們受點教訓，也好讓妳們明白，長長記性。」

孫氏聽到這裡，臉色卻有些難看起來。

五個板子？自己兒子當年可是挨了十個板子呢，那小屁股被打得血肉模糊，不但如此，還讓他三天不許吃飯，她多心疼，可今兒個這是怎麼了？同樣丟了人，竟如此輕罰。

孫氏氣著，便要開口，可修雲天哪裡會給她這個機會，看向修伯，恭敬道：「修叔，就由你來動手吧！」

雙手負於身後、閉著雙眼的修伯，此刻緩緩睜開了雙眼，點點頭，淡淡道：「我來。」

修伯的聲音輕緩，卻有力，如今已屆花甲之年的他，依舊有著如中年人的身體，挺直的背，有力的腿，這在他這般年紀的老者裡面很少見。

話音落下，修伯抬了抬手，頓時，一旁有兩個下人快步走來。修伯點點頭，他們便一臉冷漠朝著韓香怡與修芸走來。

「爹爹，香怡有話要說。」突然，一直低頭沈默的韓香怡猛地抬起了頭，看向修雲天高聲喊道。

修雲天對著那兩個下人擺了擺手，示意他們稍等，然後才看向韓香怡。「說。」

韓香怡看著修雲天，再次福了福身子，然後表情誠懇地道：「爹爹，此次明澤出了事，完全是我一人的錯，與小芸無關，若非我求小芸幫我，她也不會參與此事，所以……爹爹，要罰便罰我一人吧！」

韓香怡話音落下，在場所有人都是一怔。

修芸一臉不可思議地看向韓香怡，眼中滿是震驚；修雲天看向韓香怡，表情有些驚訝；孫氏看向韓香怡，表情略顯錯愕；周氏看向韓香怡，表情十分複雜；修伯看向韓香怡，眼中滿是讚許。

片刻，修雲天眉頭緊皺，沈聲道：「妳確定要獨自接受懲罰？」

「是，此事錯不在小芸。」韓香怡點頭，認真說道。

「可是……」

「老爺，我看可以。」在修雲天沈默時，孫氏開了口，只聽她笑著道：「既然如此，那便成全了她吧！修芸的懲罰給她，她挨十個板子，餓她兩日，也算給她一個教訓。小芸也是個可憐的，跟著她胡鬧，許是被言語迷惑了，所以老爺，便罰了她吧！」

孫氏笑容陰冷，看向韓香怡的目光也泛起深深的嘲諷。

韓香怡看在眼中，心裡卻是冷了起來。

這個孫氏好小肚雞腸，自己只不過是小小得罪了她，讓她兒子受了傷而已，那也不是她的錯，可她就揪著不放，此刻，還要如此對自己，她對這孫氏當真是無法再有一絲好感。

即便如此，她也不後悔自己說出此話，因為當她看向修芸與周氏時，看到她們眼中的感激，她便知道，自己挨幾個板子，可以得到她們徹底的信賴，那便值了。

如今在修家，她沒有可以依靠的人，修雲天表面對她好，那僅是出於兒媳的關係，或許說得直白一些，是因為她姓韓而已，因為她是韓家人，所以修雲天才待她客氣。

而孫氏，不必說，她們已形同水火，那麼在修家她所能依靠的，就只有周氏了。

雖說周氏如今在修家並無地位可言，可她畢竟是修雲天的妾，是修明澤的娘親，這兩個身分便是她所需要的，且不說修明澤有朝一日是否會恢復，單說他如今的身分，那便足夠了。

所以她如今要做的，就是盡可能把自己緊緊地與周氏母子三人聯繫在一起，這樣自己在修家才不會過得太慘。

心裡千百念頭閃過，韓香怡不等修雲天開口，就點了點頭，道：「香怡願意接下小芸的懲罰，還望爹爹放過小芸。」

修雲天深深地看了韓香怡一眼，然後嘆口氣，擺了擺手，道：「如妳所願。」

那兩個下人見狀，再次邁著步子來到韓香怡面前，兩人剛要去抓韓香怡，她卻主動邁步朝著那長板凳走去。

趴在板凳上，雙手緊緊地抓著板凳邊緣，閉上了雙眼。

韓香怡一趴下，那兩個下人也拿起兩根木棍，在修伯的示意下，兩人高高地舉起木棍，朝著韓香怡的屁股重重拍了下去。

啪！

第一棍重重地拍下，那痛瞬間讓韓香怡睜開了雙眼，雙手緊緊扣著板凳。

啪！

又是一棍子拍下，那痛再次加重，彷彿有千百根針扎在自己的心上，痛得她張大嘴巴，卻沒有喊出聲來，可她的額頭卻有汗水滲出。

啪！啪！啪！

板子一下又一下打在韓香怡的屁股上，那痛已讓她冷汗直流，臉色變得極為慘白，雙手十指更是緊緊用力地扣著板凳，指尖已是有鮮血流出，而這些與屁股上的痛相比而言，卻不值一提。

啪！啪！啪！

又是三下打了下來，韓香怡張大嘴，臉色脹紅了，汗水如斷線珍珠一般，不停落下來，滲進了磚縫之中，消失不見。

最後兩下打完時，韓香怡雙手猛地垂下，雙眼也是緊緊閉在一起，臉色由脹紅瞬間變為慘白無血色。

她能感覺到，自己的屁股開花了。那痛沒了，取而代之的是麻木，是痛苦。

院子裡靜悄悄的，沒有一個人開口，修芸嚇傻了，修雲天嘆著氣，孫氏興奮地握緊了拳頭，周氏則閉上了雙眼。

至於修伯則目光灼灼看向了韓香怡，似乎是因為這個女孩讓他刮目相看了。一個女孩被如此重打十個板子，卻不吭一聲，這樣的忍耐力，這樣的定力，即便是修明海，都是不如。

「好了，扶她回去吧！」修雲天不忍地搖了搖頭，也不再看她，起身離開。

孫氏和周氏也隨後相繼離開，院子裡便剩下韓香怡、修芸，以及修伯與那兩個下人。

修芸突然哇的一聲哭了出來，然後撲到意識已經有些模糊的韓香怡面前，哭著喊道：「大嫂，妳還好吧？」

「你們倆，扶她回去，然後再去藥房取藥，叫上兩個丫鬟，給她治傷。」說完，修伯也轉身離開了。

韓香怡被人抬著回到自己的住處，趴在床上，屁股上已經血肉模糊，此刻正被兩個丫鬟將衣衫脫掉，清理著傷口。

直到此刻，韓香怡才恢復神智，皺眉忍著疼，長長吐了一口氣，沒多久，一股疲憊感襲來，隨即睡了過去。

第七章

夜，天空中沒有一顆星星，也沒有一輪彎月，有的只是一片灰濛濛。

屋內，燭光搖曳，淺黃色的光芒在這屋子裡顯得有些黯淡，緊閉的窗子仍有絲絲的風從外面吹進來，春風不凍人，卻凍心。

將肩膀處的被子拉了拉，韓香怡雙手伸進暖手筒內，這屋子裡就她一人，難免會有些寒意從心中生出。

已經是第二日了，依舊沒有修明澤的消息。

他這麼大的人，能去哪裡？帝都認得他的人也在多數，韓香怡並不認為會找不到人，可若明日還找不到，怎麼辦？

心裡想著事情，韓香怡也沒了睏意。

「人怎麼會無緣無故不見了呢？夫君他到底出了何事？」將腦袋靠在暖手筒上，她一臉擔心。

就在這時，清晰可聞的腳步聲從外面傳來，由遠及近，很快那腳步聲就停在門前，在韓香怡疑惑的目光下，門被打開了，一道身影走了進來。

「娘。」韓香怡有些疲憊的雙眼睜大，睏意全無，她雙手想要撐起身子，卻有些乏力。

「不要亂動，妳還有傷在身。」

來人正是周氏。見韓香怡要動彈，便急忙快走幾步，將手中的木盒放在桌上，然後來到床前，將她扶著，讓她趴下，並為她蓋好被子，這才搬了椅子坐到床前，又取來那木盒，將其打開，裡面放著一碗還冒著熱氣的粥，單是看著就令人生起食慾。

「剛剛下廚做了一些粥，妳有傷在身，不宜吃些油膩的，我也是許久未下廚，其他的怕也做不好，但煮粥還是可以的。」說著，周氏拿起勺子，將還在冒氣的粥攪動幾下，吹了吹，又道：「來，嚐嚐看味道如何。」說完，便舀了一勺，遞到韓香怡的面前。

韓香怡怔怔地看著這一幕，她有想過周氏會來探望自己，卻沒想過她會為自己親自下廚做粥，還親自拿來餵自己。

她張開嘴巴，咀嚼吞嚥，粥的味道很是清淡，裡面還有一些細碎的肉鬆，吃起來很香。不知為何，一股莫名的酸楚湧上心頭，韓香怡鼻子一酸，雙眼淚水凝聚。

啪嗒！淚水滴落下來，落在碗的邊緣。

韓香怡一驚，急忙擦掉眼淚，然後低頭不語。她不是喜歡將自己的脆弱表現出來的人，因為她覺得那是軟弱的表現。

就在這時，一隻手撫摸在她的頭上，一邊輕撫，一邊柔聲道：「妳也是個可憐的，妳為芸兒做的事情我都記在心裡了。放心吧，雖說我在修家也沒什麼地位可言，但只要是妳的事，我都不會坐視不管，別的暫且不說，妳是我兒的女人，單憑這一點，我不會讓妳受委屈。」

說著，周氏將粥遞到韓香怡的手上，又繼續道：「妳也不必擔心明澤，他福大命大，不會出事的，而且老爺已經派出很多人去找，相信很快就會找到。」

說完，周氏沈默了片刻，又道：「孫娟這個女人心腸惡毒，而且錙銖必較，若是得罪她，她一定會想方設法對付妳。」

不知是想到了什麼，說出這些話的周氏，臉色也極為難看，似乎孫氏曾對她做過什麼不可原諒的事情。

韓香怡沈默了。對於宅子裡的勾心鬥角，她是從心底感到反感，她只想安安靜靜的過日子，或者說，只想與世無爭地活著。可如今，她卻距離心中理想的生活越來越遠。

韓家、修家、宋家，每一個都是高不可攀的存在，這是一盤棋，一盤很大的棋，而她只不過是這棋盤中的一個小小棋子；或許，連棋子都不如，這讓她心中升起一種無力感。

莫非她錯了？錯在自己想得太過天真？

「不過妳也不必太過擔心，妳是修家的兒媳，她孫氏即便再壞，也不敢太過分。對了，我聽芸兒說，妳還懂得讀書識字，是妳娘教妳的嗎？」周氏見韓香怡情緒有些低沈，便轉移話題問道。

韓香怡也知曉這是周氏不想自己太過傷心，所以才如此問，她點點頭，道：「我學過一些，不過不是我娘親教我的，是我們村子裡的一個老秀才。」

「老秀才？」

「嗯，今年已經六十八歲了，年輕時曾是一名秀才，但一直都未高中。」韓香怡如是說道，說完，便一口一口喝著粥。

別說，她還真餓了，沒一會兒就將一碗粥吃了個乾淨。

韓香怡有些回味地舔了舔唇，然後放入木盒中，看向周氏道：「謝謝娘。」

周氏輕聲笑道：「謝什麼，咱們都是一家人。好了，天色也不早了，妳早些休息吧！」

說著，周氏將木盒子蓋好，起身道：「好好休息，我先回去了。」

「娘慢走。」韓香怡不能起身，只好目送著周氏離開。

周氏一走，韓香怡就癱軟在床上，抱著被子，也不覺得冷了，一碗粥進了肚子，暖暖的，睏意也漸漸襲來。

雙眼不停地打架，終於，她腦袋一歪，又睡了過去。

屋子裡靜悄悄的，只有窗子縫隙的風聲輕輕嗚咽，伴隨著風，桌上的燭火也輕輕擺動，使得屋子裡變得陰暗不定。

就在這時，門被緩緩打開，一道身影閃現而出，然後快速來到床前。

這是一個身材修長的男子，男子面戴黑布，將大半個臉遮擋住，只留下一雙美麗的丹鳳眼。

男子看著床上熟睡的韓香怡，美目光華流轉，半晌，他伸出手，將那露出半截香肩的被子拉上，又看了看她的臀部，最後搖了搖頭，轉身便要離開。

可就在這時，他的衣襬猛地一緊，一隻手緊緊地抓住他的衣襬。

男子黑布下的表情驟然一變，猛地回頭，向那床上看去。

只見那床上的人兒，正抬著頭，雙眼睜開，一眨也不眨地看向自己。

一剎那，男子呆愣住了。

被發現了！

清晨，伴隨著暖暖的陽光，趴在床上一個晚上的韓香怡終是悠悠轉醒，可她剛一睜開雙眼，就急忙看向四周。

當看到坐在桌子前，正喜孜孜吃著糕點的修明澤後，她第一反應就是指著他叫道：「你對我做了什麼？」

修明澤手上的動作一頓，隨即看向韓香怡，那眼中滿是嘲諷。

「妳是傻子嗎？」

「傻子？」韓香怡一怔，隨即瞪著他喊道：「你才是傻子。」

「他們都說我是傻子，那妳也是嗎？」修明澤並沒有反駁，反而是十分淡定地說。

「……」

現在是怎樣？韓香怡糊塗了。她清楚記得，昨天晚上，有一個黑衣蒙面男子來到自己屋裡，她認得那雙眼睛，正是修明澤，那麼美麗的丹鳳眼極少人擁有，所以她絕不會認錯。

可不知怎地，她之後的記憶都不見了，再次清醒時，已是一夜過去。

看著坐在椅子上、傻兮兮吃著糕點，還時不時看向自己、那副小人得志模樣的修明澤，與昨晚的深邃雙眸完全不是同一個人。

「莫非我在作夢？」韓香怡揉了揉腦袋，又看向修明澤，道：「我餓了，給我拿點過來吧！」

「妳要吃？」

「嗯！」

「要我拿給妳？」

「嗯嗯！」

「憑什麼？」

「……」

每次與他說話，韓香怡總有種要抓狂的感覺，他是故意的，絕對是故意的！

「就憑我是你夫人，你是我夫君，而且我還是因為你受了傷，難道你都不該體諒我嗎？夫君！」韓香怡決定採取迂迴的辦法，以退為進，直的不行就繞著來。

果然，韓香怡的一番話似乎有效，修明澤沈默了，片刻，他真的站起身子，也端起桌子上的糕點，然後在韓香怡欣喜的目光中……

走了出去！

「你……你怎麼走了呀？我餓！」韓香怡氣得大聲喊道。

「傻！」修明澤丟下一個字，便瀟灑離開了，離開前，還吐出一口乾燥的糕點屑在空氣中盤旋飛舞。

若她可以走路，非要抓著他的頭髮，扯一扯，讓他再也不敢如此對待自己，自己好歹也是他的娘子，他……怎麼可以如此對自己！

「大嫂！」

就在韓香怡氣憤不已時，一道嬌脆的聲音從敞開的門外傳來，然後就見修芸蹦蹦跳跳地跑了進來。

修芸一看到趴在床上、眼巴巴看著門外的韓香怡，頓時小嘴兒一扯，快步來到床前，從懷裡取出一個油紙包，遞給韓香怡，小聲道：「大嫂，妳一定餓了吧！剛剛看我哥端著糕點盤子出去，想必沒有給妳吃。」

韓香怡接過油紙包，可憐地點了點頭。

「嘻嘻，沒事，我知道大嫂妳還沒用飯，瞧，這是我偷偷從廚房裡拿出來的，娘說妳有傷在身不能吃油膩的，可我知道妳一定想吃，快打開看看我給妳帶了什麼好吃的。」修芸嘿嘿笑著，似乎比韓香怡還要興奮。

韓香怡也是猛點頭，快速打開了油紙包，映入眼簾的是一隻有著油亮亮光澤的雞腿，這雞腿足有她一隻手掌那麼大，而那濃郁的肉香，也在油紙包打開的瞬間擴散開來，被她統統吸入鼻中。

「小芸，有妳在……真好！」韓香怡抽了抽鼻子，一臉感激地說。

「嗯嗯，快吃吧！」修芸催促道。

韓香怡一怔，雖然不解，但還是將那雞腿拿起來，聞了聞香氣，正準備要將那美味送入口中時……

「住口！」低喝之聲從屋外傳來，只見周氏提著一個木盒，緩步走了進來。

韓香怡手中的雞腿此刻定格在距離嘴巴一指的距離，可這距離卻好似千里長河一般，難再前進一寸。

「娘！」修芸騰地一下站了起來，一臉緊張地道：「我……我還有事，就先走了。」

「站住！」周氏低喝了一聲，見修芸站住後，這才走到她身前，伸手在她的額上猛地一彈。

「哎喲！娘，好痛啊！」修芸痛呼道。

「就是要讓妳痛，這不聽話的丫頭，都與妳說了，妳大嫂現在有傷在身，不能吃油膩的食物，妳還敢拿給她，找打！」

說著，周氏又要出手，嚇得修芸急忙捂住了額頭，一臉可憐兮兮地看著她。

周氏心一軟，收回手，瞪著她道：「下次再沒記性，我就打妳手板！」

「我不敢了，再也不敢了！」修芸尖叫著，抬腳就跑出去。

一時間，屋子裡靜了下來，周氏搖了搖頭，走到韓香怡面前，將她手中的雞腿拿走，重新包在油紙裡面，並從自己的木盒子裡取出一碗清粥，遞給了她，這才道：「妳這丫頭也真是的，小芸給妳，妳就吃，妳自己有傷還不清楚嗎？」

韓香怡尷尬地笑了笑，道：「娘，我錯了，不會再有下次了。」

「嗯，娘信妳，快吃吧！」周氏也沒多說什麼，摸了摸她的頭，就坐在那裡看著她。

韓香怡吐了吐舌頭，一口一口喝起了粥，雖然依舊清淡，但是味道很好，沒一會兒她便將一碗粥吃得乾乾淨淨。

看著周氏收拾碗，韓香怡突然問道：「娘，明澤是何時找到的？」

「不是我們找到的，是他自己回來的。」周氏將碗放好，合上蓋子。

「自己回來的？那您知道他是何時回來的嗎？」韓香怡皺了皺眉，再次詢問。

「就是今兒個早上，天剛剛亮，他就一個人回來了，全身髒兮兮的，我還叫下人給他梳洗了一番。」周氏笑著道。自己兒子沒事，她終於能放下心了。

此時，韓香怡心裡嘀咕著：難道自己真的在作夢，其實根本就沒有什麼黑衣蒙面人？可為何自己對那雙眼睛如此熟悉呢？就好像……就好像修明澤突然之間變了個人似的，不再是一個傻子。

莫非……是自己想多了，所以才會夢到？

心裡想著，韓香怡也不由得對修明澤有了懷疑。

怪怪的，總覺得他哪裡怪怪的，不行，自己一定要好好盯著他，看看他都在搞什麼花樣。

也許……或許……他在裝傻？

韓香怡在這一刻，腦海裡閃過一個大膽的想法，而為了這個想法，她決定做些什麼。

半個多月一晃即逝，這半個多月裡，韓香怡每天都是躺在床上，被丫鬟照顧著起居，加上修明澤總是與她作對，她倒也不寂寞。

經過調養後，現在的韓香怡已無大礙，可以下床走動，除了不能有太過劇烈的運動外，基本上可以照顧自己了。

這一日，她的院子來了一個新人，一個十歲的小女孩，長得不算漂亮，但是笑起來會露出兩顆小虎牙，以及兩個淺淺的酒窩，給人一種可愛的感覺。

她叫香兒，是周氏給她的丫鬟，以後專門伺候她，聽說是從最近新進修家的一批丫鬟中挑選出來的，可機靈著呢！

周氏也是瞧著韓香怡都沒自己的丫鬟，就把她送給了韓香怡。

像香兒這樣大的丫鬟，都是被爹娘以五兩銀子到十兩銀子不等的價錢賣出去，所以往後她就真真是生為修家人，死為修家鬼了。

看著怯生生站在自己面前的小丫頭，有些黑的臉上卻有一雙透著水靈的眼睛，滴溜溜地轉著，似乎腦子裡有千百個念頭在思考。

「妳叫香兒？」

「是的，大少奶奶。」香兒垂著頭，恭敬道。

「嗯，以後妳就是我的貼身丫鬟，只可聽我的話，為我做事，妳可明白？」韓香怡看著她，認真地說道。

「是的，大少奶奶。」

「抬起頭吧，在我這裡不必拘束。」韓香怡見她真的聽進去了，便笑著說道。

香兒依言抬起了頭，看向韓香怡，從韓香怡的目光中，她看到之前從未看過的眼神。那是善良？抑或是關心？

她七歲就被自己的親生爹娘以一兩銀子賣給了當地還算有錢的地主做丫鬟，當時她是被當作牲畜來對待的，吃不好，穿不暖，做不好事情還被打，也是從那時起，她由一個什麼都不懂的小丫頭變成如今的機靈丫頭，做事都要仔細地想；不過兩年後，地主一家人被官府的人給抄了家，她只知道，自己要離開那裡。

隨後她被人販子抓住，與很多和她年紀相仿的小女孩關在一起，時間一天天過去，每天都有小女孩被賣出去，也有很多因為受寒、受餓死掉的，她見得太多太多了，所以她漸漸變得有些麻木。

幾天前，她被賣到了修家這裡，不過在她清楚修家的地位後，也是有些慶幸，即便要被人打、被人罵，起碼自己不會再被關在那樣的小黑屋裡，不會被餓死或者凍死，也因為她的機靈，她竟然可以伺候修家大少奶奶，這讓她覺得自己的好運來了。

於是，就有了如今這一幕。不過讓香兒覺得不解的是，大少奶奶不但沒有要求自己做任何事，反而還要她陪她聊天，這在她看來，完全就是好日子。

成為大少奶奶的貼身丫鬟，香兒之前做過的事情，一下子全都不用再做了。不用再每天掃地擦地，不用每天燒水洗衣，現在的她唯一要做的，就是全心全意服侍好這位大少奶奶，僅此而已，她一下子竟是有些不知所措了。

看著香兒那有些錯愕的樣子，韓香怡也是有些可憐她。香兒的身世如何，韓香怡自然已經從周氏那裡大致瞭解了一些。她心想，七歲便被賣給地主家當丫鬟，之後還被人販子抓住，想必那日子不會好過。

「之前的日子我不知道妳是如何度過的，或許很苦，或許很難，可現在到了我這裡，妳就不必如此；妳可以吃好的，穿好的，也不需要做粗活，不會被人打、被人罵。當然，在這裡，妳只要做一件事，那就是服侍我。」

韓香怡笑著，拉起香兒的手，她能感受到她的緊張。

「既然妳現在是我的丫鬟了，那我可以讓妳為我做一件事情嗎？」

「當……當然！大少奶奶您說。」香兒這才回過神來，急忙抽回手，點頭道。

「嗯，那妳就去王嬤嬤那裡幫我問問，我可以帶著妳出去嗎？就我們兩個人。」

「哦，我這就去。」

見香兒出去後，韓香怡回到床上，從枕頭下取出一樣東西，放入袖中後，才走出屋子。

沒一會兒，香兒快速跑了回來，進到院子裡，看到韓香怡後，急忙上前行禮道：「大少奶奶，王嬤嬤說，您可以出去，但必須是只有您和我兩人。」

「很好，那妳跟我走吧。」韓香怡微笑點頭，走出兩步，回頭看著香兒，輕笑道：「都與妳說了，在我這裡，不要太拘謹，我也不會要妳這麼恭敬。」

「知道了，大少奶奶。」香兒點著頭，儘量表現得自然一些。

韓香怡還是可以看出香兒的拘謹和放不開，雖說她人挺機靈的，可心裡似乎還是害怕的。算了，急不來，就順其自然吧。

一人出府，這對以前的韓香怡來說或許很困難，但對於現在的韓香怡來說卻容易多了，因為在她受傷這段期間，王嬤嬤曾來過，與她說了關於出府的事情，承諾過她，只要是她想出府，知會她一聲便可。

雖說韓香怡搞不清楚，王嬤嬤為何會突然間同意自己出去，但她明白，只要能出去，自己要做的事情就很順利。

就拿這次來說，她出門就是為了做一件很重要的事情。

「大少奶奶，咱們這是去哪兒呀？」兩人出府後，一路往前，且越走越遠，香兒忍不住問道。

「到了就知道了。」韓香怡一臉神秘地說著，腳步稍稍加快，帶著香兒左彎右拐。很快兩人來到輔道上靠近城門處的一個商鋪，才停下腳步。商鋪兩邊都是各式各樣的小攤販，布料、食物、藥材等等，種類繁多，可面前的這個商鋪卻是上著鎖。

韓香怡從袖內取出一把鑰匙，正是當初韓朝鋒送給她的那把鑰匙。走到門前，將鑰匙插入鎖孔內，輕輕轉動，只聽咯噔一聲響，鎖開了。許是久沒人用，屋子裡有一股說不出的難聞味道，不須韓香怡開口，香兒已將兩扇窗子都打開了。

這鋪子不算大，進門後可看到一個長約六尺左右的櫃子，櫃子後面是一個靠牆的架子，架子由橫豎各六格的格子組成。每一個格子都是一尺長、一尺寬，正方的格子內此刻空蕩蕩無一物。

韓香怡心道，想必這上面便是擺放香粉盒的地方。

而在架子的左面是一個小門，打開小門，裡面是一個可以休息的地方，左手邊是一張一人大小的床，右手邊靠牆處則擺放著三個大箱子。

打開箱子，箱子內是用木板隔開的三個長條形空格，應是用來分別裝不同的香粉盒。

在這不算大的香粉鋪走上一圈，韓香怡很是滿意。對她來說，鋪子大小不重要，重要的是，她需要有一個地方賣自己的香粉，而這裡剛剛好，地方不大，且在輔道之上，不算偏僻，人也不少。

不過現在的她，沒有可以製作香粉的地方，韓家工坊還不讓自己大量製作，顯然也是在提防著她。

「一年的期限到底是為何？」韓香怡皺著眉頭，暗暗想著。

「大少奶奶，這是您自己的嗎？」香兒一雙眼睛轉動著，看著四周滿是好奇。

韓香怡將木箱蓋上，笑道：「現在還不是我的，但以後會是。」

看著韓香怡一臉自信的模樣，香兒心裡不由一動，這個主子與自己之前遇過的主子不同。

與香兒在這裡轉了一圈，大概瞭解位置後兩人就離開了，不過她並沒有回府，而是在街上轉悠，很快，她來到一間店鋪前。

店鋪上掛著一個牌子，上面寫著四個字——「韓家香粉」。

韓家香粉在帝都很有名，一般都是大家族的夫人、小姐才會進去，就拿眼前這個香粉鋪來說，進進出出的人不算多，不能說絡繹不絕，可人流卻不會斷，最重要的是來到這裡的人，都是錦衣紈袴，或是書香門第的小姐，或是富豪人家的夫人，總之，來到這裡的都是有錢的女人。

韓香怡看著這一幕，心裡暗暗感嘆，韓家為何能在帝都很快站穩腳跟，由一個小商販到大世家，全都是靠著這些有錢人。想想看，每一個女人走進去，都會掏出至少一兩銀子，這聽著或許很少，可是一個人是一兩，十個人就是十兩，一百人呢？

若她也做這個，有朝一日能否如韓家一樣呢？

韓香怡心裡想著，邁著腳步離開了。

「大少奶奶，咱們不進去嗎？」香兒看著進進出出的人都是錦衣華貴的樣子，不禁好奇地想要進去。

韓香怡自然知曉她心裡所想，笑著搖了搖頭，道：「進不進去又怎樣呢？剛剛我已帶妳看過香粉鋪裡面的樣子，兩者之間唯一的差別便是人潮，等以後咱們的鋪子開起來，妳就會看到了。走吧，我還有其他的事情要做，妳若真想看，以後帶妳進去看便是。」

「哦，好的，大少奶奶。」隨著與韓香怡相處的時間長了，她對韓香怡也不會那麼害怕，本來出於不熟悉，心裡還有些緊張，現在比較不會了。

韓香怡自然也是看出香兒現在比較不拘謹了，和這個小丫頭相處，與其說是主僕關係，其實更多的是姊妹的感覺，大概跟自身本就來自小地方有密切關係。

雖說比之以往，韓香怡目前有一個較好的身分，可她畢竟不是在這樣的名門家族裡長大的，自然不會隨時隨地都有一大堆丫鬟、婆子伺候自己、服侍自己，讓自己過著像小姐般的生活。

她只知道，做事靠自己最實在。在以前的家中，她自己洗衣、做飯，還要去花田種花除草，這些沒有人會幫她做，如今雖然來到修家，但有些事情她還是親力親為，不會想著有人會為自己做。

心裡想著，韓香怡已經帶著香兒來到一個相對比較偏僻的地方。

此處是韓朝鋒寫在紙上告訴她的，她便按著韓朝鋒給的地址來到這裡。

這裡與香粉鋪比起來，真的是門可羅雀。

推開門走進去，屋子裡有些昏暗，由於窗子沒有打開，只有淺淺的光透過紙窗照進屋子裡，而在這昏暗中，韓香怡看到一道身影正坐在櫃子後面，腦袋垂著，似乎在睡覺。

韓香怡乾咳了一聲，走到櫃子前，輕聲問道：「老先生，請問……」

「買什麼？」沒等韓香怡說完，那似在睡覺的老人低著頭，悶悶地問道。

韓香怡被這突如其來的聲音嚇了一跳，但還是很快就平靜下來，又道：「老先生，您這裡賣香粉盒，請問多少錢一個？」

老先生聽說有人要買香粉盒，這才抬起頭，看向韓香怡。

那是一張枯瘦的臉，沒有神采，雙眼也是半睜著，似乎真的在睡覺。

然後在韓香怡問出這話後，老人才淡淡地道：「一兩一個。」

「一兩一個？這麼貴，你怎麼不去搶呀！」香兒如被踩了尾巴一般，跳起來叫道。

一兩銀子都夠自己吃好穿好許久了，一個破盒子哪能這麼貴呢！

韓香怡卻沒有生氣，只是微笑著再次詢問道：「老人家，我不買最好的，我只需要買一百枚銅板一個的香粉盒，您看……」

老人看著韓香怡，雙眼又睜開了些，但還是睡眼矇矓地道：「我這兒沒有其他價格的，只有一兩銀子一個的上好白玉盒，純白如玉，不摻假。」

說著，老人又看向韓香怡身旁的香兒，淡淡道：「什麼都不懂的丫頭就別叫了，嫌貴妳可以轉身離開，咱們不做強買強賣的生意。」最後一句是對著韓香怡說的。

韓香怡皺了皺眉，但還是笑道：「我是韓朝鋒韓大哥介紹來的，您就不能……」

「韓朝鋒那臭小子？」

老人一怔，隨即完全睜開雙眼，細細打量著韓香怡，問道：「妳是他什麼人？相好的？不像啊！那臭小子應該不會對妳這樣的小丫頭有興趣才對。」

韓香怡有些哭笑不得，耐心道：「老人家，我是韓朝鋒的妹妹，我叫韓香怡，是我哥讓我來您這裡買的，我哥說您這裡的白玉盒最好，所以……希望您算便宜一些，我多買。」

老人眉毛一挑，看著韓香怡，嘖嘖道：「韓香怡？修家的媳婦？嘖嘖，有趣，真是有趣，妳一個修家媳婦不好好在家做妳的大少奶奶，怎地跑我這裡來買白玉盒？怎麼，想自己做買賣？」

看著老人那嘲諷的笑容，韓香怡沒有生氣，也沒有懊惱，只是微微點頭，笑道：「您說得沒錯，我真是想自己做些買賣；當然，這與任何人都無關，只是我自己想做而已。」

「自己想做？韓家會同意妳在他們的眼皮子下搶他們的生意？他們可沒那麼大方，即便妳姓韓。」老人用一種十分瞭解韓家人的語氣說道，末了還撇了撇嘴，似乎對韓家很是不屑。

韓香怡將老人的表情收進眼底。對於老人與韓家到底有什麼淵源，她不想知曉，也不願知曉，因為若自己去瞭解，那就是讓自己瞭解韓家，她不想。既然離開了，就不想有瓜葛，當然，韓朝鋒兩兄弟除外，起碼他們對自己不壞。

「我想他們不會做得太絕，而且我也不會搶他們的生意，我一個小鋪子，還不到可以去搶韓家生意的地步，所以還希望您可以賣給我白玉盒，並且算便宜一點。」

老人看著韓香怡，突然咧嘴笑了起來，一邊笑，一邊道：「妳還真像我認識的一個人，他就是這樣……好吧，我賣妳了，既然妳是韓家人，又是那小子的妹妹，那我就以五百枚銅板一個的價格賣給妳。」

「真的？那就謝謝您了！」韓香怡略顯激動地謝道。

一個一兩銀子的白玉盒竟然以五百枚銅板的價格賣給自己，她還真沒敢想。在她看來，即便因為韓朝鋒的緣故，八百枚銅板都算便宜了，卻沒想到他賣給自己五百枚銅板，這真的讓她很是意外。

就這樣，韓香怡一口氣在老人這裡買下五十個品質極佳的白玉盒，花去她二十五兩銀子。雖然花這麼多錢出去讓她很是心疼，可一想到以後可以賺回來，她心裡這才平衡下來。

與香兒一起，一人一個包裹，抱著五十個白玉盒，兩人回了修家。

回到修家後，一路上也沒遇到什麼人，兩人進了自家院子後，韓香怡吩咐香兒將門關好，這才將兩個包裹放在床上，分別打開，只見一個又一個晶瑩剔透的純白玉盒出現在她的眼前。

那老人果然沒騙自己，這白玉盒真的很好。

韓香怡拿起一個放在日光下，可以看到白玉盒內部流轉的光點，這就說明，這白玉盒是用上等白玉製作而成，且做得十分精細。

自己這次真的是賺到了！

韓香怡暗自興奮地想著，不過她很快就冷靜下來，白玉盒是有了，且還是最好的，那麼接下來的問題便來了，她可以製作香粉，可畢竟只有一個人，靠她一個人製作，不論是數量上還是速度上都是有限的。

韓家工坊她不打算去了，即便去了，他們也不會給自己製作什麼好的；當然，好壞暫且不論，若她到韓家工坊叫他們為自己製作香粉，他們一定會通知韓家，那麼自己想做的事情將暴露得更快。

她需要一點時間，就算事情要曝光，也要等自己都準備好才可以。

想到這裡，韓香怡的目光突然看向站在一旁、看著白玉盒發呆的香兒，心中一動，看著她道：「香兒，妳可願意與我一起製作香粉？」

香兒還沈浸在白玉盒美麗的光芒中，在聽到韓香怡的話後，微微一愣，然後錯愕道：

「大少奶奶，香兒不懂您的意思。」

「我是說，妳若想的話，我可以教妳如何製作香粉，到時咱們倆一起做、一起賣，賺了錢，我會給妳買好吃的、好穿的，如何？」

香兒原本對製作香粉沒有興趣，在她看來，自己現在的生活已經很不錯，有吃有喝，不著寒受凍，為何還要做香粉呢？可是在聽說賺了錢會給自己買好吃的、好穿的，她還是心動了。

香兒尚且是個孩子，還有孩子該有的童真，比如對好吃的、好穿的有所嚮往，自然也會羨慕那些穿著華麗的夫人、小姐。當然，她清楚，這些她只能看看，可比較之心人皆有之，她難免會羨慕院子裡其他的丫鬟、婆子們，她們穿的都比自己好，吃的也比自己好，雖說她不餓了也不冷了，可吃的只是簡簡單單的饅頭鹹菜，至於肉……她還真未曾吃過，所以她心動了。

看著香兒的表情，韓香怡便清楚，她會答應的。

是的，她就是在誘惑她，畢竟香兒還是孩子，禁不住這樣的誘惑。當然，她也可以拿大少奶奶的身分來強迫香兒，甚至命令她去做，可她不願如此，就像她之前所想的，她將香兒當作姊妹看待。

「大少奶奶，香兒願意。」

果不其然，香兒興奮地回答道。

因為韓香怡現在最需要的便是人手，對於香粉的製作過程，她並未一次全部教予香兒，只是先教她如何摘取花朵，以及如何晾曬、適時根據天氣改變翻動的角度，之後再慢慢將自己製作香粉的一些方法告訴給她，而香兒也是個聰明的人，一學便會。

這一日，陽光正好，和煦的春風將滿園的花吹得花枝亂顫，生意盎然。

屬於韓香怡與修明澤兩人的小院內，此刻已被一塊又一塊的大石頭占滿，院子左側是一塊小花田，右側則是整整齊齊擺放著五塊半人高的青石，而此刻上面正有一朵朵花瓣在上面晾曬。

風不大，緩緩吹動間，將一瓣瓣花瓣吹得漸漸收斂了鮮豔，有股香味在院中瀰漫。

此刻，屋內，支起的窗子內灑滿明媚的春光，韓香怡正在認真地將每一個白玉盒擦洗乾淨。

白玉盒買來後，需要先用溫水浸泡一日，將其徹底溫潤，然後再拿到陽光下曬到半乾，最後再用乾淨的毛巾擦拭，這樣做才可以讓香粉在其內保存更久，不至於因為一些不必要的細小雜質受到污染，導致存放的時間縮短，讓買家對妳所賣之物失去信心。

當然，韓香怡在忙，修明澤自是不能閒著。

韓香怡也不管他樂不樂意，硬是塞給他打磨過的圓頭杵，並且要他將新買的碎花皿擦亮，要不然他也是閒著，沒準兒又到哪裡搗亂去了。

「娘子，妳還是我的娘子嗎？妳怎能這麼對待妳的夫君呢？妳還是我的娘子嗎？」修明澤嘟嘴鬱悶道。

「我是你的娘子，你的好娘子，要不是我，你怎麼可能做這麼好玩、這麼有趣的事情呢！你不要不高興，你要笑。」

「笑？我不傻，這怎麼會是好玩的事呢？這明明就是丫鬟才做的事，妳幹麼要我做呀，妳還是我的娘子嗎？」修明澤氣憤道，手上卻沒停。

韓香怡輕輕地放下一個擦好的白玉盒，然後瞪了他一眼，道：「什麼叫丫鬟做的事，哪個人說這是丫鬟做的事？哦，那你現在做了，你也是丫鬟嗎？」

「嘿嘿，我可不是，我是少爺，我是男人，我下面可有妳沒有的東西呢！」修明澤一臉得意地說道。

韓香怡低頭看了一眼他的褲襠，隨即俏臉一紅，狠狠地瞪了他一眼，低聲咒罵色胚，然後又道：「是，就你厲害，你不做就不要做，我自己做，累死我算了！」

修明澤看著韓香怡，眨巴著眼睛，半晌道：「娘子，妳是泡泡嗎？」

「你這話是何意？」

「泡泡一觸就破了，妳擦東西也會累死，妳真脆弱。不過沒事，我是妳相公，妳死了我也會替妳收屍的；當然，妳死之前可要洗得白白的哦，要不然我不會碰妳，髒死了！」修明澤一臉嫌棄地說。

韓香怡動作一僵，氣得想要打他，可就在這時，門被打開，一道身影走了進來。

「修明海，你來這裡作什麼？」韓香怡站起身子冷冷地看著他。

一想到之前修明澤失蹤一事，對於這個密告家裡、讓孫氏添油加醋害得自己挨板子的罪魁禍首，韓香怡心裡自然有恨意，所以看到他也沒了好臉色。

修明海也沒在意，嘿嘿一笑，然後手一甩，兩張紅色的請帖便落到桌子上。

「這是我們書院的家人請帖，明日是我們書院的年初藝考，你們想來便來，不想來也無所謂，反正也是無關緊要的人。」修明海一臉不屑地說著，末了，還瞥了一眼坐在那裡沒有反應、繼續擦著碎花皿的修明澤，嘖嘖之聲更是明顯。

「不想送就不要送，我們也沒說過要去。」韓香怡冷眼看著他，冷漠道。

「妳當我想？要不是我爹，我才懶得來，愛去不去，懶得理你們。」說著，修明海便轉身離開。

臨走前，他還大聲道：「韓家不讓妳做香粉，就在我們修家做，妳還真是敢，這事我娘還不知曉，我勸妳還是收起那些破花，小心我娘給妳踩碎了！哼！」說完，便大搖大擺地離開了。

韓香怡站在那裡，雙眼冰冷。

這個修明海真是太可惡，那個孫氏更加可惡！

「娘子，這是什麼呀？」只見修明澤將那紅色帖子拆開，拿出裡面的請帖。

韓香怡拿過來，看了看，上面說的的確是邀請書院學子的家人前去的事宜。

她本不想去，無奈是爹爹要求，那不去也得去了。

算了，去便去吧！

「去書院。」韓香怡將請帖收好，然後繼續擦著白玉盒。

「去書院？太好了，我要去書院！」修明澤開心地拍起手。

韓香怡瞪了他一眼，道：「上次去你就走丟了，你還想去？」

「上次？明明是妳們把我弄丟了，我都找不到妳們，又冷又餓，都是妳們的錯！妳還是我娘子嗎？妳不要我！」說著，這傢伙竟嘟著嘴巴，一臉委屈的樣子。

韓香怡雙手緊握，咬牙切齒。

打，我被打了；罵，我也被罵了，你最多就是挨了幾頓餓，現在倒好，反倒錯在我了？

長長地吐了口氣，韓香怡看著他，一字一句地道：「餓死活該！」說完，便放下白玉盒，起身氣呼呼地離開了。

只留下嘿嘿傻笑的修明澤在原地。

第八章

明尚書院每年都會舉行兩次藝考，分別在年初與年末。年初考試雖然不算作最後的成績，但也會在年末考試時考慮在內，占兩次考試的十分之三，所以學生們對此次考試十分重視。

約莫一炷香的時間後，馬車停了下來，只聽馬車外傳來車伕的叫喊聲。「到了。」下了馬車，韓香怡跟著修家人下車，就看到陸陸續續有許多馬車停在書院門前，沒多久，這裡由冷冷清清變成熱熱鬧鬧，很多達官貴人來到此地，一下子，喧譁之聲在這裡迴盪開來。

「修家主，院長已經在二樓等候了，我還要接待其他家主，就不繼續帶路了，您請。」說著，那人就與身後的兩個先生一起離開了。

「走吧！」

修雲天淡淡地說著，抬腳上了樓梯，修家人也隨之跟上。

韓香怡看著修雲天那眉頭緊鎖的表情，又從修芸口中聽說了一些事，這才無奈地嘆口氣。

原來，每年藝考之前，他們三家都會在此地聚在一起聊天，當然，聊天的內容是關於孩子的事情，而每到此時修雲天就最不願談及自家孩子。

兒子每年都是最後一名，他該怎麼說？說什麼？只是丟人現眼罷了！

上了二樓，只見寬敞的二樓此時已經坐滿人，韓家人與宋家人都在，其中也有幾個是韓香怡認識的。

「哈哈哈，瞧瞧我說什麼來著，是雲天老弟來了，快快快，坐下來，咱們好好聊聊。」爽朗的笑聲傳出，說話的正是魁梧壯碩的宋家家主宋哲。

名字聽著挺有哲學的味道，可是聲音、長相與身材卻完全不相符，許多人見到他的第一印象，就是留意到他脖子上有一條蜿蜒如蚯蚓一般的傷疤，細長延伸到了衣內，第一眼看去，給人感覺就是霸道與驃悍。

而坐在他身旁的宋景軒，此刻正看著自己這邊——準確地說，是在看她的夫君。

當韓香怡扭頭看向自己身旁的修明澤時，卻不由扶額嘆息。

只見他此刻正一隻手摳著鼻子，一臉陶醉的表情。

果然……自己不該想太多。

三家坐在一起，有說有笑地聊著，似乎很親切熱絡。

韓香怡坐在周氏身旁，微微垂著頭看著地板，不時對於三家人的言談感到可笑，便低頭抿嘴。

可就在這時，只聽韓家的趙氏突然笑著說道：「修大哥，今日便是書院藝考，你們家明海今年準備得可好啊？」

此話一出，原本融洽的氣氛瞬間變得尷尬起來，韓香怡也是在這時抬起了頭，看向修雲天。

只見他臉上的笑容漸漸收斂，隨即放下手中的茶杯，淺笑道：「勞妳費心了，我兒準備得很好。」

「哦？看樣子是很有把握呢！我們家朝鋒還說，今年考試想要和你們家明海比比，看看誰能得第一。我原本還不覺得他們能比，如今看來似乎可以，修大哥，我可要拭目以待啦！」

這話說得要多諷刺便有多諷刺，每一句話都讓修雲天的臉色難看一分，修家人也都沈默不語。

「孩子們的考試是書院安排的，妳一個婦道人家在這裡胡亂說什麼？還不快給修大哥道歉。」韓景福適時地開口呵斥。

趙氏急忙賠笑道歉，可任誰都看得出來，她話裡滿滿都是虛情假意。

韓朝鋒在書院裡已經連續幾年拿到第一的成績，甚至在帝都都很有名氣，所以韓家也為此事十分得意，在他們看來，韓朝鋒以後的路定是一帆風順的，韓景福也為此十分驕傲。

而修明海同樣也是連續幾年以「第一」的成績在書院和帝都享有名氣，只不過這個「第一」是倒數第一，這個名氣是臭名昭彰。

這樣對比下來，孰強孰弱，自見分曉。

可這些話卻是刺激到一個人，那便是孫氏，自己兒子被人如此侮辱，她怎能不氣？於是孫氏冷哼一聲，道：「我兒之前是沒有努力而已，若真的努力，朝鋒也未必是他的對手，所以某些人也完全沒必要在這裡冷嘲熱諷，到時候見真章！」說完，一拉自己兒子的手，低聲道：「你真有信心？」

「娘，您就等著瞧好了，兒子何時騙過您？」修明海雖然也是心中有氣，但還是低聲安慰道。

這段時間他也是真的下苦心學了，所以這次考試他才會如此淡定地讓家人來觀看。

趙氏聽罷，便要開口，可就在這時，有腳步聲傳來。

很快，一道身影出現在二樓的樓梯口。

那是一個身材筆挺的老者，已屆花甲之年卻精氣神俱佳，半白的長髮整齊地披在腦後，一張雖普通卻十分儒雅的面孔映入韓香怡的眼簾。

而在儒雅老人出現的瞬間，二樓的氣氛再次變得不一樣，所有人的目光都是齊齊看過去。

韓朝鋒、韓朝陽、宋景軒、宋景書、修明海五人則是齊齊站起身子，朝著那老人深深一拜，齊聲恭敬道：「院長大人。」

「嗯，考試要開始了，大家隨我去考場吧！」

老人面帶微笑，從容爾雅，轉身前，將目光看向修明澤時，有一抹惋惜閃過，恰巧被韓香怡捕捉到。

看樣子，這位院長大人對自家夫君還是很在意的。

反觀修明澤，依舊是一副傻兮兮的模樣，讓人不由暗嘆人生變化何其多。

一路上，一行人跟隨著院長大人向考場而去，包含韓家、修家以及宋家三位家主也都跟隨其後，十分恭敬。

「這院長大人背景很強大呢！」走在身旁的修芸似是看出韓香怡心中的疑惑，便主動開口解釋道：「明尚書院是隸屬皇家的書院，建立者便是當今聖上，而這個院長大人是當今聖上，也就是當年太子的老師。

「在聖上登基之後，就將他的老師，也就是如今的院長大人親自送到這裡，讓他在這裡休息。大嫂，妳想想，聖上的老師，那是什麼樣的地位呀！」修芸撇了撇嘴，一臉敬畏地說。

韓香怡也是點點頭，心裡對這個院長大人也是升起一絲敬畏之意。

唯有這樣的人才可以當得起帝都第一書院的院長吧！

很快，眾人都落了座。

院長大人緩緩站起身子，臉上始終帶著儒雅的笑容，目光看向眾人，微微點頭，聲音緩緩傳出，道：「開始考試吧！」

「是。」一個中年男子恭敬地行禮，然後轉身，看著眾人，大聲道：「比試開始。第一場比試，箭術，請各位學生到比試場地預備。」

隨著那中年男子的話音落下，韓、修、宋三家的幾個少爺都依序走出，向著一處箭術比試的場地走去。

韓香怡也看向那場地，儘管她不願來到這裡，可到了這一刻，她的目中還是帶著期待，希望可以看到一場精彩的比試。

箭術，考的是學生對射箭的精準掌握，若有朝一日須上戰場殺敵，無論你是文是武，都要有精湛的箭術，才能殺敵於百米之外。

書院比試，須在百米外射中紅心，射中紅心者，記十分，共十色圈，每向外一圈減一分。

噹！

鑼聲敲響，比試開始。

此刻，書院的所有學生全部聚集在此，按照先生所唸的名字，依次進行比試。

很快，記分先生叫到宋景書的名字，頓時，韓香怡身旁的修芸坐不住了，激動地揮舞著小拳頭，似乎在為他無聲吶喊。

只見宋景書一臉隨意地站在那裡，取來弓箭，箭搭弦上，瞇起一隻眼睛，瞄準箭靶，手一鬆。

嗖！

砰！

箭中紅心，十分。

頓時，周圍一些家族和宋家人都鼓起了掌。

宋景書放下弓箭，轉身離開。

「宋景書，箭中紅心，記十分。下一個……」

若一次中紅心，便不須再射第二次，因為比試三次取最好成績，而紅心已經是最好，就無須再繼續。

接下來，被叫到名字的是修家的修明海。

只見修明海一臉得意地走出來，拿起弓箭，一臉自信地站在百米線外，箭搭弦上，瞄準箭靶，猛地一鬆！

嗖的一聲，箭射在了第三圈。

「修明海，記七分！第二次。」

隨著那先生話音落下，修明海再次取箭，這次更快射了出去。

砰！

八分！

緊接著，沒等那先生再次開口，他已然再次取箭，這次他仔細瞄準箭靶，然後手一鬆。

只聽嗖一聲，箭飛快射出，直直射中紅心與離外一圈的邊緣處。

「九圈！修明海三次射箭完，記九分！」

那先生略顯詫異地開口，同樣驚訝的自然還有在座其他家族之人。

一個每年都最後一名，每次箭術考試都射不中靶子，即便射中也都在最外面幾圈的人，今年竟然能得到九分的好成績，這讓很多人看向他的目光都不一樣了。

最意外的自然是修家人，除去孫氏，其餘人都覺得不可思議，一個紈袴混混，竟然能拿到這樣的分數，不得不讓他們驚訝。

修雲天先是微微一怔，隨後露出滿意的笑容，道：「明海這孩子也是努力了，不錯！」

似是從未有過的場景，修雲天板著的臉難得露出笑意。

一旁的孫氏更是得意地笑道：「老爺，瞧您說的，小海厲害著呢，以前那是沒有努力，現在他稍稍努力一點，就可以拿到這樣的成績，我們不會像某些人，以後保證不會讓老爺您失望的！」說完，目光掃過周氏以及修明澤，那眼中滿是不屑與鄙夷。

周氏不理會她，只是看著前方，一雙手緊握，抑制著自己的情緒。

韓香怡看在眼裡，心裡再次升起無奈。

「哼，不就是射箭嘛，有什麼呀，我閉眼睛都可以射中。」

就在修家眾人或驚訝、或無奈、或氣憤的時候，坐在韓香怡身旁的修明澤卻是開了口。

他的聲音並不小，使得在場很多家族都聽到他的話，其中很多人都露出莫名的笑容，似乎在他們看來，一個傻子說的話，權當笑話來聽便是，當不得真。

可是外人這麼想，孫氏卻不這麼想。她瞪了他一眼，冷笑道：「喲，明澤這麼說，莫非你會射箭？吹牛可不好，大娘不怪你，小孩子嘛，不懂事亂說話；可是妹妹，妳兒子這樣胡亂說話，妳這個做娘的都不管管嗎？萬一鬧出什麼笑話，那可不單是丟他一人的臉，也丟了咱們修家的臉面呢！」

孫氏句句冷嘲熱諷，周氏的臉色越來越難看，可她又說不出什麼，誰讓自己的兒子是個傻子呢。

最終，周氏臉色難看地擠出話來。「姊姊教訓得是，我兒亂說話，我會管教。」

「嗯，明白就好。」孫氏得意地點點頭，便繼續陪著修雲天一邊看，一邊小聲地聊著，看起來十分開心。

「娘，您還好嗎？」韓香怡看著周氏，小聲問道。

周氏搖了搖頭，勉強笑道：「我沒事。」

這在所有人看來只是一個小插曲，也沒在意。

接下來，韓朝鋒開始比試，毫無意外，第一次便中了紅心，記十分，接著宋景軒也是一次命中紅心，記十分。

考試繼續如常進行著，可就在這時，看得正入神的韓香怡手猛地被甩開，然後就見到修明澤猛地站起身子，大聲喊道：「我要射箭！」

此話一出，在場所有人都是齊齊看向這裡，看著顯得有些異常的修明澤，都被他的話震驚到了。

射箭？他？果然是個傻子，沒腦子了！

這一刻，幾乎所有人都是如此想。

即便是修家人，也都一臉無奈地看著他，周氏更是一臉焦急地想要讓他坐下，可他偏偏不坐。

修明澤不但不坐，還繼續喊道：「我就要射箭，我要射箭！」

「夫君！你坐下，別鬧了！」

「是呀，大哥，你快坐下，在考試呢！你別鬧了！」修芸也是急忙勸道。

「明澤，你這是作什麼，快坐下，你爹生氣了！」周氏更是著急。

再看坐在那裡的修雲天，此刻臉色難看至極，四周那些異樣的眼光如同刀子一般，讓他覺得一張老臉被劃得生疼。

「混帳，你給我坐下！」修雲天終是忍不住，低聲喝道。

「我不要，我就要射箭，我要射箭！」修明澤卻是甩著手臂，喊道。

四周的人都暗暗露出嘲諷的目光，在他們看來，這就是個傻子在耍鬧呢，他們都抱著看熱鬧的心理，看著這一切。

可就在所有人都以為會有笑話可看時，一道聲音卻緩緩傳出，讓喧鬧的考場瞬間安靜下來。

「讓他射箭。」

說話的人，正是明尚書院的院長，當今聖上的老師——王壽山！

「讓他射箭！」

王壽山不知何時站起身子，目光落在修明澤身上，臉上沒有笑容，也沒有怒意，只是平靜地看著他。

修雲天見狀，明白自己已經不能阻止，便恭敬道：「那就按照您說得做吧。」說著，便轉頭看向修明澤，淡淡道：「還不快去。」

修明澤一聽可以射箭，便興奮地拍了拍手，然後向著那考場走去。

繫上黑帶，蒙住了雙眼，修明澤一把抓起桌上的弓箭，手臂抬起，箭搭弦上，動作行雲流水，絲毫看不出是個新手。

韓家所在地，韓如玲坐在那裡，一張臉滿是嘲諷地說道：「哼，裝神弄鬼，一個傻子能射中才怪。」

坐在身旁的韓柳靜則是表情冷漠，對於不遠處的一幕似乎並不在意，她的目光時不時看向那眾多學生中的一人——正是宋景軒。

「妹妹，就算妳真的討厭他，也不要表現得如此明顯，若是被外人看到，還以為咱們韓家人不待見他呢！在家妳怎樣都好，在外妳就收斂些。」

聽著韓柳靜冷漠的聲音，韓如玲急忙點頭，不敢再發牢騷，她對自己這個姊姊是既喜又怕。

而修家這裡，幾乎所有人都臉色難看，似乎對於修明澤如此胡鬧下去將替修家帶來無盡嘲笑而感到氣憤。

「哥，明澤哥這樣鬧下去可怎麼得了，到時修家不知道要被怎樣嘲笑呢！咱們要去阻止嗎？」宋景書看不下去了，對著宋景軒說道。

宋景軒此刻雙眼微微瞇起，看著考場中蒙上雙眼、手持弓箭、做瞄準姿態的修明澤，他心底裡有股熱血在沸騰。

這一刻，他似乎看到了那時的身影，也是這樣的姿勢，也是這樣蒙著雙眼，那時的他就是如神一般地一箭射出，射中了紅色靶心。

在那時，修明澤就是他心中的神，無人可敵的存在。

如今，時隔多少年了，他竟再一次看到這一幕！

宋景軒激動不已，儘管表面上沒有絲毫的波動，可他內心早已洶湧澎湃。

澤哥，他……不傻！

「不急，咱們先看下去。」宋景軒儘量克制著自己，平靜說道。

而相對於宋景軒的激動，韓朝鋒此刻也是雙眼微微瞇起，這一幕他也同樣不陌生，他見過，所以印象深刻，因為他曾被他用這樣的方式打敗過，所以他不會忘記。

所有人各懷心思，目光聚集在考場中的那人。
韓香怡也同樣是緊握著雙拳，心裡祈禱著他可以射中。
這一刻，場中一片寂靜。
突然，修明澤動了，只見他手指一鬆，眨眼間便射了出去。
嗖！
離弦之箭，快若閃電。
可是……過了幾息的時間，並沒有砰的一聲傳出，因為那一箭竟是射偏了，擦著箭靶的邊緣處射了出去。
「哈哈哈……」
剎那間，笑聲在靶場傳遍，所有人都大笑起來，那笑，不是開心地笑，而是嘲諷地笑！
修家人的臉色也是在這一刻難看至極。
場中的修明澤卻似乎沒有聽到一般，再次拿起一支箭，箭搭弦上，調整自己的位置。
嗖！
同樣毫無遲疑的一箭。
砰！
這一次，箭竟射中了箭靶！
不僅如此，箭頭射中了紅心，箭尖更是直接穿透箭靶，將其……射穿了?!

「哈哈，我就說他不行，你們瞧，他都射……」韓如玲笑著，一臉嘲諷，可她話還沒說完，那聲音卻彷彿被人掐住了脖子一般，沒了下文。

同樣如此的還有在場其他人。

前一刻，所有的嘲笑之聲都在這一刻，戛然而止！

因為修明澤竟然……真的射中了紅心！

一直擔心修明澤的韓香怡緊握的雙拳一鬆，看到他射中靶心，看到他成功，她也十分開心，似是想到了什麼，她目光看向了不遠處的宋景軒。

他應該也是這麼想的吧！

此刻的宋景軒，雙眼暴射出精光，雙拳緊握，此刻已是霍然站起，似乎在他眼中，這一刻的修明澤不再是個傻子！

「哈哈哈！」爽朗的笑聲在修家這裡傳開。只見剛剛還陰沈著臉的修雲天在此刻已然露出爽快的笑聲，尤其看到所有人那震驚的樣子，他就覺得自己更應該開懷大笑。

自己兒子雖傻，卻依舊可以射中紅心，且還是蒙住了雙眼！

誰可以？誰可以？誰都不可以！

而坐在他身旁的孫氏，此刻臉色已經陰沈下去，看著那修明澤，眼中滿是狠毒。

該死的小子，運氣還真是好，誤打誤撞都可以射中！哼，不過那又怎樣？讓你得意一時又如何？即便你射得再好，也終究是個傻子！

「娘，大哥……大哥他……」修芸激動地抓住周氏的手臂，張開口，話早已說不清。

「嗯，我……我看到了！我兒做到了！」周氏點頭，顫抖，雙眼有著淚花閃爍。

她為她兒感到驕傲，自從她兒變傻以後，受盡眾人嘻笑嘲諷，這些她都可以不在乎，可她不願自己兒子被人整日以一個傻字羞辱。今日，她兒子向所有人證明了，即便傻，也比你們厲害！

「哥，我沒看錯吧？明澤哥真的射中了，而且箭還……穿過去了？」宋景書揉了揉自己的眼睛，一臉不可置信的樣子。

「這才是澤哥！」宋景軒緩緩坐下，露出了一抹讓人看不透的笑容。

另一邊，韓朝鋒此刻同樣心潮翻湧。

修明澤，修明澤，你到底是真傻還是假傻？為何直到現在，我都看不透你！

「這……」

記分先生呆呆看著那箭靶上的箭，眨了眨眼，最後苦笑搖頭。

這個修明澤，果然厲害，都傻了還可以射準靶心。

修明澤重新回到座位上，不過這次，四周的人再看向他時，眼中卻是多了一些其他的東西。

不再是嘲諷與鄙夷，而是……佩服！

韓香怡一直暗暗觀察著修明澤，不得不說，他做得很好，這樣一來，不但修家人對他的輕視減少了，就連外人對待修家、對待他的態度也變了，最重要的是，他們也不會再輕易地被人看不起。

這一箭，不但射中了靶心，還射中了所有人的心；這一箭，讓所有人都被他所震懾。

「兒啊，你還好吧？」周氏緊抓著修明澤的手，擔心問道。

「娘，嘻嘻，我剛剛是不是很厲害？嘿嘿，我就說我會射箭！」修明澤得意地揮舞著拳頭，那樣子十分滑稽，可看在別人眼中，卻不再可笑。

「厲害，我兒最厲害了！」周氏破涕為笑，摸了摸他的頭，很是欣慰。

「娘子，妳還是我娘子嗎？妳夫君如此厲害，妳都不誇我？我再也不跟妳好了！」這邊正得意著，修明澤又轉頭看著韓香怡，憤憤道。

「哦……我當然是你娘子了！夫君，你真厲害！」韓香怡靦覥一笑，誇獎道。

夫君，自己這個傻夫君，自己真的要好好看清他了。

接下來的書院比試照常進行，可不管如何，在場眾人議論的焦點還是在修明澤身上。若是一般人，做到這一點或許並不會讓人覺得多麼地神奇，可他是個傻子，一個傻子能做到這一點，絕對更為震撼，直到比試結束，所有人都沒能忘記那一箭所帶來的衝擊。

比試結束，韓朝鋒沒有絲毫懸念以滿分六十分的成績得到第一名，而宋景軒則是以五十七分的成績得到第二名，至於這三分之差，便是差在了「書」這一方面。至於第三名，當然不會是修明海，而是一個其他城池出身的二流家族的少年。

至於修明海，這一次的考試，成績為三十六分，比之前每一次的七分抑或八分都要好上很多，也從最後一名的成績前進到倒數二十名。

這樣的成績雖然依舊不好，可修雲天還是很高興，至少他是進步了，不過這還不是修雲天真正高興的原因，讓他真正高興的，自然是修明澤那一箭。

他真是萬萬沒想到修明澤會如此，這樣的表現讓他很是詫異，同時心裡也對他升起一絲希望，或許自己這個傻兒有朝一日可以恢復正常，若真如此，那修家他也就可以真的放心了。

當然，這只是修雲天自己心裡想想罷了，若是讓孫氏知曉，必定會想出更為歹毒的方法對付周氏母子。

回到修家，修雲天十分高興，吩咐下人們做一桌好菜，今天要一家人好好吃一頓飯。

距離開飯還不到一個時辰，韓香怡便拉著修明澤回到住處。

此刻香兒正在收花，見兩人回來，便急忙迎了上來，道：「大少奶奶、大少爺，你們可算是回來了，剛剛有個人來，說要見您。」這話是對著韓香怡說的。

「見我？」韓香怡微微一怔。

自己在帝都人生地不熟，認識的人加起來也不超過十根手指，會有誰找自己？

「那人是誰？」

「香兒不曉得，那人知曉您不在，便讓我把這封信交給您，說您看了這封信就明白了。」說著，香兒從懷裡掏出一封信，恭敬地遞給韓香怡。
韓香怡接過來，想了想，並沒有直接打開，而是回到屋子裡，關上門。當她正準備打開看時，卻見修明澤已經湊了過來，伸著脖子，似乎也要看。
「你也想看？」
「嗯！」
「你看得懂？」
「看不懂！」
「那你還要看？」
「嗯！」
韓香怡一翻白眼，這傢伙真的是來氣自己的。
她吐了口氣，將信打開，上面寫了兩行字。
與妳的香粉鋪有關，我在物語茶樓等妳。
「與我的香粉鋪有關？」
韓香怡皺了皺眉，先不說此人是誰，單憑對方知曉自己有一間香粉鋪，就不會是一般人……莫非與大哥有關？
想到這裡，韓香怡看了看時間，這裡距離物語茶樓不算遠，步行過去的話，一盞茶的工夫便到，應該趕得上開飯的時間，於是她將信收好後，就要出去見一見那人。

「娘子，妳要幹麼去？」修明澤一把拉住韓香怡的手臂，不讓她走。

「夫君乖，娘子有事要辦，很快就會回來的，夫君你就在這裡等等，我很快……」

「不要，我要跟妳一起去！」修明澤抓著她，沒有放手的意思。

「不行，你不能出去，你若要出去，我定會被罰的。」韓香怡沒有絲毫猶豫便一口否定了。

「不管！我不管，我就要去，妳要不讓我去，妳也不能去！妳要留下來陪我！」修明澤耍賴道，說著，還兩隻手一起抓著韓香怡的手臂，說什麼也不讓她走。

「你怎麼這樣耍賴呢！我出去是有正事要辦，你跟著做什麼？再說，萬一帶你出去有個三長兩短，我的屁股就不只是開花這麼簡單了。夫君，你就懂事點吧！算我求你了好嗎？」

韓香怡真的是被他弄得沒辦法，只得動之以情，曉之以理。

「哼！」修明澤只是哼了一聲，卻還是緊緊抓著韓香怡。

「可是我……好吧，你跟我一起去，不過咱們要小心點。」韓香怡一咬牙，算了，去個茶樓，也不會出什麼事，就打算拉著修明澤偷溜出門。

香兒將收好的乾花放在一個固定的架子上，問道：「大少奶奶，您要出去呀？」

「嗯，我們出去一下，香兒妳就不必跟著，妳在這裡待著，待會兒若是有人來問，就說我和我夫君去花園裡走走，很快就回來，明白嗎？」

「明白，大少奶奶、大少爺，你們去吧，這裡就交給香兒了。」香兒拍拍自己的胸口，鄭重道。

於是韓香怡帶著修明澤一起悄悄來到後門，看四周沒人，便打開門出去了。

就在兩人出去之後，一道身影自不遠處的陰影裡走了出來。

韓香怡若在此，必然會認得，此人正是孫氏的丫鬟，小英！

孫氏所在的屋內，桌子上擺放著一個三腳香爐，白煙裊裊，淡淡的香氣在屋內瀰漫。黑漆木雕刻的床上，孫氏正慵懶地躺在上面，一旁是一個丫鬟正乖巧地托著一個盤子，盤內是一顆顆晶瑩的葡萄。

這時，門被打開，小英快步走了進來，來到孫氏面前，先是恭敬地行了一禮，然後道：「夫人，他們出去了。」

「哦？」孫氏一隻手捏著一顆葡萄，那一臉懶洋洋的表情猛地一震，接著坐直了身子，問道：「妳肯定？」

「小英肯定，就在剛剛，我親眼看到他們從後門出去了，走得很急，似乎有什麼事情要辦。」那丫鬟一臉篤定地說。

「嗯，這便好。走，咱們去找老爺。」孫氏放下葡萄，小英急忙從旁取過毛巾遞過去。

孫氏一邊擦手，一邊冷笑道：「沒記性的丫頭，想是上一次的板子打得輕了，這次非要讓她長長記性不可，走！」

第九章

出了後門，兩人很快來到信上所說的地點。

這是一間兩層小樓，很是別致，門牌上「物語茶樓」四個大字更是龍飛鳳舞。

韓香怡帶著修明澤走進茶樓，一樓已是坐滿了人，看了一圈，並沒有發現有人單獨坐在那裡等，而且也沒人將視線投射過來注意到她，想來許是在二樓，於是她又拉著修明澤上了二樓。

二樓相對一樓要安靜許多，桌數少，人也少，總共就八桌。

當她目光看去時，正巧坐在窗邊的一個美婦也朝著她這邊看來，在她身後站著一個丫鬟。

「好眼熟……好像在哪裡見過。」

韓香怡心中正暗暗猜測在哪裡見過此人，那美婦身後的丫鬟已朝著他們這邊走了過來。

「請問您兩位是修少爺與修家少奶奶吧？」那丫鬟很有禮貌，先是行禮，然後才恭敬問道。

「是的。」

「那就請吧，我們夫人想見您。」那丫鬟確認來人，側過身子，微笑說道。

韓香怡點點頭，拉著修明澤走了過去。

來到那婦人面前，韓香怡禮貌地點點頭，道：「不知您找我來有何事？」

「先坐吧！咱們坐下來慢慢聊。」

那婦人目光柔和，聲音慈祥，看著韓香怡沒有絲毫惡意。

韓香怡依言坐了下來，妳看著我，我瞧著妳，都沒有開口。片晌，婦人微笑點頭，道：「妳知曉我是誰嗎？」

韓香怡同樣是微微一笑，微微搖頭。

「論輩分，妳可得叫我一聲姑姑。」婦人說。

「您是……鳳英姑姑？」

是的，坐在她對面的這個美婦人，正是韓家家主韓景福的親妹妹，已經嫁為人婦的韓鳳英。

剛剛她就瞧著這婦人眼熟，現在這麼近距離一看，可不眼熟嗎？因為她和韓景福長得有幾分相似，想到這裡，韓香怡心裡多多少少有些忐忑。

韓鳳英信中雖然沒說什麼，可卻提到自己在意的香粉鋪，她此次叫自己出來，不會是要收回香粉鋪吧？那自己該如何做？

這時，韓鳳英卻是笑著說道：「嫁到修家，過得好嗎？」說著，還看了一眼一旁吃得正香的修明澤，又道：「我哥當初要讓妳嫁給修明澤，我並沒有反對，當然，這不是說我同意這門親事，只是……家族之間的事情妳也清楚，我不能為了自己的想法，而不顧家族的利益。」

韓香怡笑著搖了搖頭，看了一眼修明澤，然後笑道：「我過得很好，雖然我夫君比較……天真，可他心眼好，對我也好。」

正說著，修明澤拿著糕點的手伸到韓香怡的面前。

「您看，他吃什麼也惦記著我呢！」韓香怡笑著，便張口要去吃那糕點。

可沒承想，修明澤卻猛地將手縮了回去，然後哼哼道：「逗妳呢！妳當我真要給妳啊，切。」

「……」

「呵呵，我夫君就這樣，喜歡和人開玩笑，他其實……在家的時候不是這樣的。」韓香怡略顯尷尬地說，暗裡卻對修明澤恨得牙癢癢。

這個傢伙，一會兒不惹自己生氣就難受。

韓鳳英笑看著這一幕，搖了搖頭，道：「看得出來，你們關係很好。」說著，她放下了茶杯，笑容漸漸收斂，想了想，道：「今兒叫妳來，就如信上所說，關於香粉鋪的事情，我要與妳說一說。」

韓香怡急忙坐直身子，她明白，正事來了。

「朝鋒給妳的那間香粉鋪，其實是我當初送給那小子的，我總共送了兩間香粉鋪給他。」

說到這裡，韓鳳英又是嘆了口氣，道：「朝鋒這小子從小就不喜歡香粉，也不想接管家族的這些產業，當初我給他香粉鋪，就是希望他能多了解家業，甚至培養出興趣來，這樣以後才能把韓家交給他，可惜這小子志不在此……」

說到這裡，韓鳳英端起茶杯，喝了一口茶，道：「這是上等的烏龍茶，妳嚐嚐，很不錯！」

「嗯。」韓香怡點頭，也端起茶杯，喝了起來，口感確實很好。

「我曾找朝鋒聊過，他與我說，他想要考功名，想要做官，不想做一個商人；他還說，商本賤，即便做得再大、再強，也終究還是商人，身分再高，在官人眼中，還是低賤，他不想如此，他想改變。」說到這裡，她看向窗外，看著熙熙攘攘的人群，又道：「妳覺得這樣的想法如何？」

商本賤，即便做得再大，即便可以一手遮天，終究還是商；可若考取功名，一朝伴於君王身，就是高尚的存在，即便是小官，那也是高人一等。這是這個時代很多人的想法，男人活一世求的是金榜題名，高中狀元，身居高位，有朝一日可以登上龍殿，一睹龍顏。

韓朝鋒便是這樣的人。他從小的夢想便不在商，生在商家非他所願，若可選擇，他寧願生在尋常百姓家，因為他相信，若自己努力，金榜題名並非癡夢，所以他在明尚書院的表現和成績皆相當卓越，這是他想要脫離商人的重要一步。

韓香怡明白他的想法，也能理解，畢竟不是所有人都覺得錢是最重要的。打從韓香怡見到韓朝鋒的第一面起，她就隱隱感覺得到，他有大志向、大理想。

「姑姑您覺得我哥這樣的想法如何？」韓香怡沒有回答韓鳳英的話，而是反問道。

韓鳳英轉過頭看向韓香怡，笑道：「我的想法重要嗎？」

「那您覺得我的想法重要嗎？」韓香怡再次反問道。

韓鳳英深深地看了韓香怡一眼，搖了搖頭，笑道：「妳是個聰明的丫頭，我也喜歡與聰明人講話。對於朝鋒那小子的事，我不會多去過問，畢竟他是大哥的兒子；再說，他們家又不止他一個小子，朝陽那小子雖說還小，做事還不穩重，可也是個不錯的，好好調教，也可以。」

「姑姑說得是，朝陽弟弟為人很好，只是小孩子習性，難免的，或許等他長大了，再過些年，就會好的。」韓香怡喝著茶，順著韓鳳英的話說道。

韓鳳英噗哧一笑，道：「妳這妮子倒也真是，妳也不大，還裝得小大人一般。罷了，不說這事了，反正我是嫁出去的女兒，潑出去的水，我只能算得上是半個韓家人，韓家的事我說了也不算數，我那老哥脾氣暴，我也管不了，愛怎樣便怎樣吧！不過香怡，姑姑此次找妳來，的確有重要的事情與妳說。」

「您說。」韓香怡端坐身子，細細聆聽。

「那小子給妳香粉鋪我不反對，若當時我在，我也會給妳，可今時不同往日，有些事情我也不好與妳細說，咱們韓家早已經不是之前的韓家了，表面上看著光鮮亮麗，實際上如何……哎，不說也罷！

「可我要與妳說得是，妳若想用這鋪子賣香粉，我勸妳最好不要現在就開。」

「哦？此話怎講？香怡不是很明白。」

不讓開？那自己要來鋪子有何用？

「有些話我不能與妳明說，但我只能告訴妳，現在還不是妳開鋪的時候，韓家現在對於帝都的香粉買賣控制十分嚴格，若是讓他們知曉有人在他們眼皮子底下開鋪子，我怕他們會對妳不利。當然，這也只是我的猜測，我不敢保證。」

韓香怡默默點頭，她聽出來了，也就是說自己要想開鋪子，就必須要先徵得韓家人的同意——應該說是韓景福的同意，畢竟帝都的香粉生意已經被韓家壟斷了，這個時候自己插上一腳，肯定不會有好結果。

韓香怡心裡明鏡一般，自己的身分說好聽點是韓家嫁出去的女兒，其實也就只是個丫鬟生的，韓景福或是整個韓家都不會多在乎，更別說自己已經嫁出去了。

讓她以韓家之女的身分出嫁，無非就是想要套牢一個關係，自己就是一個臨時的鈕釦，現在兩家關係建立了，自己也就變得可有可無。

可她不甘心，自己眼看著就可以開門做生意，眼看著就可以賺錢了，她怎麼能不做呢？所以即便冒險，她也要試上一試。

似是看出韓香怡的想法，韓鳳英笑了笑，道：「早猜到妳不會這麼輕易放棄，我也沒打算讓妳放棄，之前的話只當是提醒妳，當然，這段時間我會在韓家住上一段日子，最多不超過三個月，若妳想要開鋪，最好在這三個月內解決。」

「姑姑，您的意思是……」韓香怡有些驚喜地看著韓鳳英。

韓鳳英笑著伸手拍了拍她那緊握茶杯的手，道：「姑姑的意思是，妳要是能趕在我離開韓家前開鋪，我也能幫妳在妳爹面前說些好話，讓妳不至於出什麼事；當然，我不能保證我的話就一定管用，但我會盡力幫妳。」

「真的嗎？姑姑，香怡真是感激不盡！」

「行了，妳這丫頭就不必和我這麼客氣了。」

說完，韓鳳英站起身子，道：「時候也不早了，想必妳也該回去了，那就這樣吧！該說的我都與妳說了，妳就早做準備吧，等妳好消息。」

韓香怡急忙起身，送韓鳳英出物語茶樓，直到韓鳳英主僕兩人消失在人群中，她這才收回眼神，然後長長吐了口氣。

「還好還好，只要能開，就是好的。」

韓香怡還以為這次出來，是因為不能開鋪，沒想到這未曾謀面的姑姑竟然如此幫自己。先是韓朝鋒，後是韓朝陽，最後是韓鳳英，看來韓家也不都是壞人嘛！

「娘子，妳還是我的娘子嗎？我都快要餓死了，咱們快回家吧！」修明澤不停甩動著韓香怡的袖子，大聲喊道。

韓香怡這才回過神，一看時間，暗道不好。

剛剛與韓鳳英聊得好像有些久，現在距離開飯的時間所剩不多，還是趕快回去吧！

想著，韓香怡一邊拉著修明澤往前走，一邊安慰道：「嗯嗯，我是你的好娘子，我帶夫君吃飯去。」

兩人一路小跑，很快來到修家後門，整理一下自己與修明澤的衣衫，這才慢慢推開門，帶著修明澤走了進去。

可是兩人剛剛走進後院，頓時停在原地。

韓香怡更是臉色一變，心裡哀呼：完了！

只見兩人面前此刻正站著一個人，孫氏的貼身丫鬟，小英。

「大少爺、大少奶奶，請隨小英走吧，老爺和夫人還等著見你們呢！」小英語氣帶著嘲諷，也沒有恭敬之意。

「帶路吧！」

韓香怡淡淡說著，心裡冷笑起來，監視自己嗎？孫氏竟然派人監視自己。她可不會傻傻以為這只是偶然被孫氏發現，早不早、晚不晚，偏在這個時候，想必孫氏早派人在自己身邊，時刻監視著她，稍有動作，她們便會找機會下手。

這次是自己大意了，被她們逮個正著，自己也無話可說。

「娘子，咱們這是要去哪兒？找好吃的嗎？」一邊走，修明澤一邊天真地問道。
「嗯，去找好吃的讓你吃飽。」韓香怡笑著說道。
走在前面的小英卻一臉不屑。
一個是什麼也不懂的傻子，一個是沒見過世面的野種，這樣的人也配待在修家？哼！
很快，兩人來到大廳外，小英快步走進去，韓香怡與修明澤緊跟而入。
大廳內，此刻，圓桌上已經擺滿了菜，修雲天以及孫氏、周氏兩人都坐在桌前。
韓香怡進了大廳後，就一直小心翼翼觀察著屋內的變化，修雲天的臉色不是很好；孫氏儘管臉面上掩飾著自己的情緒，可眼中的喜色卻說明她剛剛的猜測是對的；周氏則是暗暗焦急，看向自己的目光也帶著無奈。
這時，修雲天開口了，只聽他冷聲道：「妳又帶著明澤出去了？」
「是的，爹。」既然都已經被發現了，那就沒必要撒謊。
「我記得我曾說過，不得擅自帶明澤出這個院子，上一次妳帶他出去，丟了人，受到責罰，那次是我答應妳，是我的錯，可這一次，妳不但沒有向我稟告，連王嬤嬤那裡都沒有知會一聲，就從後門偷溜出去，妳覺得我該怎麼罰妳？」
對於韓香怡，修雲天還是喜歡這兒媳婦，也明白她是個懂事的丫頭，打從上次她替小芸挨板子的事情開始，他就對這個兒媳有些欣賞；不過認真說起來，這次也不算什麼大事，明澤人有好好回來，他也不打算多說什麼。

可偏巧此事是孫氏發現的，他就不能裝作沒有發生，他也不傻，自然明白這裡面一定有孫氏搗鬼，可香怡這丫頭偏在這個時候帶著明澤偷溜出去，這樣一來，自己就算想幫她都不可以了。

「爹，您可否聽香怡一言？」韓香怡並沒有害怕，只是表情淡定地看著修雲天，恭敬地說道。

「妳說說看。」修雲天點點頭，並沒有直接責罰，也想聽聽她能說出些什麼。

「爹，您方才說，上一次我被責罰，是因為我夫君不見了，而我也沒有及時向您說明此事，這個懲罰我認，因為這本就是我的錯。」

頓了頓，韓香怡又道：「這一次香怡帶著夫君出去沒有向您說明，也沒有向王嬤嬤知會，這的確是香怡的錯，香怡也認；可是爹，您看，我夫君完好無損地站在這裡，毫髮無傷，這樣香怡還要接受責罰嗎？」

「這……」修雲天沈默了。

的確，韓香怡說得沒錯，當初之所以有責罰一事，是因為修明澤出去後走失，若真出事，自然要罰，可如今自己兒子好好站在這裡，自己還要罰？那樣的話，會不會顯得自己太……不近人情？

「哼，辯解也無用，錯便是錯，錯便要罰，老爺當初定下的規矩不能因為妳改變。當初老爺定下來的是不能讓明澤出這個院子，這是規矩，這些年誰都得遵守，妳現在犯了錯，難道還想要逃避責罰不成？」
修雲天沈默不代表孫氏就會沈默，尤其她不喜歡周氏母子，連帶著也不喜歡這個韓香怡，在她看來，凡是對她、對自己兒子構成威脅的人，都不能讓他們好過。
「大娘，您這話說得沒錯，可前提是我夫君有事，若真的出現上次那樣的情況，不用您說，我也會自動請罰；實不相瞞，剛剛我之所以出去，是為了見鳳英姑姑。」
說著，韓香怡看向修雲天，輕聲道：「爹，香怡明白私自帶著明澤出去是不對，可我也是確定不會出事才帶著他外出，而且我去的地方並不遠，就是咱們附近的物語茶樓，與我姑姑見上一面而已。一路上我都是拉著夫君的手，讓他寸步不離地跟在我身邊，所以爹，還望您明斷。」
「嗯，香怡說得沒錯，其實有些事情不一定非要那麼較真；上一次是把明澤弄丟了，所以才受罰，可這次明澤沒有丟，所以我看就算了吧！」
「算了？老爺，這怎麼能算了呢！」孫氏急忙拉著修雲天的手臂，道：「老爺，您可莫要偏心呀！當初我們明海只因為一個小小原因，讓明澤出去了，可就因為那麼一點小事，您就重重地責罰了明海，那時他才多小啊！
「這次她帶著明澤出去，就因為人沒弄丟，難道就不該受罰嗎？好，就算不用打板子，可也要有其他的懲處呀！老爺，您要是就這麼算了，我……我不服！」
孫氏算是徹底將他們的關係弄僵了，說什麼也要讓韓香怡受罰。

「我餓了！我要吃飯，你們不要吵了！」修明澤突然蹦起來，大聲喊道。

「不能吃飯！不把事情處理好，誰都甭想吃飯！」孫氏也是氣急了，對著修明澤大聲喊道。

「既然大娘執意要懲罰香怡，那香怡接受這責罰便是，但是我夫君真的餓了，就先讓大家用飯吧。」韓香怡臉色也是有些難看地說道。

「她是我娘子，我看誰敢動她！」

突然，一聲高喝響起，所有人是看向臉色陰沈的修明澤。

這句話竟是……他喊出來的？

所有人都愣住了。在他們的眼中，修明澤是個一夜之間變成傻子的人，修家有傻兒，平日瘋瘋癲癲的。

在他們看來，修明澤不會做出這樣的事情來，更別說還是當著他們的面維護自己的娘子，這……有些超出他們理解的範圍。

「明澤，你……」周氏錯愕地看著自己的兒子。

「她是我娘子，你們不能動她！」修明澤噘著嘴巴，忿忿地說道。

然後，他轉頭看向韓香怡，在她驚訝的目光中，問道：「娘子妳不乖哦，又做錯事，夫君我都不知道該怎麼幫妳了。」

要不是因為你，我會變成這樣？你反倒還來怪我，真是……

不過，剛剛他的表現還是讓韓香怡有些感動，因為她沒想到修明澤會維護自己，即便他傻，可他還是懂得幫自己，這讓她對他的印象好了一些。

雖然他傻，對自己總是冷嘲熱諷，不過關鍵時候他還能挺身而出，這確實讓她高看他一眼。

可是接下來的話，卻讓韓香怡再次冷下了臉。

只聽他哼哼道：「妳這麼不懂事，我都不好再幫妳了！算了，我先吃東西，不管妳了！」說完，竟坐下來拿起一隻雞腿，啃了起來。

這讓在場幾人再次臉色變幻。

不過，經他這麼一鬧，修雲天也沒了懲罰的心思，看了一眼有些錯愕的孫氏，擺了擺手，嘆氣道：「罷了罷了，我兒明澤說得對，那是他娘子，他都不讓動，我們還有何理由要動呢？再說，他們不也沒事嗎？這就算了吧！」

「可是老爺……」

「規矩是死的，人是活的，死規矩莫非還要讓活人受罪嗎？當年是我一時心切，才定下這麼個規矩，現在我就改改這規矩，只要明澤不出事，就不會有人受罰，就這樣吧！明澤都餓了，你們不餓嗎？吃飯，都吃飯吧！香怡，妳也坐下來吃。」

「謝謝爹！」

韓香怡微笑著坐到修明澤身旁，看著正狼吞虎嚥吃著東西的修明澤，心裡暗暗好笑。雖然他最後撒手了，可他這麼一鬧，倒也幫了自己。

看著他傻乎乎的樣子，韓香怡心裡暖暖的。

可是孫氏卻更將韓香怡恨在心裡。

你們一個個都給我等著，早晚我要你們好看！哼！

一頓飯在沈默中過去了，為了防止孫氏再找韓香怡的麻煩，飯後，周氏便拉著韓香怡，說要去她那裡陪她聊聊天。

韓香怡不傻，自然明白，便笑著應下了。

隨著周氏來到她的住處，進了屋子關上門，周氏便拉著韓香怡來到床前坐下，看著她道：「妳這丫頭一向聰慧，可這次怎麼辦了這麼件事，好在老爺不想追究，要不然妳可怎麼辦？」

韓香怡笑著握著周氏的手，道：「娘，您不必擔心，其實我在回來之前就想好了該如何應對，我不會有事的，而且夫君不是還在嗎？到時我會讓他幫我的。」

「他？他……妳還別說，今兒個他那句話倒是讓我覺得很驚訝，他傻頭傻腦的，怎麼看也不像會說出那句話的人。香怡，妳說小澤他會不會……」

韓香怡點點頭，也是道：「娘，其實我和您想的一樣，我也覺得我夫君或許……癡傻的病有些好轉。」

她沒說她覺得修明澤根本是在裝傻，而是說病好了一些；因為一來她沒有證據，二來她也不覺得周氏會相信她的話，畢竟修明澤已經傻了好些年，一句「他是在裝傻」，根本就是一個笑話。

當然，這一切也可能是她自已想多了。

「妳也這麼認為？那看來我沒有胡思亂想。香怡，其實有一件事我一直沒有告訴別人，因為我不敢確定……可是剛剛發生的一幕讓我覺得很有可能，可我又不知該與誰說。香怡，娘告訴妳，妳能保密嗎？」

韓香怡微微一怔，被周氏這神秘的樣子弄得有些莫名。

「娘，您說，香怡絕對不會說出去。」

周氏點頭，想了想，說道：「其實這件事情，也是發生在幾年前了，那時候明澤還小，而且也沒傻。」

說到這裡，周氏頓了一下，似乎想到什麼不好的事情，片刻，臉色有些蒼白地繼續說：「要說起這事，還要先說一件我不願提起的事情，不過妳也不是外人，說便說吧！」

頓了頓，周氏便道：「妳也是個聰明人，有些事我不明說妳也清楚，嫁入這樣的人家，妳的命便由不得妳了。我雖出身書香門第，娘家僅勉強排得上三流，要不是當年明澤他爹看我長得漂亮，且家世還行，我或許根本進不了修家的門。

「當年的雲天還只是個商人，雖算不得大商，但已在帝都站穩了腳跟。那時我爹不同意這門婚事，商本賤，我爺爺曾在朝中做過官，死後即使無人承其衣缽，可好歹也是書香門第，我爹瞧不起這樣的人。

「那時雲天也霸道，非要娶我不可，我爹不同意，加上我嫁過來也只是個妾，也不知雲天動用了什麼關係，竟是請得朝中大官前來勸說，我爹這才勉強答應了。嫁到修家，我是不受待見的，妳也清楚孫氏為人，她本就看不慣我，後來我生下明澤，成了修家長子，這更讓孫氏對我懷恨在心。」

頓了頓，周氏又道：「於是明裡暗裡她都在想方設法對付我，因為不敢明目張膽對付我兒，便找我下手，記得那天……我得了風寒，原本也不是什麼大病，可不知為何，每次喝完藥，都覺得身子越來越差……

「突然有一天，我竟然吐了血，而且昏迷四、五日之久，當時我身子極差，險些喪命。我心裡明鏡似的，我明白，這都是孫氏暗中搗鬼，她買通我身邊的丫鬟，讓她在我藥裡下毒。」

說到這裡，周氏雙眼已紅，身子也顫抖了起來。

那是痛，雖已結疤，但每次說起，都如同揭開傷疤，讓痛來得更為直接。對於過去，周氏一直都不曾提起，只因過去帶給她的不是美好的回憶。

孫氏善忌，尤其對於隨時都可能威脅到自己的人，她都會想方設法除掉對方，即便無法除掉，也會讓其受罪，周氏便是這樣的受害者。

原本對周氏而言，嫁入修家已非她所願，雖說日子好了，又生了個兒子，可要面對的，卻是孫氏的刁難與暗中使壞。

她就是個弱女子，躲不得、說不得，只得自己獨自忍受著。

「那時我還很天真地以為自己只要一味忍耐就會過去，可事實上，我越是如此，她越是囂張。那日我是真的受夠了，我便衝入她的房間與她理論，沒承想，她根本不承認，還罵我惡人先告狀。

「當時我真是死的心都有，可也就在那時，小澤來找我，對我說了一句讓我直到現在都不理解的話。」

「我夫君他說了什麼？」韓香怡也是急忙問道。

「當時他對我說：『娘，是孩兒不孝，讓您受了如此委屈，以後，您不用如此辛苦了。』當時我還不理解，小小年紀的他為何會說出這樣一番話，可是沒幾天……小澤被人從河邊救起，送回府上，緊接著是高燒不退，再幾天後就……就給燒糊塗，就……傻了！」

說到最後，周氏雙眼通紅，淚水也在眼眶內打轉。

韓香怡沈默了。

從那句話到之後發生的事，韓香怡很清楚地感覺到，這一切似乎都是修明澤為了他娘做出的犧牲，很可能是為了不讓周氏再被孫氏暗地謀害，就跳江自殺，可自殺不成，卻變成了傻子！

可現在想想，或許並不是如此。回想當時修明澤的聰明，一個在書院表現優異的人，這樣的一個人，真的會做出這麼傻的事情嗎？
她不信，她沒辦法說服自己，因此更偏向將此事理解為修明澤不傻，也就是說，他這些年一直在裝傻！
「娘，您是否也在懷疑我夫君他……」
周氏一把抓住韓香怡的手，示意她不要再說下去，然後才小聲說道：「小心隔牆有耳。」
隨後，她抱住韓香怡，附在韓香怡的耳畔，輕聲說道：「沒錯，娘一直在懷疑，我兒或許是在裝傻，若真是如此，那咱們也不要揭穿他。當然，妳可以試探試探他，若我兒真的不傻，那我這顆心也算是真的放下了。」
韓香怡點點頭，她聽得出來，其實這些年周氏一直都在自責，自責是她害兒子變成了傻子，這對一個娘親來說，無疑是最不能接受的。
被人嘲笑也好，被人指指點點也罷，若能換回兒子的正常，她想周氏一定會義無反顧地去做，即便付出自己的生命。
離開周氏的院子後，韓香怡回到自己的小院。
此時，在院子裡的修明澤正坐在石墩上，一手拿著一個白玉盒，一手捏著一朵已經乾掉的花瓣，舉在陽光下，不時地露出傻笑。
這笑容若是放在之前，她或許還會覺得理所當然，可是現在在她看去，總覺得這是裝出來的。

「香兒，妳來。」韓香怡對著還在忙碌的香兒招了招手。

待她跑到身邊後，便附在她耳旁小聲地說了些什麼。

「大少奶奶，您說真的？香兒要……」

「嗯，快去吧！」韓香怡沒讓她說出來，而是拍了拍她的肩，示意她現在就去。

香兒雖然滿心疑惑，但還是轉身出了院子，這樣一來，院子裡就剩下韓香怡與修明澤兩人。

韓香怡走到石桌前坐下，看著還在嘿嘿傻笑的修明澤，眼神閃爍，片刻後，她一把搶過修明澤手中的白玉盒，在他氣憤的目光中，嘻嘻笑道：「這個東西貴重著呢，可不能讓你玩，萬一摔壞就不好了。」

「快給我、快給我！我有錢，我給妳錢！」修明澤不依不撓地要搶。

裝得挺像的，怪不得自己都沒察覺到哪裡不對勁，裝傻這麼多年，想必也已經駕輕就熟了，那好，我就一點一點地揭穿你，看你能跟我裝到何時！

心裡想著，韓香怡一把將白玉盒揣進了懷裡，然後挺著胸說道：「你搶吧！」

修明澤手上動作一僵，隨即眼中閃過一抹冷笑，然後在韓香怡不可思議的目光中，真的伸出了手，一把探入她的懷裡，那手也不知有意還是無意，在她的胸前蹭了又蹭，最後才將那白玉盒取出。

然後便見修明澤哼哼著道：「這是我的，不能給妳！下次再搶，我打妳屁股！」

「……」韓香怡一張俏臉瞬間紅得好似要滴出血來。

這個傢伙好流氓！要是真的傻了，自己也就認了，可他若是在裝傻，在裝傻的情況下摸到自己的胸，真是太無恥了！

雖說兩人已是夫妻，可那只有夫妻之名，並無夫妻之實，她現在可還是個黃花大閨女呢，身體何時被男人碰過。

韓香怡惱羞成怒，猛地站起身子，走到修明澤的面前，氣憤道：「你剛剛竟敢……竟敢那樣對我，氣死我了！」

修明澤則是抬起頭看著她，一臉茫然道：「娘子，妳還是我的娘子嗎？妳竟然凶我，小心我告訴我娘，讓她打妳屁股！」

「打我屁股，你說打我屁股？上一次就是因為你，我才會被打板子，現在你還想打我？好，那我就先打你！」說著，韓香怡抬起手，向著修明澤的腦袋拍來！

這一下要是拍中，絕對會很痛。

可就在這千鈞一髮之際，還傻笑著的修明澤猛地伸出一隻手，一把抓住了韓香怡的手腕，然後在她慌張的目光中，身子猛地向前撲去。

砰！

兩個人齊齊摔倒在地，修明澤在下，韓香怡在上。

兩人此刻正是臉對臉，眼對眼，嘴巴也對上了嘴巴——兩人準確無誤地親在一起了。

韓香怡雙眼猛地瞪大，一臉不可思議地看著修明澤。

修明澤則一臉吃痛地推開韓香怡，然後站起身子，不停地揉著痛處，氣憤道：「娘子，妳還是我娘子嗎？妳竟然敢打我、壓我，還用嘴巴咬我！妳太壞了，不和妳玩了！哼！」

說完，這傢伙竟然一臉氣憤地轉身進屋去了，只留下還一臉呆滯的韓香怡躺在地上，呆呆出神。

自己剛剛……被他……親了！

「這就……親了？」韓香怡摸了摸自己的唇，眼中隨即閃爍出憤怒的火焰。

這個該死的傢伙，真是太可惡了！明明就不傻還裝傻，裝傻也就罷了，還欺負自己！

猛地，她從地上坐起，站起身子拍了拍身上的灰土，然後轉頭看向屋內，只見修明澤此刻正對著自己翻白眼，那樣子要多氣人就有多氣人。

「好啊，既然你要跟我鬧，那我就陪你鬧，看誰更厲害！」想著，韓香怡臉上的怒火瞬間消失，取而代之的是一臉詭異的笑容。

這笑容落入修明澤的眼中，不由得打了個冷顫。

這傻妞要做什麼？

「大少奶奶，大少奶奶，東西香兒給您……給您拿回來了。」正在這時，香兒從外面跑了進來，而她的雙手則抱著一個黑色的包裹。

「辛苦妳了，香兒，妳先去休息吧，剩下的交給我就行了。」韓香怡揉了揉她的頭，接過黑色包裹。

香兒笑著點頭，轉身向著自己的小屋走去。

院子裡只剩下韓香怡一人，她也不著急，將那黑色的包裹放在一旁的石桌上，然後走到青石前，一邊翻著花瓣，一邊將已經乾掉的花瓣收入竹簍裡，沒一會兒，竹簍便被花瓣裝滿了。

之後，韓香怡又走到那石桌前，將剛剛兩人摔倒後掉在地上的白玉盒撿起，放在桌上，接著走到一旁的架子前，取來碎花皿和圓頭杵，她坐下來，開始製作香粉。

十分熟練地將乾枯的花瓣搗碎，拿來濾網過濾出細碎的花粉後，韓香怡便將桌上的黑色包裹緩緩打開來。

坐在窗前的修明澤探頭看去，卻被韓香怡的身體擋住，看不到那黑色包裹裡裝的到底是什麼。

剛剛她笑得那麼詭異，現在又拿這麼個東西來，她到底要做什麼？

修明澤第一次感覺到了不安。

加入從黑色包裹裡取出的東西後，韓香怡進行了一次搗碎研磨，才將最後成形的香粉倒進白玉盒內；當然，這算不得真正的香粉，充其量只能算是花粉。

因為韓香怡並未按照製作香粉的步驟來做，這花粉她另有他用。

看著手中的白玉盒，韓香怡嘴角微微上翹，輕聲呢喃道：「夫君啊夫君，我為你精心準備的好東西，你可不要不喜歡哦！」

對於修明澤，韓香怡的態度是寧可錯殺不可放過。

早晚我要揭穿你的假面具，哼！

韓香怡將白玉盒收入袖中，這才起身向著屋內走去，推門而入。

只見修明澤此刻正坐在床上，雙眼緊緊盯著自己，準確地說是在盯著她的袖口。

「夫君，你在看什麼看得如此入神？」韓香怡走到他面前坐下，扭頭瞧著他，眼中滿是壞笑。

修明澤沒說話，只是看著她，片刻，才緩緩說道：「娘子，妳臉上有髒東西。」

「髒東西？」韓香怡一怔，隨即便伸手摸了摸自己的臉。

什麼都沒有啊……

忽地，她才反應過來，他在騙自己。

「你……」

「我餓了，去吃東西。」

「等等，我與你一起去。」

「不要！」

「一起嘛！」

「不要！」

「你是我夫君，我是你娘子，咱們應該一起。」

「就是不要！」

「你……不要也得要！」韓香怡硬是拉著修明澤的手臂向著廚房走去。

一般每到這個時間，即便才吃過飯沒多久，修明澤也會跑到廚房來尋覓吃的，不為吃飽，只為吃好。

「臧大叔！我們來啦！」

因為之前韓香怡曾陪修明澤來過一次，所以認識了這裡的廚子臧忠。

臧忠此時正坐在一把圓凳上與一個中年男子下棋，看到韓香怡與修明澤來了，便笑著擺了擺手，道：「去吧，東西都給大少爺準備好了。」

因為修明澤喜歡找東西吃，平常擺在桌子上的食物他反倒不吃，所以按照他這個習慣，廚房裡的人早將好吃的藏在幾個修明澤經常去翻找的地方。

這不，一來到這裡，修明澤便掙脫韓香怡的手，如脫韁的野馬一般，一竄一竄地在廚房裡蹦躂著。

不一會兒，他在一處角落裡找到一個小碗，碗裡裝著兩塊紅燒雞肉，紅亮的雞肉引人食指大動，就連已經不餓的韓香怡看到後都忍不住嚥了口口水，朝著臧大叔點點頭，便來到修明澤面前，一把抓起一塊無骨的紅燒雞肉塊扔進嘴裡。

嗯，這味道簡直絕了！

修明澤見狀，氣得惡狠狠地瞪了韓香怡一眼，然後毫不遲疑地將剩下的一塊扔進自己的嘴巴裡，美美地咀嚼著。

韓香怡見狀，不由心裡暗暗發笑。這個傢伙裝得還真是有模有樣，不知曉實情的人還真看不出來。

吃完了紅燒雞肉，修明澤也不閒著，繼續在廚房裡遊蕩，每次找到好吃的東西時，韓香怡都會搶走一小部分，然後好像勝利者一般得意地看著修明澤。

她的目的很簡單，就是為了氣他，誰讓他總是要自己呢！

「娘子，妳還是我娘子嗎？妳搶我的東西吃，妳是壞人。」修明澤剛剛找到一盤煎油酥糕，卻被韓香怡再一次快速搶走了一塊，然後笑嘻嘻地扔進嘴裡。

韓香怡一邊吃著，一邊笑道：「是呀、是呀，我就是你娘子呢！我都是你娘子了，你幹麼不給我吃？你才壞，你最壞了！」

「妳！」

「哈哈哈……」

不遠處臧忠兩人哈哈大笑。這對小夫婦，他們都覺得有趣，吵架吵得很逗。

「哼，我爹說得太對了，唯女子與小人難養也。妳就是女子，妳還是小人，妳都是！我不吃了！」說著，修明澤一把抓起盤子裡剩下的兩塊煎油酥糕，氣呼呼地離開了廚房。

「臧大叔，那我們走了。」

「大少奶奶慢走，大少爺也慢走啊！哈哈哈！」

離開廚房，韓香怡不由苦笑著摸了摸自己的小肚子。

她哪裡有那麼大的胃，剛剛吃了一圈，早就吃得撐死了，幸好他不吃了，自己才不至於敗下陣來。

韓香怡快步追上氣呼呼的修明澤，一把挽住他的手臂，然後笑道：「夫君，你不要生氣了好嗎？娘子錯了，娘子再也不搶你的東西吃了。」說到這裡，韓香怡眼珠子一轉，然後笑嘻嘻地道：「夫君，我送你一樣好東西，你就不要再生氣了。」

「好東西？」果然，修明澤十分配合地停下腳步，看向韓香怡。

韓香怡心裡暗笑，裝？就知道你會這樣做，正好，掉入我的圈套。

「就是這個！」說著，韓香怡從袖中取出她早就做好的那盒特製花粉。

修明澤眼瞳不可察覺地一縮，但還是接過來，一臉新奇地問道：「這是什麼好東西？」

「保證是夫君你沒見過的，來，我教你如何使用。」

說著，韓香怡又拿過那白玉盒，將其打開，頓時，一股說不出的味道瀰漫開來。

修明澤直接捂住鼻子，一臉錯愕地看著那白玉盒內淺紅色的粉末。

這是何物？

「好難聞！這到底是什麼呀，我不要！」修明澤快速後退，一臉嫌棄狀。

「夫君你這樣，娘子我可就難過了，這可是好東西呢！塗在你的臉上，保證讓你很舒服。快來，娘子幫你塗上！」

韓香怡快走幾步，一把抓住修明澤的手臂，另外一隻手已經沾在那粉末之上，然後在修明澤驚恐的目光中，一把抹在他的臉上。

「啊！好臭，好臭！」

修明澤大叫著跳了起來，可是韓香怡卻死命地抓著他，又先後在他的手臂、手掌、手背、脖頸，凡是露出來的地方都摸了一遍，這才心滿意足地鬆開已經被嚇傻的修明澤。

韓香怡將那白玉盒收了起來，笑嘻嘻地說道：「夫君，好啦！對了夫君，你可不要擦掉，我會檢查，最少你要堅持一個晚上，這樣才會有效果，要不然……哼哼，我這裡還有好多，我都給你塗上。」說完，還威脅似地舉起手裡的白玉盒。

修明澤傻傻站在原地，想死的心都有了。

修明澤啊修明澤，你還真是個傻子！

頂著一臉臭味，修明澤一路上臉色都不好看，可他卻異常老實，只是跟著韓香怡回到屋子裡，之後便躺在床上一動也不動，好像真的嚇傻了一般。

韓香怡也不再理會他，而是忙活著製作香粉，就這樣，時間很快過去，陽光漸漸消散，黑色布滿夜空。

忙活了一個下午的韓香怡，總算是將第十一盒香粉製作完成。

她甩了甩有些發麻的手臂，做了一下午才做完十一盒，果然單靠人力來完成大量的香粉還是很困難。

突然她動作一頓，轉頭看向了床上，只見修明澤此刻正緊閉雙眼，身體緊繃，也不知是在睡覺還是在想其他的事情。

「夫君，你睡了嗎？」韓香怡來到床前，皺了皺眉，這味道，還真是不太好。不過夫君啊夫君，你就好好忍一忍吧！只要我達到了我的目的，你就不用遭這份罪了。

見修明澤沒有動靜，韓香怡走到另外一個房間，那裡有一張小床，也有被子，她便在這裡睡下了。

第十章

夜色如墨，空氣中瀰漫著花香，靜謐的夜晚只有那蟲叫顯得格外清晰。

緊閉雙眼的修明澤驟然睜開眼睛，鼻子嗅了嗅，不由得皺了皺眉頭。

這味道太難聞了！

想了想，修明澤坐起身子，看了看對面床上那背對自己睡覺的韓香怡。

他雙腳落地，下了床，輕輕推開門，走了出去。來到院中，他先弄了一盆清水，將自己臉上的香粉洗去，順道將脖頸處的香粉也一併清理掉，再看看手臂的部分。

「算了，有衣服遮擋便不洗了，免得明日說不清楚。」

想到這裡，他目光再次看向屋內，最後腳尖一點地面，整個人竄出老遠，眨眼間消失在院內。

就在此時，閉眼裝睡的韓香怡睜開了雙眼，眼中閃過一抹狡黠，坐起身子，看著對面那空蕩蕩的床。

這次還不讓我抓到你！

想到這裡，她腦海中不由想起了一件事情。記得不久前，她曾在晚上見過一名黑衣人，當時那黑衣人給她的感覺就是修明澤，她還以為自己是在作夢，現在想想，那名黑衣人分明就是他，她怎樣也不會忘記那雙丹鳳眼。

下了床，韓香怡小心翼翼推開門，看了看外面，鼻子嗅了嗅，便尋著那刺鼻的味道走了出去。她的嗅覺從小就很好，尤其是那種刺激性很強的味道，比如修明澤身上的氣味，就是她以修家菜園子使用的乾牛糞所製成的。

是的，就是牛的糞便，因此這味道很濃，即使摻雜入自己的花粉後，可以掩蓋掉它一部分的臭味，卻依然能在空氣中存留很久，此法成了她獨門的追跡方式。

韓香怡最終的目的，就是跟蹤他，看看他晚上都在做些什麼。

無數想法在腦海中一閃而過，韓香怡悄悄地跟了出去，一路上左彎右拐，很快來到後院。

「果然是出去了！」

此時後門的門閂已經被人打開，她輕輕打開門，鑽了出去。

出了修家後門，街道上早已沒了行人，這個時間應該都已睡下，空蕩蕩的街道，只有那清冷的月光陪伴著韓香怡。

就這樣，大約一炷香的時間，竟然走出幾里地。

回頭看著早已沒了影子的修家，韓香怡心裡越發好奇起來。

這個修明澤，到底大半夜的不睡覺，去做什麼？而且他為何是半夜出去，弄得神神秘秘。

心裡想著，韓香怡更加快腳步，循著修明澤的方向趕去，就這樣，又過了大約一盞茶的工夫，她才停下腳步。

因為此刻，出現在她面前的是一座破廟，那味道也是進入到那破舊的廟裡。

「我的傻夫君，終於讓我找到你了，這下看你還怎麼裝。」

想到這裡，韓香怡就要邁步向前走去。

可就在這時，一道身影出現在她的身後，在她還沒有察覺時，一個手掌重重落下，手掌豎成刀，劈在她的後頸上。

頓時，韓香怡只覺得一陣劇痛傳來，緊接著雙眼一黑，昏了過去。

夜色中，那黑影看著倒地的韓香怡，眼中閃爍著森冷的寒芒。

這是一間破舊的寺廟，常年成了一些乞丐遮風避雨的所在。

破爛的窗子被外面的風吹得咯吱作響，廟內三三兩兩的乞丐在牆邊枕著石頭呼呼大睡。

在寺廟靠近佛像供臺下方，正有一女子躺在乾草上，呼吸均勻，似是睡著了。

在她前方，則是盤腿坐著一個男子，男子閉目養神，模樣被黑暗遮擋，看不清樣子。

不知過了多久，躺在乾草上的女子，長長的睫毛顫抖了幾下，然後才緩緩睜開了雙眼，無神的雙眼漸漸有了焦距，最後當她看清眼前的事物後，猛地坐起身子，隨即臉色一變，一把捂住後脖頸。

那裡還隱隱作痛，她清晰記得，有人在背後偷襲了自己。

韓香怡轉頭看去，只見黑暗中正有一人盤腿坐在那裡，看不清樣子，但她從他身上的氣味得知那人就是修明澤，自己的夫君。

「夫君？」韓香怡試探性地輕聲問道。

「妳為何跟蹤我？」男子開口了，那聲音不是修明澤還會是誰。

「果然是你，看來我沒猜錯，你真的不傻。」韓香怡吐了口氣，一邊揉著脖頸一邊說。

修明澤只是看著她，並未說話。

見他也不說話，韓香怡又道：「既然都被我發現了，你見我便是，幹麼還打我？你是何居心？」

「是妳跟蹤在先。」

韓香怡覺得自己連說話都疼，更是氣憤不已。

「我……好吧，是我跟蹤你，可我也是想要確認一件事情而已，要不然我才懶得跟蹤你呢！」韓香怡氣呼呼地說道。

「那妳現在確認了嗎？」修明澤轉頭看向她，黑暗中的雙眸熠熠生輝。

「確認了，你不傻。」韓香怡點點頭。

「那妳可以回去了。」

「回去？」韓香怡一怔，隨即道：「那你呢，你不回去？」

「我還有事要辦，妳先回去吧。」修明澤站起身子，離開黑暗中。

藉著淺淺的月光，韓香怡看清了他的臉，那如女子一般美麗的臉，傾國的容貌帶著冷漠與高傲，與那個癡傻地摳鼻子的夫君完全判若兩人。

若說之前的他是個自己可以親近逗趣的人，那麼現在這個，是不可靠近、冰冷的人，兩者之間的極大反差讓韓香怡一時之間有些不適應。

「可……可我自己不敢回去了。」韓香怡紅著臉，被那目光看著，她竟生出了羞澀之意。

「那妳是怎麼來的？」

「來的時候只顧著跟蹤你，現在……我不敢了。」看了看外面漆黑一片，她確實有些害怕。

「我送妳。」簡簡單單的三個字，從修明澤的口裡說出，卻多出一股霸道之意。

韓香怡沒有多說，只是站起身子，跟在修明澤身後。

出了寺廟，四周格外安靜，可以聽到草叢裡蛐蛐兒的叫聲此起彼伏。

兩人一前一後，走在只有淡淡月光籠罩著的夜色之中，沒有人說話，腳步輕輕，呼吸緩緩，一切顯得異常靜謐。

「那個……我現在該叫你什麼？」韓香怡快步走到修明澤身旁，雙手背後，小心翼翼地問道。

不知為何，面對正常的他，面對冷酷且霸道的他，韓香怡竟有些膽怯，或許不是膽怯，但她無法形容自己現在的心情，總之，很怪。

「之前叫什麼，現在便叫什麼。」修明澤不苟言笑地說。

「夫……夫君，我可以問你幾件事情嗎？」韓香怡想了想，問道。

「嘴長在妳的臉上，妳想問我也攔不住，但我不保證我會回答。」

聽著修明澤那清淡的回答，韓香怡心裡不由有些氣憤，但還是忍著氣問道：「夫君，你還要繼續裝傻嗎？」

「要，但不會太久了。」

「不會太久？此話怎講？」

「就是字面上的意思。」

「好吧！那我再問你一件事，你總是晚上出來，到底是要做何事？而且我瞧你似乎很厲害，你還會武功？」韓香怡一臉好奇地詢問道。

「做什麼與妳說了妳也不懂，至於武功，就算會吧！」

韓香怡皺了皺眉，自己問的這幾個問題，沒有一個他是正面回答的，真是可惡。

「算了，不問了。」

「怎麼？」

「問也白問，你都不說。」

「我說了。」

「可你說的都是模糊的，都不是真正我想知道的。」

「妳真正想知道的是什麼？」修明澤停下腳步，看著韓香怡，聲音略顯清冷地問。

「我……」被他這麼盯著，韓香怡反倒是不敢說了。

就在韓香怡為自己的膽怯感到氣憤時，修明澤突然邁出一步，站在韓香怡的面前，在她詫異的目光下，手臂一伸，一攬，韓香怡的身體瞬間投入一個溫暖結實的懷抱之中。

「你……你在作什麼？快放開我！」韓香怡大羞，急忙要掙脫。

「不要動。」修明澤的手臂十分有力地抱住韓香怡，讓她動彈不得，然後在她耳邊輕聲說道：「讓我抱抱妳。」

那聲音透著無助與脆弱，與之前的霸道完全相反，這讓韓香怡頓時不再動彈，而是靜靜靠在他的懷裡，感受著屬於他的溫暖，呼吸著屬於他的味道。

「妳是我娘子，我是妳夫君，咱們的關係不會改變；說實話，妳嫁給我的時候，我其實並不喜歡妳，我怕妳壞了我的事，可當我看到妳為了我挨板子，為了我所做的那些事情後，我明白，我心裡已經有了妳。」

「夫君……」

「有些事我現在還不能對妳說，不是我不信任妳，只是時機還未到。娘子，等等，再等等，很快我就告訴妳一切，很快……我就不必再裝傻了。」

「夫君，我可以等，既然我已嫁給你，那我就是你的女人，當我知曉你不是傻子的時候，我很高興，也很慶幸，因為……我明白，這樣的你可以對我好，這對我來說，便足夠了。」韓香怡雙手不知何時已摟住他的腰。

兩人緊緊地抱在一起，感受著彼此的溫暖。

「多謝娘子。」

幾日後的清晨，空氣中瀰漫著花草芳香，一道身影在院子裡歡快的跳躍，正是香兒。

就在昨晚，香兒得到她來到修家的第一筆工錢，雖說不多，只有二十枚銅板，但這對於她來說已經很多了。

剛睡醒的韓香怡走出來，揉了揉眼睛，看了看院子裡活躍如小鳥一般的香兒，不由笑道：「香兒，何事如此高興，說來聽聽。」

「大少奶奶！」香兒開心地叫著，跑到韓香怡身旁，笑嘻嘻地說道：「大少奶奶，香兒昨天領工錢了，二十枚板呢！」

「哦？這麼多呀，那真是好事，值得高興。那香兒準備怎麼花這些錢呢？」

「香兒還沒想到，等想到了再用吧！」香兒咬著手指說道。

看著香兒如此高興的樣子，韓香怡也為她開心，想了想，道：「要不這樣，妳隨我出去，咱們出去買些好吃的。」

「好呀！」

於是韓香怡就帶著香兒，一人揹著一個包裹準備出去。

可就在這時，幾道身影出現在她們的視線內，正是孫氏和她的丫鬟小英，以及兩個韓香怡並不認得的貴婦。

避無可避，韓香怡只得硬著頭皮走上去，行禮道：「香怡見過大娘。」

「香兒見過大夫人。」香兒也急忙行禮。

孫氏大老遠瞧見韓香怡兩人，本不想搭理她們，可又礙於身分，不得不笑著說道：「嗯，是香怡啊，怎麼？這急匆匆的，要去哪兒啊？」

說著，還特意瞄了一眼韓香怡與香兒身後的兩個包裹，看起來鼓鼓囊囊的，也不知拿了什麼東西……

「也不去哪兒，就是出去走一走而已。」韓香怡笑著回應，心裡卻希望快點離開這裡。

韓香怡這樣的神情落在孫氏眼中卻變成了鬼鬼祟祟、作賊心虛的表現。莫非是偷了修家的東西拿去典當？若真是如此，那自己可不能讓她得逞。

孫氏看不上韓香怡，心裡自然沒有她的好。

想到這裡，孫氏又道：「是嗎？出去走走還一人揹一個包裹，瞧著還鼓鼓的，莫不是裝了什麼寶貝？」

「大娘您說笑了，我哪裡有寶貝呢，這就是一些小東西。」韓香怡笑著，心裡卻警惕起來。

這孫氏今兒個主動與自己說這麼多，肯定有鬼，而且她還問自己背包裡的香粉，她到底想要做什麼？莫不是惦記上自己做出來的香粉？自己可不能給她，這一盒賣出去可得好多錢呢，給了她豈不是白白浪費了？

「小東西？小東西還包得如此嚴實，恐怕不是什麼簡單的東西吧。這裡也沒外人，香怡，妳就拿出來給咱們瞧瞧如何？」孫氏又如此說，一副今兒個不給看，妳就不能走的樣子。

韓香怡心裡有氣，可還不能發作，只能笑著道：「其實真不是什麼好東西，您若不信，我拿出來給您看便是。」說著，她從背後的包裹裡面抽出一盒香粉，攤在手上道：「您瞧，就是這個。」

「香粉？」孫氏左手邊的一個肥胖婦人一怔，隨即捂嘴笑道：「呵呵，還以為是什麼貴重物件，原來只是個香粉。」

「是呀！我還挺期待的，沒想到居然是這個。」另一個婦人也是笑了起來，那臉上滿是不加掩飾的嘲諷。

孫氏看到這一幕，心裡暗暗嘲笑，同時鬆了口氣，道：「原來是香粉啊！這白玉盒瞧著不錯，妳好好收著吧！」

見不是自己想的東西，她也沒了興趣，擺了擺手，與另外兩個婦人離開了。

「大少奶奶，大夫人太過分了。」香兒氣呼呼地說道。

「好了，不要再說了，咱們走吧！」韓香怡將香粉收入包裹內，臉色也不是很好看。

她現在明白了，敢情這孫氏是把自己當成偷東西的人了？從剛剛那鬆口氣的樣子來看，孫氏分明認為自己包裹裡裝的是修家之物，這讓韓香怡心裡十分惱火，雖然她可以不在乎這些人的猜疑，可當事情發生了，她心裡多多少少還是會有些不好受。

沒辦法，誰讓自己現在什麼也不是呢！人家是修家的大夫人，修雲天的結髮妻子，論地位、論輩分，自己都不能對她怎樣。

「算了，就當是自己被鬼撞了吧！」

搖了搖頭，韓香怡與香兒一起離開修家。

一路上，韓香怡看到街道上來來往往有很多官兵在走動，似乎城裡發生什麼大事。

這時，韓香怡身旁有一人小聲說道：「你聽說沒有，昨兒個王家被盜了。」

「你說賣金銀首飾的那個王家？嘖嘖，那可是有錢人啊！丟了什麼？」又一人問道。

「聽說丟了一個價值不菲的玉雕，要拿去賣的話，起碼值一千兩銀子呢！」

「這麼貴？嘿，這回這幫官兵可有事做了。」

「要我說啊，這些盜賊偷得好，那王家可不是什麼好東西，前年還為了賺錢，販賣了不少小丫頭，明面上沒人說，但誰不知道這事。這麼缺德的人，被偷也是活該！要我說，那些盜賊要偷就該偷他的！」

「也是，這些被偷的富商，都是一些混蛋，偷得好！嘿嘿！」

類似的議論在韓香怡身旁不時地響起，很快韓香怡也知曉了事情大致的經過。

帝都是王朝首都，是所有人嚮往的地方，這裡最不缺的便是富商，有錢人比比皆是。在帝都這樣有錢人的聚集之地，難免會有東西丟失之事，可不知為何近半年來，帝都富商家裡遭盜竊的事情時常發生，基本上每半個月就會有一家被盜，這件事情已經驚動了官府，但直到現在都沒有抓到這夥盜賊，官府也是毫無辦法。

這些竊賊都在夜裡出沒，行蹤詭異，加上這些人功夫了得，即便有官兵在夜裡巡邏守衛，還是會被偷。

聽到這裡，韓香怡腳步不由一頓，不知為何，她的腦海中不由得浮現出一道身影。

深夜出沒，行蹤詭異，武功高強？

不會是……他吧！

韓香怡始終覺得修明澤這些年裝傻是有目的，可到底是怎樣的目的讓他可以隱忍這麼多年呢？她不解。

心裡存著疑惑，韓香怡帶著香兒來到香粉鋪子，取出鑰匙將門打開，來到後面的小屋內，將兩人包裹內的香粉整齊擺放在木箱之中，再次將木箱扣好，又上了一把小鎖。

「好了，咱們吃東西去。」

做完該做的，韓香怡便帶著香兒離開香粉鋪，直奔一家小飯館走去。

一路上還有不少人在議論關於盜賊偷盜的事情，這讓本就在意此事的韓香怡更為關心。

「大少奶奶，咱們吃什麼呀？」坐下後，香兒是一臉興奮。

韓香怡笑了笑，叫來夥計，讓他上兩道肉菜，便道：「香兒，妳先在這裡吃，我還有點事，先離開一下，等會兒便回來。」

「啊？大少奶奶，那……香兒不吃了，香兒跟您一起去。」香兒嚇得急忙站起身子。

「坐下！」

「大少奶奶？」

「妳坐下，聽我說，我是真的有事要去辦，妳就乖乖在這裡吃東西，我很快就回來。」

「可是大少奶奶……」

「好了，這是我要妳做的，妳不能不聽。我先走了，妳吃。」

在香兒不解的目光中，韓香怡獨自一人離開飯館，直往那間破廟趕去。

不知為何，心裡越是想著這件事情，她越是在意，所以飯也吃不下，只想盡快弄明白到底怎麼回事。

當那間破廟出現在面前的時候，韓香怡還是猶豫了，停下腳步，竟不敢再往前邁出，因為她怕結果不是自己想要的。

「姊姊，請問妳是韓香怡嗎？」

就在韓香怡猶豫之際，一個身著破爛衣服的小女孩走了過來，看著韓香怡怯生生地問。

韓香怡微微一怔。她怎麼知曉自己的名字，自己並不認識她呀。

「小妹妹，我是韓香怡，妳怎麼認得我？」韓香怡蹲下身子，看著那小女孩問道。

小女孩沒有說話，只是將手裡的一封信遞給了她，便轉身跑開了。

「信？」

拿著信，韓香怡站起身子，看了看那破廟，又看了看手裡的信，她還是打開來看。

信上寫了一行字：

若想知曉答案，今夜子時來破廟。

「是他！」

韓香怡腦海中立馬浮現出那道身影。

難道真的是他？

當韓香怡回到飯館的時候，香兒還坐在那裡，沒敢動筷子。

韓香怡見狀不由苦笑，非要兩人一起吃，香兒才肯開動。她一邊吃一邊想著事情，一頓飯吃得索然無味。

吃完飯後，韓香怡回到自己的院子，此刻修明澤並不在屋內，平常這個時間他都在修家到處蹓躂，也不知他在哪兒。

若這信真的是他讓人拿給我的，那他到底是何打算？他怎麼不親自告訴我呢？這裡面到底發生了什麼？

坐在床上，韓香怡百思不得其解。

「看樣子只能等到晚上出去了。」

時間眨眼而過，轉眼夜幕降臨。

看了看外面的天色，已是子時，香兒也早已睡下。韓香怡換了一身輕快的衣服，便悄悄從後門溜了出去，辨別了一下方向，朝著那破廟走去。

一路上十分安靜，街道上沒有一個人，讓韓香怡不由得有些害怕，因而加快了腳步。很快，破廟再次出現在她眼前，這次她沒有絲毫猶豫，抬腳便走了進去。

一走進破廟，便看到破廟內早已升起柴火，而在那柴火後方，則是坐著兩道身影。

離得遠還沒看清，待得她走近後看去，不由臉色一變，指著其中一人道：「怎麼是你？」

「嘿嘿，大嫂，好久不見啊！」說話的人，正是宋景軒。

坐在宋景軒身旁的自然是她的夫君修明澤，此刻的他臉色依舊冰冷，卻沒有那日那麼讓人難以接近。

或許這才是真正的他，這才是他原來的模樣吧？

一想到一個原本不苟言笑的人卻為了裝成傻子，每天嬉皮笑臉，還時不時裝傻充愣，也真的是難為他了。

韓香怡走到修明澤身旁坐下，看著兩人，道：「你們怎麼會在一起？景軒大哥，你是怎麼發現我夫君不傻的？」

「嘿，其實我一直懷疑澤哥是在裝傻，我不相信他會變成傻子；有很長一段時間，我也猶豫自己是不是想多了？直到書院考試那天，澤哥射出那一箭的時候，我就知道澤哥沒傻。」

「哦？射箭你便知道了？這是為何？」韓香怡不明白，便問道。

宋景軒看了修明澤一眼，然後嘿嘿一笑，道：「大嫂，妳不知道也屬正常，因為這是只有我和我大哥才知道的秘密。」

「秘密？什麼秘密？」

「這秘密其實很簡單。我們還小的時候，澤哥曾蒙眼射過一箭，我記得當時他便對我說過，若有朝一日他再次蒙眼射箭，那就說明他的腦子是清醒的。當時我對這話很不能理解，以為澤哥是在說笑，可是現在想來，他是早有打算啊！嘿，我澤哥果然厲害！」

韓香怡聽到這話，不由暗暗心驚。

修明澤心機好深，好會算計，這麼多年以後的事情他都已算到，難怪他當時非要射箭，原來是想要讓宋景軒明白，自己不傻；不過，選擇在這個時間出手，那是不是說明，他在最近會有什麼動作呢？

想到這裡，韓香怡的目光落在修明澤的身上，緩緩問道：「最近城內盜賊猖獗，富商之家時常遭竊，夫君，此事……你可知曉？」

一直看著火焰的修明澤也是在這時緩緩地轉過了頭，看向韓香怡，雙眼深邃，語氣輕緩地說道：「妳想問什麼，問我便是。」

若說韓香怡來到帝都以後，對於什麼最看重？除去錢財，便是情了。

友情、親情與愛情，她都渴望得到，如今娘不在身邊，若說要依賴誰，她會毫不猶豫地說出修明澤的名字——因為這是她的夫君，是她今後這輩子所能依靠的人；如今，她卻發現自己想要相信且信賴的人，似乎並非自己所想的那樣簡單，在他身上似乎籠罩著一層紗，讓人看不清。

「最近城中多有富商被盜，且被盜之事都在深夜發生，盜賊行蹤詭異，武功也很高強，官府的官兵都束手無策，夫君，此事你怎麼看？」

「是我做的。」

出乎韓香怡意料之外，修明澤並無隱瞞，而是大大方方承認了。

「夫君你為何如此做？」韓香怡一臉驚愕，十分不解。

自己夫君是修家庶出長子，錢財肯定不缺；再說一旦他向眾人說明自己恢復正常，那麼在修家的地位也會直線上升，這樣看來，他什麼都不缺，那他為何還要這麼做呢？

宋景軒同樣看向修明澤，雖然他清楚修明澤如此做，必然有他的道理，可他也是不清楚緣由。

「我自有我的理由，至於原因，說來話長，我也就不在這裡多做解釋，妳只要清楚，我這麼做，有我的道理，不會危害誰的利益，那些富商都不是什麼好東西，家裡的那些寶貝也不知是做了什麼勾當得到的，我這麼做，也只是拿走不屬於他們的東西。」

「可偷東西始終還是不好的呀……」韓香怡小聲嘟囔道。

「妳說什麼？」

「啊？沒什麼……我是說，難道夫君你以後還要一直這樣偷下去嗎？」

韓香怡話剛說完，額頭便被修明澤重重彈了一下，然後在她氣憤的目光中道：「怎麼說話呢？偷，這個字用在妳夫君身上妳覺得合適嗎？」

「唔，可你明明就是在偷，還不讓人說，好痛啊！」韓香怡一邊揉著自己的額頭，一邊氣呼呼說道。

「我這當然不叫偷，我這叫做好事，替他們積陰德，妳懂嗎？」修明澤撇了撇嘴。

「偷東西就是不對的、就是錯的，你現在不會有事，可以後呢？你就能保證你能一直不失手，那些官兵難道就一直抓不到你？」說到後面，韓香怡都變得有些激動了。

韓香怡的樣子把修明澤與宋景軒都嚇了一跳，沒想到她會如此激動。

修明澤更是一把拉住她的手腕，在她驚嚇的目光中，一把將她拉到自己面前，然後輕聲道：「怎麼？妳這麼關心妳夫君，是怕自己變成寡婦嗎？放心，若有一日我被抓，我定提前安排好妳。」

「你……」韓香怡氣急，正要開口，卻被修明澤用一根手指擋在唇間。

在她詫異的注視之下，他伸手揉了揉她的頭，柔聲道：「放心吧，妳夫君我很厲害，不會被抓的，而且我也不想被人當作賊，偷東西這種事情我很快就不做了。」

「真的？」被修明澤揉著頭，韓香怡也安靜了下來。

「當然。」

韓香怡這才吐了口氣，不偷就好。

「咳咳！那什麼……我坐得有些累了，就先回去了，你們慢慢聊啊！慢慢聊！」宋景軒很識時務地離開了。

站在破廟門口，看著那十分親暱的兩人，宋景軒也是露出笑容。

「澤哥，希望你可以一直這樣下去。」

宋景軒的身影漸行漸遠，只留下破廟內的嬌笑之聲在此迴盪。

第十一章

時間如流水，眨眼即逝，一轉眼韓香怡嫁到修家已經兩個多月。這段時間裡，韓香怡每天都在製作香粉，一晃眼已過去多日，很快來到香粉鋪開張的日子。

她雖然還未準備周全，可無奈韓鳳英再過兩日就要離開，她不得不提前開張。好在她儲備的香粉還有很多，除去裝在白玉盒內的香粉以外，其他的都分別用油紙包住，放在陰涼處儲放著。

由於今天是開張的日子，她便早早起床，與等在院子的修明澤一起牽手向外走去。

這段時間裡，修明澤依舊裝傻，每天沒心沒肺到處玩耍，夜晚則是偷偷出去做他所謂的「行俠仗義」之事。韓香怡也配合他，他傻，自己便陪著他傻，這也讓修家人對韓香怡更加不在乎了，在他們看來，這對夫妻這輩子也就如此了。

兩人來到府門外，只見一輛馬車等候在外面。

周氏與修芸已早早到來，正坐在車裡等他們，待兩人上了馬車，馬車便緩緩駛動。

周氏笑看著韓香怡，道：「沒想到妳這丫頭還真不一般，竟能自己開一間香粉鋪子，我真是想都沒想過。」

「娘，您就不要誇我了……」韓香怡有些不好意思地撓了撓頭，隨即道：「娘，這件事情爹他不知道吧？」

「嗯，妳不是說不想讓他們知道嗎？我沒告訴他們，今兒早上我只說與你們出去逛逛，他也沒多問，放心吧！」

「謝謝娘。」韓香怡確認後才鬆了口氣。

其實她倒也不是不想讓修雲天知曉此事，只是孫氏一直看自己不順眼，這件事情她若是知曉，不知道會鬧出什麼事情。

「香怡，想必開這個香粉鋪子妳也花了不少錢吧！來，這個妳拿著，算是我這個做娘的一些心意。」說著，周氏將一個錢袋放到韓香怡的手中。

韓香怡一驚，急忙道：「娘，香怡怎麼可以要您的錢呢！我……」

「拿著吧！我這錢也不只是給妳的，就算是給妳與澤兒的。」

周氏沒有要拿回的意思，反而在韓香怡要還給自己時又拍了拍她的手。

韓香怡見狀，也沒再推託。她心裡清楚，這就是給自己的，而且摸著這錢袋子，這重量起碼也有幾百兩吧！這麼多錢對現在急缺錢用的她來說，絕對是雪中送炭。

現在她屋內有好多香粉都不能裝入白玉盒裡，要知道，香粉製作出來後必須在十天內裝入白玉盒，一來不會產生變質，二來也是防止天氣的變化，引起香粉的顏色發生改變。

原本她還打算靠著賣出去的香粉來慢慢填補購買白玉盒的費用，現在看樣子，自己至少可以買幾百個，足夠自己用一段時間了。

想到這裡，韓香怡又對周氏感激了一番。

就這樣，馬車內幾人有說有笑，轉眼便來到香粉鋪前。

馬車停下，四人依次下了馬車，出現在他們眼前的，便是經過一個月修整、煥然一新的香粉鋪，此刻鋪子上掛著牌匾，上頭寫著「香怡香粉鋪」五個字。

「夫人、小姐，大少奶奶、大少爺，你們總算來了！」香兒的嬌聲傳來，她早早便來到這裡拾掇一番，也在這裡迎接客人。

韓香怡四人隨著香兒走進香粉鋪，只見此刻香粉鋪內的小屋中有幾人正有說有笑。

「謝謝你們能來這裡捧場，謝謝。」韓香怡十分感激地說。

來的幾人正是宋景軒、韓朝鋒兩兄弟，以及幾個與他們交好的朋友。

見主人到來，宋景軒幾人便都站起身子，笑著拱手道賀。

「香怡，妳果然沒有讓我失望，妳真的開了鋪子。」韓朝鋒走到韓香怡面前，親切說道。

「哥，謝謝你，要不是你將這鋪子交給我，我也不可能開張。」韓香怡感激地說。

「嘿嘿，這真是不錯，以後沒事就來這裡蹓躂蹓躂也好。」一旁的他姓家族少爺嘿嘿地笑道。

宋景軒看著修明澤與韓香怡也是暗暗感到好笑，這兩人一個裝傻，一個陪著犯傻。

「姑姑很快便到。」

正說著，香兒便從外面跑了進來，喘著氣道：「大少奶奶，您……您姑姑來了。」

韓香怡一聽韓鳳英來了，便急忙出去迎接。

只見韓鳳英正站在外面看著香粉鋪，並沒有走進來，她一見韓香怡走出來，便笑著道：「香怡，妳弄得比我想像中的要好很多。」

「姑姑說笑了，韓家的香粉鋪比起我的可是好上許多，我這香粉鋪不求多好，能賣就好。」

「這話說得對。」韓鳳英笑了笑，然後走到韓香怡身前，拉著她的手，道：「香怡，姑姑就不進去了，昨天收到信，那邊催我回去，原本我昨兒個便要走，可想著要來給妳捧捧場，就等了一個晚上，現在來看過，我也就放心了。」

「姑姑……」

「下次吧，下次我再到妳這裡坐坐。」

「嗯，那香怡送送姑姑。」韓香怡送韓鳳英上了馬車，又目送著她離開，這才轉身往香粉鋪走去。

可韓香怡一隻腳剛跨過香粉鋪的門檻，一道尖酸的聲音就在身後響了起來。

「這香粉鋪開張倒也開得夠低調的，怎麼都不通知我們一聲呢，妳真不當我們是一家人啊？」

韓香怡眉頭緊皺，轉頭看著身後的兩人，冷聲道：「妳們怎麼來了？」

韓柳靜與韓如玲站在韓香怡面前，兩人都是一臉冷笑。

「我們怎麼來了？我們難道不該來嗎？別忘了，咱們都姓韓。」韓如玲挽著韓柳靜的手臂，冷笑道。

「可我並沒有邀請妳們。」韓香怡冷冷看著兩人，並無邀請她們進去的意思。

韓柳靜開口了，這是她與韓香怡見過幾次面以後第二次開口，她語氣平淡地說道：「不要以為有姑姑為妳撐腰，妳就可以不將我們放在眼裡，雖然妳嫁給了修家，可妳終究是姓韓的。」

「若妳覺得我配不上這個姓，那我不要便是，妳不必拿著韓家來壓我，我現在離開韓家，也不會再回去，所以你們韓家如何與我無關。這香粉鋪如今是我的，我有權不讓妳們進去，當然，妳們也可以回去告狀。」

「呵呵，妳把自己看得太高了，這點小事還不需要告訴爹；還有，我若想進，妳也攔不住我！」

韓柳靜有屬於她的驕傲，她不允許別人比她囂張，尤其是一個身分如此卑微的人，即便她姓韓，也不可以。

韓香怡也不讓步，後退幾步攔在門前，冷哼道：「我不准妳們進去。」

「那我偏要進去。」韓柳靜冷冷看著韓香怡，便要帶著韓如玲硬闖。

「香怡，發生什麼事了？」就在這時，韓朝鋒快步走了出來，站在韓香怡身後，同樣看到朝這邊走來的兩人。

「哥，她不讓我們進去！」韓如玲見是韓朝鋒，立馬指著韓香怡嬌喊道。

「香怡，這……」

韓香怡也不想讓韓朝鋒為難，便看了他一眼。「哥，可以不要管這件事嗎？」

「哥，莫非你也要攔住我們？」韓柳靜站在那裡冷眼看著韓朝鋒，冷聲說道。

韓朝鋒是她親哥哥，韓香怡與他卻不是，莫非他真要幫助一個野丫頭對付自己這個親妹妹？她倒要瞧瞧他要如何做。

「香怡，大家都是韓家人，還是不要鬧得這麼僵；如今新鋪開張，讓她們進來便是，我保證，不會出什麼亂子。」這一刻，韓朝鋒還是向著他的親妹妹。

韓香怡沈默了。畢竟韓柳靜與韓朝鋒是同父同母的親兄妹，即使他想幫助自己、對自己很友善，可面對親妹妹，他還是陷入為難。

再加上這鋪子還是受惠於他，韓香怡也不想讓他過於難堪，想一想還是妥協了，便點點頭，主動讓開位置。

「哼，還敢攔我們？妳當自己是誰啊，要不是哥好心給妳一間鋪子，妳當真以為靠妳自己可以開這香粉鋪？笑話，還敢在這裡裝大，也不照照鏡子瞧瞧自己的德行。」

韓如玲就是這樣一個得理不饒人的，見韓香怡妥協，她便變本加厲想要找回面子來。

韓柳靜皺了皺眉，卻也沒阻止，在她看來，她妹妹說得也沒錯。

韓朝鋒則是冷眼看著韓如玲，但也沒開口。

正當韓柳靜與韓如玲再一腳便要踏入門檻時，一道身影猛地竄出，擋在門前。

快走一步的韓如玲一頭撞在那人的胸口上，頓時痛得向後退了幾步，韓柳靜也隨著後退幾步。

只見修明澤此刻站在門前，冷冷地看著韓柳靜兩人，冷哼道：「我娘子說了不讓妳們進，妳們還進，妳們的耳朵聾了嗎？」

「你……你個傻子，你敢罵我們？」韓如玲被撞得腦袋生疼，此刻又被修明澤如此說，頓時氣得指著他大叫起來。

這話一出，韓柳靜臉色微變。自己這個妹妹真是個腦袋簡單的，這話雖然大家都清楚，可誰也不敢如此說出來。

當眾叫人家傻子，這還得了！

果然，聽到這話後，最先臉色陰沈的不是修明澤，而是韓朝鋒，他走到韓如玲面前，在她不解的目光中，手臂抬起。

啪！一巴掌重重搧在韓如玲的臉蛋上，頓時，她的臉紅了起來。

韓如玲被韓朝鋒這一巴掌給打得傻了。她一手捂著臉，呆呆地看著臉色難看的兄長，到現在還不清楚是什麼情況。

「這是妳胡說的教訓，下次再敢這麼胡言亂語，我打斷妳一條腿。」韓朝鋒臉色陰沈，聲音也漸漸地冷了下來。

「哥……」韓柳靜雖然也在暗自責備韓如玲說話不經大腦，可也被韓朝鋒的舉動嚇了一跳。

「你打我？你瘋了嗎？你幹麼打我啊，難道我說錯了嗎？他就是一個傻子，這麼多年了，誰不曉得，難道我說句實話有錯嗎？」韓如玲緩過神來，頓時哭了起來，一邊哭，還一邊對著韓朝鋒大聲喊道。

韓朝鋒臉色更加難看，韓家雖然與修家有親家關係，可這不代表她就可以胡亂說話。是，修明澤是個傻子，可這話自己心裡清楚就好，哪個敢說？說出來那就是讓修家難看。現在可好了，自己這個妹妹是個口無遮攔的，還真敢說，一口一個傻子，這要是傳到修雲天的耳朵裡，想必不會輕易罷休。

可還沒等韓朝鋒繼續訓斥她，身後又有一道聲音響起。

「韓朝鋒，你們韓家可真是沒有教養，這麼說別人，真的好嗎？」

韓朝鋒轉身，只見屋內的眾人都魚貫而出。為首的是宋景軒，此刻的他臉色有些難看，冷冷看著韓朝鋒。

韓朝鋒的臉色同樣難看，他現在能說什麼？罵人的是自家妹妹，即使她說得沒錯，這話也不能從她嘴裡說出來，在現在這個敏感的時期，一句話可是會壞事的。

「宋大哥！」

韓柳靜在看到宋景軒後，雙眼驟然一亮，她鬆開韓如玲的手，快步來到宋景軒的身前，一臉嬌羞。

宋景軒淡淡看了她一眼，不鹹不淡地說道：「呵呵，這不是韓家大小姐嗎？今兒個這是怎麼了，帶著你們那個不懂事的妹妹來這裡挑釁？」

「啊？宋大哥，我們……我們沒有啊！」韓柳靜臉色一變，急忙擺手，同時在心裡對自己那個妹妹更是恨得要死。

好不容易見到自己想見的人……卻讓他誤會自己，她怎麼能不恨韓如玲呢？這個成事不足敗事有餘的東西，早知道會如此，就不帶她來了！哼，壞我好事！

「有沒有，我不清楚，但我清楚一件事，她罵了我澤哥，這件事情就沒完。」

「啊？這……這好辦，我這就讓我妹妹道歉。」韓柳靜急忙說道。

「道歉？澤哥，道歉夠嗎？」宋景軒沒有答應，而是轉頭看向站在韓香怡身旁、笑嘻嘻拉著她手的修明澤。

修明澤依舊是一副傻兮兮的笑容，在聽到宋景軒的話後，笑容不減，一手拉著韓香怡，一手摳著鼻子，笑著說道：「不夠！」

「那澤哥準備怎麼樣？」宋景軒繼續配合著問道。

「打臉，重重地打，打到我滿意為止。」修明澤笑著說，那樣子看不出絲毫正常人的模樣，可話語卻異常狠毒。

除了宋景軒與韓香怡，眾人皆意外愣住了。

「澤哥，這……真的要打？」宋景軒有些不確定地問道。

要是男人他會毫不猶豫掰斷他的手，可這是個女的，還是韓朝鋒的妹妹，這就讓他難以下手。

「為何不打？我娘子都生氣了。」修明澤拉著韓香怡的手，噘嘴道。

怎麼扯到她頭上了？她生氣歸生氣，可沒讓人動手打她的臉啊！

「好，那就打臉，誰打？」

「你們鬧夠了沒有！」韓朝鋒突然一聲低喝，然後看向宋景軒道：「他腦子不好用，莫非你腦子也是如此？他鬧你便跟著鬧？」

「嘿，澤哥是我哥，我哥發話我就聽，你管得著嗎？怎麼，這巴掌你搧？」

別人怕韓朝鋒他可不怕，從小到大除了修明澤以外，他還從沒怕過第二個人，即便那個人是他爹都一樣。

「妳還嫌不夠丟人？給我滾回去！」韓朝鋒轉頭看著韓如玲，低聲喝道。

「哇！」

韓如玲畢竟只是一個十三歲的小丫頭，哪裡禁得住這樣的場面，頓時失控地大哭起來。

韓柳靜心裡暗罵她是豬，對著宋景軒道歉了一番，這才快步走到韓如玲的身邊，淡淡地看著韓朝鋒道：「妹妹我自會帶走，不過你也要跟我回去。」

「我心裡有數，用不著妳來多嘴。」韓朝鋒冷眼看著她，冷漠道。

「哼。」韓柳靜冷哼一聲。

她轉身拉著哭個不停的韓如玲，一邊走一邊低聲呵斥道：「哭哭哭，妳是豬嗎？說錯話還有臉哭！」

見兩個妹妹離開後，韓朝鋒來到韓香怡身前，一臉歉意地說：「香怡，真是抱歉，今兒個本是該高興的日子，沒想到出了這事。」

韓香怡急忙搖頭道：「哥，你別這麼說，又不是你的錯，也怪我沒有處理好，不是你的錯，你不要自責。」

「嗯，我知道了，那我就先回去了。」韓朝鋒點點頭，便匆匆離去。

韓朝陽左右看了看，撇了撇嘴，也跟著離開了。

剩下的人，你看看我，我看看你，都沒說話。

韓香怡暗暗嘆了口氣，原本是個開心的日子，沒想到發生這檔子事。

「大家都到屋裡來吧！等下會有酒菜送過來，大家一起吃個午飯。」

「好。」

畢竟只是一個插曲，眾人也沒放在心上，還是有說有笑地進屋了。

香粉鋪開張，這對韓香怡來說，既是好事，也是壞事。好的是她可以靠著這個鋪子賺錢，來實現願望；壞的是她現在還沒有能力全力支撐這個香粉鋪，以她與香兒兩人製作香粉的速度，其實還遠遠趕不上韓家製作出來的。

雖然韓香怡敢保證自己手工製作出來的香粉更好，可那又如何，很多人看的不是製作的品質有多好，而是看有沒有名氣，很顯然，依舊是把持著帝都香粉市場多年的韓家獨大。

不僅是帝都的人，外地人也都會來帝都買香粉，這也讓韓家想要將香粉銷往外地，開更多的香粉鋪，不過很多小商小販都會以更低價格出售自家香粉好達到目的，韓家對此狀況大多都睜一隻眼、閉一隻眼。

對於這些，韓香怡也早打聽清楚，因韓家不太管低價出售香粉的商販，那自己也要鑽這個空子，畢竟她的香粉鋪不是頂著韓家這個大山的名號來開的，也借不到韓家的光，只能靠自己。

韓家以每盒五兩銀子的高價賣出這種白玉盒的香粉，那她就以三兩銀子一盒的價格賣出，價格上便宜了二兩銀子，雖然對那些有錢人來說，二兩銀子不算什麼，可占便宜是每個人都喜歡的。

不過她現在賣出的香粉都是有數量限制的，也就是說，她每日賣出的香粉只有十盒。畢竟是手工製作，無法大量生產出來，她的存貨也僅有兩百多盒，若到時賣得好，每日十盒，十日便是一百盒，照這樣的速度下去，她不多準備些存貨還真不行。

當然，這也僅僅是她自己的想法，有韓家這座大山在前，她想要賣得好也不容易，即便價格壓低了一些，也未必會有很多人來光顧，所以現在她需要的是口碑，口耳相傳才能讓自己的香粉走得更遠。

這一日，是她香粉鋪開張的第三天。

三天過去了，香粉所賣出的數量卻遠沒有她想像中那麼完美，別說每天十盒，就連五盒都沒賣出去，三天的時間裡她一共只賣出五盒，這與她想的還真是大相逕庭。

「大少奶奶，這都三天過去了，咱們只賣出五盒，會不會太少了呀！」香兒趴在櫃檯前，鬱悶地說。

韓香怡沒有開口，心裡卻在盤算著，現在賣出五盒，收入十五兩銀子，花出去的卻已有一百五十多兩銀子，剩下不到三百兩銀子，花這麼多，卻只賺了這麼些許，她心裡很不平衡。

要如何才能讓自己的香粉賣得更多呢？她皺起眉頭，一時之間竟不知該怎麼辦才好了。

「來來來，都排好隊，一個一個買啊！」

就在韓香怡一籌莫展的時候，一道響亮的聲音猛地從外面傳了進來，很快地，便瞧見一個個紈袴子弟嬉笑著走了進來，不多時，小小的香粉鋪已經被這十多個人擠滿了。

最後，宋景軒才從外面擠進來，對著還一臉不解的韓香怡咧嘴一笑，道：「大嫂，這是我給妳找的人，他們家裡都有姊妹、娘親，正好妳這不是賣香粉嗎？我就讓他們每個人至少買兩盒，不多吧？」

「不多，不多！香兒，快去將香粉取來。」

韓香怡正愁賣不出去呢，這回還多虧了宋景軒，不，或許該說是多虧了自己的夫君，要不是因為他，宋景軒也不會幫自己。

「謝謝你。」

「謝什麼謝，咱們這關係還用提謝字嗎？不過大嫂，我瞧妳這裡門可羅雀，這麼冷清可怎麼行，這樣下去可賺不了錢啊！」宋景軒搬過一把椅子坐下，一臉關心地說。

韓香怡也走到一旁坐下，皺眉道：「看來是我想得太美好了，原本還想著一天不多賣，至少十盒也不錯，可是現在你瞧，都三天過去了，我才賣出五盒，這與我想像的完全不一樣。」

「也是，韓家香粉鋪這麼多，想要輪到咱們也不容易。不過大嫂妳放心，妳的生意我會幫妳的，我還有不少兄弟，下一次我再帶著他們來，他們家裡兄弟姊妹多得是，姑姑、嫂嫂也很多，我讓他們都買了。」

「景軒，真是謝謝你了，要不是你，我或許真的就要關門大吉了。」

「這算什麼，沒事。」

「不，你是真的幫了我，你讓你的兄弟來我這裡買，這樣一方面貨賣出去了，也幫我造出好口碑，他們用了若是好用，也可以幫我多多傳話，讓更多人來買，這是一種不錯的手法。」

「對啊，我怎麼沒想到呢！大嫂，妳說得對，趕明兒我多叫一些兄弟，讓他們買回去，然後再多往外傳。這個方法好，嘿，大嫂妳真聰明啊！」宋景軒實實在在地誇獎了韓香怡一番。

韓香怡笑了笑，這顆懸著的心算是暫時落了地，希望可以藉著宋景軒這些朋友的嘴將自己的香粉推廣出去，讓更多人知曉，這樣就不愁賣不出去了。

不過她還是要保持戒心，多觀望觀望，因為她怕自己動作太大會引起韓家的不滿，畢竟自己開的鋪子也是韓家的。

送走了宋景軒眾人，香兒笑得合不攏嘴，捧著桌上的錢，對著韓香怡開心地道：「大少奶奶，這次咱們賺了好多呀，足足有九十多兩銀子呢！」

韓香怡笑了笑，心道：以後或許會更多。

想到這裡，她雙手不由攥緊。

娘，您等著，娟子很快就賺很多的錢，在帝都給您買一間院子，讓您也來帝都享福！

香粉鋪的生意漸漸走入正軌，口碑也隨著宋景軒的幫忙，漸漸地讓更多人來她這裡購買香粉，儘管還達不到每天賣出十盒的目標，但起碼能保證每天都有進帳。

這一日，韓香怡正在自己的屋內製作香粉，門突然被打開，香兒滿頭大汗地跑了進來，一邊喘著粗氣，一邊興奮道：「大少奶奶，大……大事，有大事發生！」

「什麼大事讓妳跑得滿頭大汗？來，先坐下，喝口茶。」韓香怡笑了笑，為香兒倒了杯茶。

「謝謝大少奶奶。」香兒急忙接過茶，咕嚕咕嚕喝了個乾淨後，又喘了幾口氣，這才道：「大少奶奶，大事呀，帝都的盜賊被抓到了。」

「妳說什麼？」原本還一臉淺笑的韓香怡猛地站起身子。

「大少奶奶，您也很驚訝是不，香兒也是呢，剛剛在香粉鋪時，就聽人說，說是昨晚那夥盜賊出現了，好在官兵早早在其中幾家埋伏，他們剛一進去便被擒獲了，據說那夥人有七、八個。嘖嘖，這回咱們帝都的那些富商們可算是安心了。」

香兒興奮說著，卻見韓香怡的臉色越加難看起來。

「大少奶奶，您……您這是怎麼了？您的臉色怎這麼難看呀，您沒事吧？」香兒急忙站起身子，扶著韓香怡坐到床上。

「我沒事，妳先回去看著鋪子。」韓香怡擺了擺手。

香兒見狀，只得乖乖離開。

見香兒離開後，韓香怡眉頭便緊緊皺起。

都叫他不要再偷、不要再偷，他偏不聽，這下可好，被抓了，還說自己功夫厲害，現在都被抓了還能厲害到哪裡去。

韓香怡心急如焚，她心想，修明澤被抓一事，很快就會被帝都的人知曉，到了那時可怎麼辦？可是……

韓香怡心中卻升起一絲疑惑。不對呀，既然是昨晚被抓，這都過了一晚，怎麼還沒動靜呢？

「按理說，即便此事不可聲張，修家也該知曉的呀，可是這一夜安然無事，未免有些太過蹊蹺……不行，我還是要去看看，到底是怎麼回事。」

想到這裡，韓香怡換了一身出來時帶的粗布衣，從後門偷偷溜了出去。來到大街上，街道兩邊此時已經站滿人，好不容易擠進了人群裡，這才看到，在街道中央，正有七輛囚車往前行，囚車裡面有七個身著白色囚服的犯人。

因為距離有些遠，加上犯人一個個都是披頭散髮的模樣，使得她看不清那七個人的樣子。

第一個過去，這個不是，個子矮了些；第二個過去，這個也不是，身材有些胖了；第三個過去，這個更加不是，太瘦……就這樣，一連過去六輛囚車，可車上的犯人都不是修明澤。難道他在最後一輛？

心裡想著，她又急忙看去，可最後一輛馬車裡竟然坐著一個女人，還是一個長相很醜的女人，這……

韓香怡腦袋一時有些懵了。這裡面沒有自己夫君呀！莫非他逃跑了不成？

一定是這樣，可……他們不會把自己夫君給供出來吧？

剛剛還鬆一口氣的韓香怡，一顆心再次被提起，眼看著七輛囚車從她面前走過，漸行漸遠，周圍嘈雜的聲音也越來越小，韓香怡站在那裡，一時間竟有些不知所措。

要是自己夫君出了事，自己怎麼辦？自己怎麼救他？自己能做什麼？

一時間，她腦子裡各種想法浮現，就在這時，一隻手突然搭在她的肩上，她身子一顫，猛地轉身，只見一道身影站在她身後。

此人一身黑色布衣，戴著大大的帽子，將大半張臉都遮擋住了，使得韓香怡看不清他的容貌。

那黑布衣男子一把抓住韓香怡的手臂，在她詫異的目光中，帶著她走出了人群。

直到這時她才反應過來，急忙掙扎著道：「你是誰？為何抓我，快放開我！」

「是我！」那聲音沈穩又冷靜。

在聲音傳出的一瞬間，韓香怡的扯動停止了，她看著眼前這人，沒了動作。

是他，修明澤！

「這裡人多，跟我來。」說著，修明澤拉著韓香怡快速離開這裡。

兩人一路前行，很快來到一處無人之地，他才將帽子摘下，看著韓香怡，輕笑道：「妳在擔心我？」

「哪……哪有！」韓香怡俏臉一紅，低聲反駁。

「沒有嗎？那妳為何在那裡？不就是想看看我有沒有在那囚車上嗎？沒看到我，妳是不是鬆了一口氣，但又怕我被供出來，所以十分擔心？我說得沒錯吧！」

韓香怡睜大雙眼，看著面前這個男人，此刻的他睿智、冷靜，對於韓香怡像是瞭若指掌，對她的想法幾乎分毫不差地知曉。

這才是真正的修明澤嗎？

心裡想著，韓香怡轉過頭去，輕聲道：「那你現在是逃出來了嗎？」

「算是吧！」修明澤聳聳肩，說道。

「那你……你不怕他們把你供出來？」韓香怡猛地看向他，擔憂道。

「不怕，因為他們不認得我。」修明澤淺淺一笑，說道。

「不認得你？這是什麼意思？」韓香怡微微一怔，顯然沒有明白這話裡的意思。

「我都說了，我的功夫很厲害，那些官兵怎麼能抓得住我們呢？那些被抓的犯人只是碰巧而已。」

「碰巧？」韓香怡更加疑惑。

「其實我已經打算收手了，可沒想到在這個節骨眼上，聽說有一夥盜賊要借用我們的名號來偷盜，這樣也好，省得我還要想辦法解決此事，因為他們的出現，我們便可順利脫身。」

「也就是說，只要讓官兵抓到他們，你們自然而然沒事了，對吧？這麼說來，他們被抓也有你們的功勞嘍？」韓香怡聰明，一點就透，立馬猜出緣由。

「沒錯，妳很聰明。」修明澤淺淺一笑，說：「只要讓他們頂替我們被抓，那我們自然就人間蒸發了，這樣豈不是更好嗎？」

「可萬一他們不承認呢？」韓香怡還是有些不放心地說道。

「放心吧，官府的人也不是傻的，這麼久都沒抓到人，好不容易抓到了，他們會放過嗎？更何況他們原本就是盜賊，雖沒我厲害，但也偷過不少東西，被抓也不冤。」

「這樣說來，你真的沒事了？」

「當然。」

「不過聽你這麼說，你還有同夥？很多？」

「話不要這麼說，我們不叫同夥，是兄弟。」

這丫頭，還真把自己當賊了。

「好吧，那你這些兄弟都在哪裡？」

「這我暫時還不能告訴妳，不過妳放心，以後妳會知道的。」說著，修明澤從袖口抽出一個精緻的木盒遞給韓香怡。「這個給妳。」

「這是什麼？」

「回去再打開吧，現在妳也知道我沒有被抓了，那就回去吧，我還有其他的事情要辦。」

「你……好吧，你小心。」

韓香怡話還沒說完，修明澤已是幾個閃身，消失不見了。

將木盒收好後，韓香怡左右看看，確定沒人後，才走出小巷子，然後按著原路回到修家小院內。

此刻已接近晌午，天上日頭格外火熱，眼看著還有幾天便是夏天了，空氣中漸漸被熱氣瀰漫。

韓香怡一路小心謹慎，回到院子後並沒有進屋，而是先將院內青石上的花瓣翻了翻，又將一些曬乾的花瓣取下來放入竹簍裡面，然後才轉身進了屋子。她將門關好後，來到床前，想了想，又將窗子支起。

之所以這麼做，完全是為了做給某些人看的。自從上一次兩人偷偷從後門出去後，那個時刻盯著自己的小英便不見了，也不知是不是修雲天說了什麼，小英不再來了，可每到這個時候，快要臨近晌午時，都會有人在這邊走動。

她敢確定，那一定是孫氏派來監視她的人，只不過不敢那麼明目張膽，只是在這個時段來這裡看看。

換好之前的衣服，韓香怡這才背對著窗子，拿起修明澤臨走前送給她的木盒子。隨著木盒子打開，一股濃郁的香氣瞬間自那盒子內瀰漫開來，眨眼間整個屋子都充滿這種奇異的香氣。

韓香怡卻是在這香味傳出的一剎那，整個人呆住了。

「這是……暗香盈袖！」

暗香盈袖，是一種從地底深處挖掘的一種香石，這種香石呈半透明狀，顏色為粉紅色，石頭內部有一層濛濛白氣，而這奇異的香氣便是自那香石內部傳出來的。

這種香石十分少見，在市場上也是有價無市，聽說這種香石每年開採出來的數量不超過百塊，且都是拳頭大小，有六成被送入皇宮，剩下的四成是一些有錢人抑或者是韓家這樣的大家族才能以高價得到。

韓香怡之所以清楚，也是她娘告訴她的。因為韓家有這樣的香石，即使數量不多，只有十幾塊，那也是他們花了近萬兩白銀購得的，十分珍貴。

而這種香石之所以取名為暗香盈袖，只因為這香石香氣極濃，且香味獨特，不是什麼花粉、花香可以比擬的。

有懂得這方面的人曾推測過，說這種香石或許是由一些殘花經過百年甚至千年歲月的融合凝聚而產生的，總之很是奇特。

而這種香石只需要米粒大小，將其放入袖內，香氣便可充盈全身，久久不散，據說曾有人這樣試過，香氣足足在身上存留一月之久，且香味淡去以後，只要將它再次與原來的香石放在一起，只須一個時辰，這米粒大小的香石便可以再次具有香氣；當然，香氣持續的時間也會減少，如此反覆幾次，直至這米粒大小的香石再無吸收香氣的能力，而這樣的時間可以持續三個月之久。

這暗香盈袖要想好好保存，很多人都尋找過方法，最好且最能完好保存暗香盈袖的素材便是紫檀木，若是其他木種製作出來的木盒，在裝了暗香盈袖後，不出一日，香氣便會自木盒擴散而出，所以不能很好地保存。

紫檀木卻不同。用它製作的木盒，可以讓暗香盈袖的香氣不擴散，這樣一來，香氣不散，也能讓暗香盈袖時時刻刻被香氣充盈，不會消失。

韓香怡震驚過後，急忙將蓋子蓋上，深吸了幾口氣，心跳有些加快。

這木盒內的暗香盈袖雖沒有很大，可也有嬰兒拳頭那般大小，若她沒猜錯，這樣大小的暗香盈袖若是賣出去，至少可以賣不少於十萬兩白銀的價錢，這對韓香怡來說無疑是一筆天大的財富，有了這筆錢，她就能在帝都買一間院子，就可以將她的娘親接來，讓她享天倫之樂；不但如此，這紫檀木盒也可以賣出不少於千兩的白銀。

想想看此刻她手裡的這兩樣東西值這麼多錢，她怎能不激動，不心跳加快呢！

「明澤他是怎麼弄到這東西的呢？這東西這麼珍貴，他是如何得到的呢？」一邊輕聲呢喃，韓香怡雙手不由緊緊地攥住那木盒，心裡面依舊難以平靜。

看著手中的紫檀木盒，韓香怡長長吐了口氣，最後還是有些不捨地將木盒放入衣櫃最下面，用衣服蓋好後，她回到床上，摸著胸口。

不得不說，在看到暗香盈袖之後，韓香怡平靜的心亂了。

這一夜，修明澤並未回來，韓香怡也輾轉反側，到了很晚才睡著。

翌日清晨，當陽光透過窗子射進來，照在韓香怡的臉上時，她睜開了雙眼，從床上坐起，看向那坐在桌旁喝著茶的男人。

「你何時回來的？」韓香怡來到修明澤身前坐下，為自己倒了一杯，喝了一口後問道。

「剛回而已。」

她放下茶杯盯著修明澤看了片刻，見其十分平靜的樣子，不由問道：「你今早回來怎麼不裝傻了？」

「那妳喜歡我裝傻的樣子還是現在的樣子？」修明澤答非所問地笑道。

「當然是現在……我都不喜歡！」

韓香怡話說到一半，急忙轉開，然後站起身子走到衣櫃前，從衣櫃下面取出那個精緻的紫檀木木盒，放到桌上，雙手扠腰問道：「你這是什麼意思？」

「妳不喜歡？」

「我當然喜歡，只是我不明白你為何要把如此貴重之物送給我。」韓香怡坐下來，握著茶杯坦然道。

「很貴重嗎？」

修明澤依舊一臉淺笑，那一雙丹鳳眼明亮異常，配上一張俊美無邪的面龐，直擊韓香怡的心房，讓她的心不爭氣地狂跳了幾下。

「當……當然貴重了，這木盒與木盒內的東西加起來能賣出十幾萬兩白銀的價格，你說貴不貴？」

「妳臉紅了。」修明澤看著俏臉紅透的韓香怡，不由調笑道：「莫非是被我俊朗的模樣給……妳這樣可怎麼好，咱們天天見，妳也不能天天臉紅不是？來，讓我安撫安撫妳躁動的心。」說著，他便伸出手，摸向韓香怡。

「不要碰我！」韓香怡嚇得急忙站起身子，待看到他那促狹的目光後，知道自己被耍了，頓時瞪著他道：「你又耍我，你就知道欺負我！」

修明澤一臉無辜地聳了聳肩，道：「我怎麼會耍妳呢？我疼妳還來不及呢，妳可是我的娘子呢！對吧，香兒？」

悄悄從門縫往裡看的香兒被修明澤這麼一叫，頓時嚇得險些摔進屋子。

「啊？大……大少爺，早。」

「香兒，妳……妳怎麼還偷聽我們講話呢！」韓香怡嚇了一跳，急忙低聲喝道。

「大少奶奶，香兒不是故意的，只是……」

「算了，妳先下去吧。對了，剛剛聽到的不許對別人說起。」

「香兒明白了，香兒先走了。」香兒急忙點頭，低頭離開了屋子。

「你早就知曉香兒在門外偷聽了是不是？」韓香怡坐下來，看著修明澤道。

「算是吧！」

「什麼叫算是？難道你都不擔心自己裝傻的事情被人發現嗎？」韓香怡瞪著他道。

「怕，不過我更怕別人真的一直將我當成傻子。」修明澤將茶杯中的茶一飲而盡，然後道：「我這傻子也要做到頭了，這麼多年，我也該回來了。」

「夫君你……」

「娘子，妳不要多問，我說過，我的事情我早晚會告訴妳，但是現在，還不是時候。至於這木盒內的東西，是我給妳的，妳收下便是，想怎樣處置，隨妳喜歡，是留是賣都可以。」說著，修明澤站起了身子，向外走去。

「你又要去哪裡？」韓香怡急忙站起身子問道。

「娘子，這個時間我當然是要去吃飯了，難道我還要去後花園裡賞花嗎？」擺了擺手，修明澤便開門離開了。

屋子裡只剩下韓香怡一人，她看著手中的紫檀木木盒，心裡升起一絲異樣的感覺。

這是他送與自己，只屬於自己的東西，雖然很貴重，但她也不會賣掉，可這東西留著又浪費……

韓香怡雙眼猛地一亮。

對了！自己可以將這玩意弄成粉末，與花粉摻雜在一起，這樣一來，自己的花粉香氣一定會更濃，這樣的香粉也定能賣個好價錢。

想到這裡，韓香怡的雙眼光芒四射，也顧不得去吃早飯，便要動手去做了。

第十二章

時間流逝，一轉眼已是月末，這幾天的時間裡，韓香怡一直在想辦法將暗香盈袖與自己的花粉融合在一起，且還不能被人發現。

可她試過多種方法，都不能將暗香盈袖的異香掩蓋住，因為暗香盈袖實在太香，這些普通的花粉根本不能將它的香味蓋住。

好在她每一次都只是用刀在暗香盈袖上刮下來一點點，即便是這一點點，一旦摻在花粉製作出來的香粉內，就會將原本香粉的香氣掩蓋，繼而變成暗香盈袖的香氣。

這些天她試過很多方法，比如直接將暗香盈袖加入香粉內，或在香粉製作完成之前就先與花粉融合在一起，或是在調和花粉和水的同時，將暗香盈袖加入其內……可無論是哪種方法，最後的結果都是一樣，製作出來的香粉都有很濃的暗香盈袖的異香，即便是浸泡在水裡的方法，蘊含的異香雖不是很濃，但也能清晰聞到。

「若不是擔心被韓家人發現，自己又怎麼會如此費力去掩蓋暗香盈袖的異香呢！」坐在石墩上，韓香怡雙手托著下巴，一臉無奈。

因為她瞭解韓家的香粉，其中就有一種是融合暗香盈袖的特殊香粉，這種香粉的價格也很高，若是一般的白玉盒香粉，他們賣五兩銀子一盒的話，那麼這種融合暗香盈袖的香粉便是十兩銀子，直接翻了一倍，儘管如此，也有很多有錢人會買這種香粉。

即使是多花五兩銀子，買回去的香粉卻更好，他們不在乎，可也正因為如此，韓香怡才會如此鬱悶。

就在韓香怡鬱悶的時候，一道聲音自不遠處傳了過來。

「想什麼想得這麼入神？」

韓香怡轉頭看去，當看到來人後，明顯一怔，詫異道：「你……怎麼來了？」

對於曾龍的出現，韓香怡十分詫異，他怎麼會無緣無故跑到自己這裡來？莫非是韓家派他來的？難道與香粉鋪有關？

「你怎麼來了？」韓香怡站起身子，問道。

「我可以進去說話嗎？」曾龍指了指籬笆道。

「當然。」

坐下後，曾龍便說道：「我來這裡並不是找妳的，妳不要多想。」

「那你是？」聽到他不是來找自己，她便鬆了口氣，那他是來幹麼的？

曾龍沒有馬上回答，而是想了想道：「只是在追一個小賊而已。」

剛他一路跟蹤，跟著翻牆至人家內院，可進了院子卻發現人已經不見了，隨後又繞了一會兒，這才發現不對勁；當他準備出去時，卻看到坐在那裡發呆的韓香怡，這才意識到，自己無意中闖入了修家，若自己再這樣往回走，很可能遇到修家人，到時被誤認為賊可就不好。

於是他主動與韓香怡打招呼，這樣可以讓她帶著自己從大門走出去，也乘機避免一些誤會。

「小賊？莫非……是偷偷進入了韓家？」

「嗯，就是被我看到了，這才追了出來，追了半天，隨著他翻了牆，卻沒想到無意中來到修家後院，正準備出去，便看到了妳，所以來與妳打個招呼。」

韓香怡瞬間明白了他的想法，於是笑了笑，道：「那你是準備現在就走，還是待一會兒再走呢？」

「現在便走吧，我看妳在想事情，也不打擾妳了。」說著，曾龍便要站起身子，不過卻沒邁步，似乎在等著什麼。

韓香怡也站起身子，笑看著他，道：「那我就不送你了。」

曾龍身子一僵，他本以為韓香怡會開口說要送自己，沒想到自己失算了，想到這裡……他皺眉道：「其實……我想要走出去，可又怕被人誤會，所以妳送我出去吧。」

「啊，是這樣。瞧我，都沒想到，那我送送你吧！」韓香怡裝作一臉驚訝，急忙說道。

曾龍心裡氣啊，這小丫頭是在等自己開口呢，她明知道他要走出修家需要她掩護。

小丫頭，腦子倒是轉得挺快。

在大門口處，韓香怡停了下來，笑看著曾龍說：「好了，那我就送你到這裡，你慢走。」

曾龍點了點頭，正要離開，突然他止住了腳步，道：「我總覺得最近帝都會有事發生，妳……自己多保重吧！」說完，便抬腳出了修家，很快融入人群中，消失不見。

「有事發生？會有何事發生呢？」

韓香怡站在門裡，看著外面熙熙攘攘的人群，心裡莫名有些煩躁。

送走了曾龍後，韓香怡回到自己的住處，可讓她沒想到的是，她剛一進院子，就被突然出現的一道身影嚇得差點叫出聲來。

「你……」

話還沒說完，韓香怡就被那人一把捂住了嘴巴，然後隨著他幾個起落，消失在修家院內。

「嗚！嗚！」

一路上，韓香怡不停地嗚嗚著，可對方用力捂住她的嘴巴，使得她只能無力地蹬著腿，只可惜她力量太小，在這黑衣蒙面男子面前就好像小雞一般，就這樣被那人帶著，一路穿街走巷。

見這人專挑無人的地方走，一看就知道他對帝都這些小巷子十分熟悉，沒有多久，便遠離了修家。

這一刻，韓香怡是真的慌了，所有的鎮定、所有的聰明彷彿都在這一刻化為烏有，她的心裡只剩下一些恐怖的畫面，如自己被殺、拋屍荒野，或被他們侮辱等等。她甚至已經在想，自己若真到了那刻，便咬舌自盡吧！

隨著她心裡各種想法冒出，她漸漸發現，自己被這黑衣人帶到一處十分破舊的草房前面。

黑衣男子來到這裡後，終於停下腳步，手一甩，便將韓香怡扔到一旁由乾稻草鋪成的地上。

這時，從屋內走出兩人，同樣是一身黑衣，不過從身形可以看出，其中一個是個女人。

到了這一刻，韓香怡已經從剛剛的驚慌恢復正常，她明白，自己此刻不能驚慌，要淡定，要想辦法逃離這裡才行。

看了看四周，發現周圍都是草屋，除了黑衣男子身後那條通向外面的細長通道外，再無其他的路可走。

「不要再看了，到了這裡妳是逃不掉的。」那抓自己來的黑衣男子冷笑著說道。

「大哥，接下來怎麼辦？」站在韓香怡左手邊那唯一的女子低聲問道。

「怎麼辦？當然是把她殺了，為我們即將死去的兄弟們報仇。」那黑衣男子冷聲說著，便要動手。

「嘿，大哥，這女人長得還挺俊俏，不如在殺之前就讓弟弟我先……」說完，那女子身旁的黑衣男子嘿嘿笑著，笑聲十分地淫穢。

韓香怡心裡一顫，一想到自己要被這個傢伙侮辱，她氣憤大於驚恐，只見她身子往後挪了挪，靠在牆邊，冷冷地看著三人道：「你們到底是誰？為何要抓我？」

「我們是誰？哼！」

那被稱為大哥的黑衣男子解下了自己的黑色面紗，出現在韓香怡眼前的，是一個素未謀面的人。

「你是……」

韓香怡目光中滿是疑惑之色，實在想不起來自己到底做了什麼對不起他們的事情，甚至還要殺死自己。

「哼，妳當然不認識我，可妳的夫君定然認得我們。」說話的是那女子。

只見女子也解下自己的面紗，韓香怡雙眼驟然睜大。

因為這張臉……很醜！

當然，若只是醜，她並不會覺得有什麼，只是因為這張臉，不久前她曾見過。

「妳……妳逃出來了？」韓香怡驚訝地叫出聲音。

這個醜女不正是那最後一輛囚車的女子嗎？自己當時為了尋找修明澤，將囚車上的每人都仔細地看了一遍。

尤其是對這個長相醜陋的女子印象極為深刻，說她醜，倒不是五官有多難看，只是因為她的鼻子……那不是一個正常的鼻子，而是一個朝天鼻！好似豬一樣的鼻子，這樣的鼻子放在任何一張臉上都十分明顯，極其扎眼，所以這也是為何韓香怡會一眼認出這女人的原因。

可那女人卻是臉色一寒，一腳抬起，直接踹在韓香怡的胳膊上。

這女人好歹也是個賊，身手自然不錯，所以這一腳力道很大。

韓香怡的小身板禁不起她這一腳，於是痛得大叫了一聲，同時臉色也有些泛白，手捂著那胳膊，身子不由靠牆靠得更緊了一些。

「逃出來？我呸！囚車裡的那個是我的姊姊，她現在已經被關在大牢裡，這輩子都不能夠出來，都是因為妳夫君修明澤，都是因為他！」那女人滿眼的怨毒之色，恨不得現在就一刀殺了韓香怡。

韓香怡聽罷臉色一變，皺眉問道：「我不懂你們在說什麼，我夫君是傻的，可不是你們可以隨意誣衊的。」

「傻子？」

那女人咧嘴一笑，笑容略顯猙獰，看在韓香怡眼中卻又平添幾分恐怖。

「若真把他當傻子，那我們才是傻的。」說話的是站在不遠處的黑衣男子，只見他靠在門板上，淡淡道：「別人或許以為他是傻子，可我卻不會。」

「你這話是什麼意思？」韓香怡看著他，眉頭皺得更緊了。

聽他這話裡的意思，自己夫君不傻一事似乎還有其他人知曉？

見韓香怡皺眉，那黑衣男子也沒想要隱瞞什麼，繼續淡淡道：「幾年前帝都發生了一件大事，有一夥強盜搶了一位當朝大員的錢財，這件事情一時間驚動了很多人，官府更是派出大量的官兵想要抓捕這夥強盜。

「可他們都是廢物，一個月的時間硬是連一根頭髮都沒讓他們抓到，漸漸地這件事情也算是過去了，原本這夥強盜以為事情過去了，卻沒想到，一個惡魔突然出現，將那夥強盜殺了個精光，還帶著那些搶來的財物離開了，後來出現一個俠盜將一大筆錢送給貧民窟的窮人。

「而那個惡魔……」說到這裡，黑衣男子看向了韓香怡，冷聲道：「就是妳夫君！」

「你胡說！既然那夥強盜已經被殺死了，你又是怎麼知道的？」

「我是怎麼知道的？」黑衣男子呵呵一笑，隨即臉色陰冷地說：「因為那天我剛好下酒窖準備取酒來慶祝一番，卻沒想到竟因此被我躲過一劫，而我也是偷偷看到那人的側臉，那個側臉我直到現在都不會忘記，就是妳的夫君修明澤！」

韓香怡心裡震驚，可面上卻毫無表情，忍著痛，她大聲道：「你們偷東西就該被抓，怎可怪到我夫君的身上？要怪只怪你們太貪心！」

「貪心？」那被稱為大哥的黑衣男子走到韓香怡的身前，冷眼看著她道：「妳說我們貪心？哼，真是笑話，修明澤他偷的東西比我們還多，比我們還值錢，為何我們只是偷了一次大富商家裡的東西就說我們貪心？」

「可不管怎麼說，你們還是偷東西了，偷東西就該被抓。」

「妳他娘的放屁，我們被抓還不是因為修明澤這個混蛋，要不是他將消息透露給那幫白癡官兵，我們會被抓？該死的，今兒個老子非幹死妳不可！」說完，那猥瑣的黑衣男子便要伸手去抓韓香怡。

韓香怡臉色一變，急忙伸出一隻腳踹了出去，直接踹在那黑衣人的手上，那黑衣人發出一聲慘叫，身子後退幾步，抓著自己的手，一臉痛苦之色。

剛剛韓香怡的一腳是用盡全力踹出去的，不偏不倚踹在他的手指上，所以在那黑衣人沒有及時反應過來時，直接把他的一根食指給踹折了，頓時痛得他亂叫起來。

「你們不要動我，動了我，你們也不會好過；再說，你們的朋友不是沒死嗎？進牢裡待夠時間自然就出來了，你們為何非要殺我？」韓香怡一邊想要站起身子，一邊喊道。

「出來？妳真以為他們還能出來嗎？」說到這裡，那黑衣男子眼中竟是泛起了殺意。他看著韓香怡，惡狠狠地咬牙道：「他們已經打入死牢，這輩子都甭想再出來了，妳說，我該不該殺妳？」

韓香怡心裡大驚，入了死牢？怎麼會？不就是偷個東西嗎？在裡面待上幾年也就出來了，怎麼會被處死呢？

就在韓香怡心裡十分震驚的同時，那被韓香怡踹斷一根手指的黑衣人突然一把扯下臉上的黑紗，臉上表情十分猙獰可怖。

「賤人！妳個賤人！竟然敢踹斷我的手指，老子要幹死妳，老子要幹死妳！」

那黑衣人一個箭步竄出，直奔韓香怡撲了上來。

韓香怡見狀，心裡一涼，暗道：完了！

「滾！」

可就在這時，站在她身前的那個黑衣人發出一聲吼叫，隨即一腳踹了出去，直接踹在那人的小腹之上。

那人痛得一聲慘叫，還來不及反應，直接撞到身後的一個破櫃子上，隨即腦袋一歪，竟直接昏了過去。

「大哥，你這是作什麼？」那醜女臉色大變，急忙怒喝道。

「哼，老子這輩子最恨的就是這種侮辱人清白的傢伙，這臭小子老早我就看不慣，平日裡老子睜一隻眼、閉一隻眼也就算了，現在還敢當著我的面幹這事，老子沒留情早廢了他那狗東西了，媽的！」

聽到大哥這麼一說，那醜女才反應過來，同情地看了一眼那個被踹昏過去的傢伙，心裡替他悲哀。

要說這事也是挺讓人難受的，原來他們大哥有個女人，長得還挺漂亮，為人老實，跟著他也安分，可那時候他們也不是什麼好人，到處偷東西，那女人有一次便被一個地主家抓到了。

那地主家當時就把那女的給玷污了，大哥氣得發瘋，直接跑出來一刀將那地主的腦袋給砍了，不過他的女人也因為不忍受辱而自殺，自那以後，大哥對於這種事情就十分介懷，凡是看到這種事情，都會覺得很憎惡。

這不，這小子好死不死撞到槍口上，被踹昏過去也是活該！

韓香怡看到這不可思議的一幕後，頓時覺得這個大漢似乎不是沒有人性，能這麼對待同夥人，說明他的心還是熱的。

想到這裡，她深吸了幾口氣，道：「謝謝你救了我。」

「哼，老子不是救妳，老子只是不想看著自己要殺的人死前被糟蹋而已，不要以為我好心，老子手上見過血，沒妳想得那麼好。」說著，那大漢便轉身走進了草屋。

見大漢走了進去，那醜女便來到韓香怡面前，此刻韓香怡已經嚇得雙腿發軟，再次跪在地上。

醜女也蹲下身子，一隻手用力一抓，抓住韓香怡的下巴，一邊看著她，一邊嘖嘖道：「妳這小臉蛋長得倒是挺好看，只可惜沒啥用了，要不我給妳刻個花吧！」

韓香怡一聽這話，只覺得後背冒出冷汗，身子也是不由自主開始顫抖起來。

在自己臉上刻花，這不是比殺了自己還難受嗎？

想到這裡，韓香怡身子更是緊貼在牆壁上，嚇得不再說話。

那醜女見狀，一把鬆開了韓香怡的下巴，哈哈笑道：「瞧妳嚇得慫樣，我懶得動妳，等會兒大哥出來，妳就直接去閻王殿報到了，祈禱自己不會受到痛苦吧！」

這醜女話音剛落，那大漢已然從草屋裡走了出來。此刻的他，手裡竟然拎著一把大刀，那把大刀十分鋒利，在陽光照耀下，閃動逼人的寒芒，這讓韓香怡覺得頭皮一陣發麻。

難道自己真的要死在這裡不成？還要被人砍了腦袋，落得死無全屍的下場？越想韓香怡越覺得害怕，越想越難過，她竟然哇的一聲哭了出來。

這一哭，倒是讓兩人都是一怔，隨即一臉古怪地看著她，道：「妳哭什麼哭，都要死了還哭！有個屁用！」

「你們才放屁呢！老娘都要死了，都要嚇死了，難道還不讓老娘哭一哭嗎？你們混蛋，人又不是我弄進去的，我什麼都沒做，你們幹麼殺我？你們混蛋！」韓香怡也是怕過頭了，直接將她在村子裡那女漢子一般的樣子表露無遺。

這一番話說得大漢與醜女都是一愣一愣的，這還是大家閨秀嗎？怎麼說起話來這麼粗魯呢？

正想著，只聽韓香怡繼續哭喊道：「老娘倒楣到姥姥家去了，我就說我不要嫁，他們非要讓我嫁，還讓我嫁給一個傻子，嫁給個傻子也就算了，這傻子還如此不安生，這不是要害死我嗎？嗚嗚……混蛋，你們都是混蛋，嗚嗚！」

韓香怡越喊越起勁，越罵越順溜，這麼一會兒就罵了一大堆。

那兩人對視一眼，都從對方眼中看到一抹驚訝與不解，驚訝的是韓香怡突然風格大轉變；不解的是，一個韓家大閨秀，怎麼如此粗魯呢？

當然，他們不清楚韓香怡的出身，也不知曉她從小就是在村子裡長大的，難免在說話方面與那些村野之人一樣。

來到帝都後，韓香怡漸漸改變自己，可她畢竟在那裡生活了十多年，哪裡是說改就改、說忘就忘的。

所以她這會兒已是來了勁，腿也不軟了，直接站起身子，指著他們便大聲罵道：「你們不是要殺我嗎？來啊！朝著老娘脖子這裡砍下來，老娘要是眨一下眼睛，就不姓韓！」

在這一刻，她儼然是把小時候與村子裡那些小男孩耍橫鬥狠的勁兒給拿了出來。

小時候她在村子裡可是出了名的小女霸，別看她在長輩面前乖得跟什麼似的，在小孩子堆裡那可是說一是一、說二是二，誰敢說不，直接就打！

「來啊，來砍我啊！沒種了嗎？沒種下次就別抓我過來，老娘沒這閒工夫陪你們玩！」說完，韓香怡便要轉身朝那細長的胡同走去。

就在這時，被韓香怡罵得有些發懵的兩人突然反應過來。

只見那醜女快步跑出，一聲嬌喝。「臭丫頭，不要跑！」

韓香怡此刻背對著兩人，那兩人看不到她的臉，可她知道自己的臉已經嚇得慘白了，剛剛她確實很激動，所以粗野了一下，可即便如此，她也明白，自己只能暫時嚇唬住他們，一旦他們反應過來，自己這點小伎倆就完了。

果然，她剛走到那小胡同口，身後便傳來那醜女的嬌喝之聲。她一聽到這一聲喊，身子一哆嗦，哪裡還敢停留啊，也顧不得腿軟了，腳一抬，撒腿便朝著那小胡同外跑去。

這時，那大漢也反應過來，急忙將長刀扔到草堆上，隨著那醜女一起朝著韓香怡追過去。

這一刻，韓香怡真想大喊一聲：夫君，快來救我！

可她清楚得很，夫君根本就不曉得她在哪裡，如何找她？

且不說夫君還不曉得她被抓，即便發現了，估計也夠他找的，所以目前自己要做的，就是盡快逃出這裡，走出這個沒人的地方，只要跑到人多的地方，諒他們也不敢把她怎麼樣。

想到這裡，她覺得自己有了希望，更加飛快向前跑去。

「老天爺，這次祢可要幫我啊！」一邊跑，韓香怡一邊暗暗祈禱著說。

因為韓香怡的吩咐，所以香兒這段日子白日都待在鋪子裡販賣香粉，只有晌午才會回來吃點東西。

可這次因為鋪子裡來的人有些多，所以她多忙活了一會兒，回來的時候已經過了晌午，本想吃點東西便趕回去顧店，可一進院子，就發現院子裡有一個竹簍不知何時掉落在地上，草地上散落一地的乾枯花瓣，而桌子上還有一盒打開的香粉。

香兒看到這些，不由微微一怔，隨即意識到不對，急忙跑進屋子，發現屋內沒人，不由一驚，忙大聲喊道：「大少奶奶，大少奶奶，您在嗎？大少奶奶？」

任憑香兒如何呼喊，都沒有韓香怡的身影，她不禁嚇得臉色發白。

她才過上幾天好日子，要是把自家主子給伺候沒了，那她的小命也就徹底完了。

想到這裡，她急急忙忙衝出屋子，又在院子裡大聲喊了幾句，可依舊沒人回應，不由心急如焚，腦子浮現自己挨了幾十個板子，然後被扔出韓家的血腥場面。

可越是如此，越是找不到人，最後香兒站在原地哭了起來。

沒多久，哭聲止歇，香兒冷靜下來，開始思考起來。

大少奶奶不會無緣無故不見，興許是去了其他的地方……

想到這裡，她離開院子，在修家走了一圈，看到下人也沒敢問，生怕別人知道似的。她在後花園幾個韓香怡可能會去的地方都找了一遍，漸漸肯定大少奶奶不在修家後，她心裡更是驚慌了。

好端端的一個大活人怎麼就不見了呢？難道是被人抓走了？

香兒急忙甩了甩腦袋，想將自己這種烏鴉嘴的想法趕緊甩開。

怎麼可能有人會進到修家來抓人呢？而且還是大少奶奶，這怎麼想都不可能啊！

香兒一個小丫頭沒有了主意，急忙快步回到院子。

此刻，院子裡有一道身影正站在那石桌前，看著地上散落的東西，待聽到身後有腳步聲後，才猛地轉身。
同時香兒也看清楚，正是那不知道跑哪裡玩去的大少爺修明澤。
頓時，她快步走進院子，來到修明澤身前，一臉恐慌地道：「大少爺，大事不好了，大少奶奶不見了！」
「怎麼回事？」這一刻修明澤臉上沒了往日的傻笑，而是一臉森冷。
香兒由於此刻腦子裡都是驚慌，所以也沒太注意，直接將自己回來後看到的一幕詳細描述了一遍，又把自己在修家走了一圈都沒發現韓香怡的事情一併說了後，便見修明澤臉色明顯不對勁。
修明澤也不說話，而是回到屋子裡，沒一會兒便走了出來，越過香兒，離開了院子，沒一會兒便消失在她的視線之內。
香兒揉了揉眼睛，先是一陣茫然，然後一臉不解地道：「我……我沒看錯吧，這是大少爺嗎？」
離開小院的修明澤臉色很是陰沈，他一下子便想到了什麼。
其實這消息還是早上的時候收到的，原來那夥人並非全部落網，還有幾個漏網之魚。他當時沒多想，可後來慢慢感覺到不對，這才急匆匆趕了回來，可是沒想到，自己還是晚了。
「該死！我怎麼早沒想到呢，這幫人都是凶惡之輩，香怡落到他們手上，定然凶多吉少。」

想到這裡，他不由加快腳步，眼看著就要走出他們住處這片範圍時，突然，地面上有一樣東西瞬間吸引他的目光。

「難道……」

才想著，他腳掌一踩地面，整個人向著另外一個方向竄了出去。

再說韓香怡，此刻她真的是十分痛苦，雙腿很痠，雙腳很痛。

前頭是她十分陌生的小巷或胡同，在巷弄間左彎右拐，很快地她便迷失了方向。

無奈身後仍不停傳來那醜女的叫喊之聲，她是不得不跑，因為若她停下，自己就真的完蛋了。

或許是這裡拐彎的地方特別多，每當對方要追上自己的時候，自己一拐，就能拉開一些距離，可是漸漸地她的體力有些支撐不住了，開始越跑越慢，越跑越喘。

眼看著身後的兩人距她也只有五丈不到的距離，就在這時，她的前方竟然出現一個死胡同。

竟然拐來拐去拐進了一個死胡同?!真是天要亡我啊！

這下韓香怡真的是面如死灰，她感覺體力已到極限，只覺得自己渾身痠痛無力，她踉蹌著轉過身，卻見那醜女和大漢已經來到她身後不到兩丈的距離。

她只覺得嘴裡發苦，一種想笑卻笑不出來的感覺，自己耗費全部的體力跑出來，不但沒有逃出虎口，反而還進了死胡同，這種感覺就好像明明快要擁有希望，卻一下子被人說，那不是希望而是絕望的感覺一樣。

她不跑了，跑累了，走到牆邊，靠在牆上，轉身看著慢慢逼近的兩人，長長地喘了口氣。

「你們現在要怎樣？抓我回去嗎？」

「妳這丫頭還真能跑，累死老娘了！」那醜女站穩身子，靠在牆上，一邊大口喘著氣，一邊說。

那大漢也是累得雙手扠腰，韓香怡見狀，不由笑了出來，道：「看樣子大家都很累，不如我們就在這裡先休息一會兒吧！」說完，竟一屁股坐到地上，腦袋靠在牆上，喘著氣，真的休息起來。

那大漢與醜女見狀，對視一眼，也都站在原地，休息起來。

到了這一刻，韓香怡似乎也不害怕了。

是的，真的不害怕了，死就死吧！只是心裡很難過不能在臨死前再見娘親一面，也不能將娘親接來享清福……

一瞬間，她腦子裡想了很多，最後，一道身影浮現在她的腦海之中。

「夫君……」她不由得輕聲呢喃。

那個人不知何時已經進了她的心底，在她不知不覺間占去一部分的位置。

到了這一刻，她沒有去恨他、埋怨他，只覺得自己有些對不起他。

身為他的妻子，修家的兒媳，也未給修家添丁，或許他們會埋怨自己，只望他不要怪自己才好！

心裡想著，她的眼角有淚緩緩落下，她不是害怕，而是不捨。

「其實，我們可以不殺妳，只要妳幫我們把妳夫君引出來，我們便可放了妳。」

那大漢有些動了惻隱之心，看見淚流滿面、梨花帶雨的韓香怡，腦海中又浮現出他女人死前的淒慘模樣。

可是在聽到這句話後，韓香怡的淚水卻突然止住，冷冷地看著他，道：「不可能，他是我夫君，他對你們做的事，我來還！他欠你們的命，我來償！想要動他，先殺了我！」

韓香怡感覺自己是從未有過的強大，至少她覺得自己這一刻是十分帥氣的，若再給她一次機會，她都未必能說出這樣的話，所以在說完以後，便直勾勾地看向他們，等著看他們接下來要如何回應。

那大漢站在那裡沈默著，那醜女更是一臉的古怪。

半晌，這個死胡同裡只有寂靜。

又過了一盞茶的工夫，那大漢突然道：「紅子，去把她抓來，咱們回去！」說完，便轉身朝外走去。

醜女聽罷，因為休息了半天，也有了力氣，便走到韓香怡身前，一把抓起她的手臂，幾乎是拎著韓香怡，朝外走去。

這醜女的個子比韓香怡高出一個頭，身子也比她壯實一些，所以抓她還不算費力。就這樣，在左彎右拐後，韓香怡終於再次回到那破草屋前，而那個被大漢打昏的傢伙還沒醒。

三人就這樣沈默地坐在這裡，韓香怡對於現狀還不是很清楚，因為她不知道這大漢心裡是怎麼想的。

半晌，只聽他緩緩開口道：「修家家大業大，勢力也很大，想必把幾個人從牢裡弄出來應該不是問題，我不殺妳，也不殺他，只要他肯把我的兄弟們弄出來，咱們之間的事就一筆勾銷，妳看如何？」

說著，那大漢看向韓香怡，似乎是在徵求她的意見。

韓香怡微微一怔，心想，這是在詢問我的意思嗎？

可她說了也不算數啊，夫君如何想的，她哪裡清楚，她可不認為自己可以左右他的意思，至少現在還不能。

想到這裡，她搖了搖頭，道：「你的意見即使我沒有問題，可是我不能保證我夫君會同意，畢竟這是他的事情，我插不了手。」

那大漢臉色一寒，冷聲道：「妳放心，我會讓他同意的。」

看到這一幕，韓香怡心中一緊，心道，他要做什麼？

正想著，只見他朝著一旁的醜女使了個眼色，那醜女會意後冷笑一聲，站起身子，朝著韓香怡走來。

韓香怡見狀，心裡的不安更濃，急忙退後，站起身子又要向著那胡同口挪去。

可那醜女怎麼會讓她再次逃跑，所以三步併作兩步，閃身擋住她，隨即伸出手，在她還沒有反應過來時，一把抓住韓香怡的衣服。

當韓香怡想要掙扎的時候，那隻手已經收了回去，她發現不知何時醜女的手上已經多了一物。

那是自己頭上戴的髮釵，她什麼時候拿去的？

隨著髮釵被拿掉，韓香怡的頭髮一下子變得鬆散，然後晃了三晃，便散了開來，長長的頭髮披散在腦後。

醜女冷冷一笑，拿著髮釵走到那大漢面前，將那髮釵遞給他。

他點了點頭，將那髮釵收好，然後站起身子，便要朝外走去。

這一刻，她要再不明白，真的就傻了。

他分明是想用自己的東西來騙夫君上當啊！雖然還不清楚他打算要如何做，但起碼不會是好事。

想到這裡，韓香怡便要去攔著他，可事實證明，她太異想天開了，醜女很快擋在她面前，只能眼睜睜看著那大漢走出胡同。

就在這時，那大漢突然發出一聲慘叫，整個人竟是倒飛了回來，然後重重摔落在地上，嘴角溢出一灘鮮血。

這一幕發生得太過突然，連韓香怡都愣住了。

那醜女隨即回過神來，快步朝那大漢跑去，將他扶起，朝著那胡同口看去。

韓香怡也順著看去，頓時，她腦袋嗡的一聲，淚水也在這一刻不聽話地湧出雙眼。

是他！夫君！

沒錯，來人正是修明澤，他來了！

第十三章

韓香怡只覺得喜出望外，因為她作夢都想不到修明澤會找到自己，除非有線索，或者一路上留下什麼標記，否則自己被人殺了都未必有人知曉。當初被抓來時，她還暗自後悔自己怎麼不沿路做下記號，扔點東西也行啊！

看到修明澤站在自己面前的時候，她的眼淚忍不住順著眼角流了下來。

修明澤轉頭看向韓香怡，看著她哭泣的模樣，心裡不由一疼。

都是他的疏失，若不是他沒有處理乾淨，也就不會發生這樣的事情。

想到這裡，他伸出一隻手，一把將韓香怡攬在懷中，一邊撫摸著她的手臂，一邊用下巴蹭了蹭她的頭。

「你終於來了！」這時，那大漢已經被醜女扶著站了起來，雖然受了傷，但還算無大礙。他冷冷看著修明澤，那目光中滿是憤怒。

修明澤緩緩轉頭，一臉冷漠地看著他，道：「我不找你，你倒先來找我的麻煩，你說，我要讓你怎麼死？」

「放屁，老子要殺了你，為我兄弟們報仇！」說著，那大漢霍地站起身，向著修明澤衝了過來，手握拳頭，直接朝修明澤的臉揮了過來。

修明澤一把將韓香怡推到一旁，然後一個閃身，躲過這一拳，接著身子猛地一矮，同時一條腿掃了出去。

那大漢剛才是猝不及防，所以被修明澤踢倒，現在他早有防備，自然不會這麼輕易就被打倒。

只見那大漢身子一躍而起，一條腿已然向著修明澤的小腹狠狠踢了過去，這一腳要是踢中修明澤，修明澤一定會被踢到吐血。

修明澤眼中寒芒一閃，身子往後一撤，瞬間輕鬆躲過，然後快速站起身子，迅速貼近。對於修明澤來說，最厲害的功夫便是殺人的功夫，他只要認真出手，必然是殺招。這一刻，他已經目露殺機，只見他手掌成爪，由下而上，快如閃電一般向著大漢的喉嚨索去。

大漢心裡大驚，震驚對方這樣的速度，更對他有如此厲害的身手感到不可思議。雖然他已經知曉對方並不是一個傻子，卻也沒覺得對方會有多厲害，只當修明澤學過一些粗淺的功夫而已；可現在看來，他不但厲害，而且狠毒，出手招招是死手！

心裡念頭一閃而過，大漢已經伸出手臂，抵擋住那一爪，可他還是低估了對方的力量。雖然他的手臂擋住了修明澤的攻勢，可那力量卻讓他的手臂在這一瞬間劇痛無比，緊接著便感覺到小腹傳來一陣穿心的痛苦，不由哇的一口鮮血噴出。

只見修明澤膝蓋頂在那大漢的小腹上，然後在他還未反應過來的剎那，另外一隻手快速揮出，瞬間朝著他的心口重重砸去。

這一拳若是砸中，這大漢必死無疑。

就在這時，韓香怡猛地大喊了一聲。「住手！」

這一聲直接讓修明澤的拳頭硬生生停在距離大漢心口不到一寸的距離，就這麼停住了。

「哼！」修明澤一甩，將那大漢扔到地上。

對他來說，這個大漢根本就不夠看，不要說五分力，就連三分都沒用到。

此刻的大漢倒在地上，雙手捂著小腹，表情痛苦異常。一旁的醜女早已嚇呆了，隨後才慌忙地跑到大漢身旁，察看他的傷勢。

韓香怡靠到修明澤身邊，只聽修明澤冷哼道：「為何不讓我出手殺他？這種人留下來也是個禍害！」

「留他一命吧，他……剛剛救過我。」

於是她將大漢阻止同夥人侵犯她的一事告訴了他。

雖然韓香怡認為大漢或許是因為其他原因才會這麼做，但他還是救了她，要不然，自己現在已經……

修明澤聽了韓香怡的話後沒有開口，而是沈默了片刻，然後看向那重傷的大漢，冷聲道：「我可以不殺你，但你要向我保證，以後不准再動我的親人，有事你找我，我隨時奉陪，若你再動他們，下一次，我定殺你！」說完，便拉著韓香怡朝著那胡同走去。

身後有著醜女的啜泣聲，有著大漢的喘氣聲，可這一刻，韓香怡彷彿什麼都聽不見了，耳旁只有修明澤關切的話語，現在的她是幸福的。

「對了，夫君，你是怎麼找到我的？」

韓香怡突然想到，自己被抓來這裡，沒留下什麼記號啊，他是怎麼找到自己的呢？

修明澤沒有回答，而是在走了一段距離後，突然指了指不遠處一個角落的地面。

順著他手指的方向看去，韓香怡頓時明白了。

原來那裡正有一個白玉盒靜靜躺在地上，韓香怡摸了摸自己的袖子，裡面空空如也，看來那就是自己的香粉盒了。

其實這是她的一個習慣，不管是出門還是在家，她都喜歡在自己的袖內放一個香粉盒，卻沒想到這次因為它救了自己一命！

想到這裡，她突然很慶幸，看樣子自己以後還要在身上放一個，這樣說不定什麼時候就能用到呢。

撿起那白玉盒，韓香怡擦了擦上面的灰塵，只見盒內還有少許的香粉，其餘的想必都已經撒在路上。她蓋上蓋子，便與修明澤一起離開了。

果然如她所想，一路上每隔一段路便能看到一些香粉，直到回到修家的一處院牆，也依舊能看到一小撮香粉。

正想著，韓香怡只感覺雙腳瞬間脫離地面，正要驚叫，卻感覺到腰一緊，被人摟住了，而臀部下方也是被一隻手緊抱著，她下意識伸出雙手，摟住他貼近的脖子。

只見他腳掌一點地面，整個人一躍而起，躍上了兩公尺高的院牆，然後翩然落下，過程中，韓香怡始終用雙眼看著修明澤的臉。

這個角度雖然無法看到整張臉，可她還是能看到他大半張側臉，那美麗得連女人都嫉妒的容貌印在韓香怡的眸中，讓她有了一絲迷醉。

這就是自己的夫君，不傻，很聰明，很帥氣，也很厲害！

這與她原來所見的完全不同，她現在心裡滿滿都是幸福與開心，因為她是幸運的。

等兩人落了地後，修明澤淺笑道：「妳還準備賴在我身上多久？」

這話一出，韓香怡才反應過來，他已經將自己放下來了，可自己的雙手還是緊緊摟著他的脖子，緊貼在他的胸前，不由俏臉一紅，便要離開。

可就在這時，修明澤伸出雙手，一把摟住她那纖細的腰肢，在她錯愕的目光中，臉逐漸貼近，然後他的唇印在她的唇上，兩人吻在一起。

這一吻，很深，修明澤不停地親吻著她的唇，舌頭也伸了出來，舔舐著她的唇，讓她微微一麻，然後便下意識張開了唇，接著他的舌頭又開始摩擦著她的齒。

韓香怡再次淪陷，就這樣，修明澤的舌頭成功攻入她的堡壘，纏住了她的香舌，兩人就這樣嬉戲了不知多久。

韓香怡整個過程都是混混沌沌的，只覺得自己渾身酥軟，彷彿要飛上了天。此刻的她，連呼吸都感到有些困難，嘴唇也是又脹又麻，終於，修明澤的舌頭退了出去，兩人的雙唇這才分開。

可韓香怡整個人還是處於一種呆滯的狀態，修明澤看著可愛，不由再次低下頭在她那紅腫的唇瓣上輕輕地啄了一下，然後才伸手在她的臉上掐一下，柔聲道：「發什麼呆？走了。」

「啊？啊！」

修明澤牽著還有些發懵的韓香怡，兩人一前一後地回到自己的院子。

一回來，香兒幾乎是跳著從石墩上起來，快步跑到韓香怡的面前，拉著她的手，一臉焦急地道：「大少奶奶，您……您沒事吧！香兒快要嚇死了，還以為您真的出事了呢！看到您安然無恙地回來，香兒就放心了！」

說著，這妮子竟然還抽了抽鼻子，哭了出來。

韓香怡此刻也是回過神來，從修明澤那裡抽回另一隻手，抱了抱香兒，又為她擦乾眼淚，笑道：「哭什麼，我這不是沒事嗎？放心吧，我好著呢！」

香兒忙點頭，可突然，她表情一僵，看著韓香怡那紅腫的唇，驚訝道：「大少奶奶，您的嘴唇怎麼腫得這麼厲害呀！不會被什麼東西螫了吧？好嚴重啊！」

韓香怡一聽這話，俏臉又紅了，狠狠地瞪了一眼在一旁幸災樂禍的修明澤，然後無奈道：「不是，只是……算了，與妳說了妳也不懂，總之我沒事，妳就放心吧！對了，鋪子裡……」

話還沒說完，香兒「啊」的一聲，匆匆離開了。
韓香怡無奈地搖了搖頭，然後向著屋子走去。
走了幾步，卻見修明澤並未跟上來，她一臉疑惑地轉頭看向了他，只見他此刻正一臉專注地看著青石上曬著的花瓣，不由疑惑道：「夫君，你在看什麼？」
見他正看著青石上的花瓣入神，她不由又問了一次道：「夫君，你在看什麼？」
修明澤沒有說話，而是拿起一片花瓣，道：「妳這些花瓣，可以入藥。」
「入藥？」韓香怡一怔，一下子還沒有明白，隨即錯愕道：「你的意思是……我這些花瓣可以做成藥？」
「沒錯，當然，妳這些還只是半成品，算不得最後能用的那種藥材，不過若妳想要將曬乾以後的花瓣賣給藥鋪的話，我可以幫妳，我認識一個人專門收這些東西。」
韓香怡一聽這話，眼睛頓時一亮，她現在對於錢可謂十分渴求，只要是有錢賺，她自然沒有問題，只是……
皺了皺眉，韓香怡道：「你也看到了，我這些花瓣僅夠我製作香粉，也沒有多餘的，更別說還要賣給藥鋪。我明白，一般藥鋪收藥材都是按照斤來計算的，我這些加起來也不夠兩斤，別說賣給藥鋪了，就算我自己用來製作香粉，都不是很夠。」
修明澤聽到這裡，點點頭，沒有再多說什麼，而是道：「那這件事情就先放一放，咱們先說說別的。」

「別的？還有何事？」韓香怡一臉疑惑地看向修明澤，感覺他有些怪怪的。

修明澤從胸口衣襟內取出一樣東西，遞給她，道：「這是我這段時間整理出來的，內容是關於帝都那些富商大豪身邊那些女人的個人喜好，以及一些隱秘的事蹟，基本上都在這裡面，妳可以拿去看看，或許對妳有幫助。」說完，他便抬腳向外面走去。

「你還要出去嗎？」韓香怡不禁問道。

「晚上就回來。」修明澤背對著她擺了擺手，便離開了。

韓香怡知曉自己多問也無用，拿著那東西進了屋子，來到桌前坐下，將它攤開在桌上。

那是一塊錦布，看錦布的材料似乎很昂貴，摸上去很滑順；再看那錦布上，有很多密密麻麻的字，卻分段明顯，似乎將每一個人都分成一個一個的小塊。

韓香怡走到窗前，將窗子支起，便坐在窗前看下去。

只見這第一個小塊內，寫的是一個叫做周作木的油商，他家財萬貫，有一妻兩妾，妻子是書香門第的女兒，兩個小妾都是青樓裡的女子。

看到這裡韓香怡不由覺得好笑，都說商人最是低賤，最高尚的便是讀書人，可往往與商人聯姻的便是這些書香門第，想想便覺得有趣。

想著，韓香怡又往下看去，只見上面開始寫了很多關於這三個女人的喜好，平日裡最喜歡做什麼；比如這妻子，許是讀書人的女兒，所以她只要有時間，便會去一個叫做茶香樓的茶館裡聽那些文人雅士說一些文言。

而那兩個妾，因為出身的緣故，所以都喜歡逛一些花花綠綠的地方，比如綢緞鋪子、花草鋪子。

總之，這三人，是屬於兩種截然不同的性格，不過再多讀下去，韓香怡卻發現自己想要的東西——這三人也都喜歡香粉。

富商妻子喜歡清新淡雅，聞起來十分清淡卻又讓人回味無窮的香粉，這讓韓香怡想到梔子花與百合花，淺白素雅，乍一聞之，並不會惹人注意，可細聞卻又綿延悠長，這種花製作出來的香粉，十分暖人心，想必會適合那妻子的喜好。

再看那兩個妾，因為關係好，所以喜歡的東西也十分相近，就拿這香粉來說，她們就都喜歡那些十分醒目、顏色豔麗、濃妝豔抹範疇的香粉，一聞便香氣四溢，可在極大限度將自己身上的香味擴散開來，不過這種香味不能持久，卻能在短時間內吸引人的注意力，想必她們喜歡走在街上，引人注目。

這不由得讓韓香怡想起牡丹與玫瑰，這些花很香、很誘人，初看便是顏色豔麗，一聞則是香氣四溢，香味甚至可以將身子外兩丈內的人都吸引住，這樣張揚，倒是滿適合這兩個女子。

就這樣，一邊細細地看著這上面所寫，韓香怡為其配對香粉，表情也是越來越興奮，最後當她合上那錦布時，天邊已經一片紅霞。

夕陽西落，已經臨近夜晚。

不過韓香怡並沒在意這些，她現在滿腦子都是錦布上的那些字，包含那些女人的喜好，還有每一朵花、每一種香粉的組合，這都讓她覺得興奮異常。

「有了這些東西，我就能很清楚地瞭解每個人對香粉的喜好，繼而正確搭配出屬於她們個人的香粉，這樣一來，相信就會有更多人願意來自己的鋪子裡買香粉，這樣自己也能賺更多錢了。」

一想到自己可以賺更多錢，韓香怡便是興奮地握緊拳頭。

她坐在那裡想了想，馬上走到一旁取來紙墨筆硯，一邊磨墨，一邊在腦海中捋順那些事情。

很快，她拿起毛筆，沾了沾墨汁，在紙上刷刷地寫了下來。

周氏：喜清新淡雅，可配梔子花與百合花香粉。

李氏與吳氏：喜……

不須過多思考，韓香怡便將每個人所需要搭配的香粉一一寫了下來。

這一寫便是近一炷香的時間，當她放下筆時，那紙上已經密密麻麻寫了很多字。

甩了甩有些麻木的手，韓香怡越看越覺得不錯，便拿起來吹了吹，待得風乾後才收起來。

按照上面所寫的配製出來，即便不能真的賣給她們，起碼也有合適的人。在這個時候，腦海裡浮現出一些念頭，雖然還不是很清晰，但她相信，自己很快便可以想明白，然後付諸行動，想到這裡，她又咧嘴笑了笑。

錢，似乎真的能賺得更多了，將自己的娘親接來這裡的希望也越來越大了啊！

徑山寺，位於徑山山脈內的一座寺廟，寺廟常年香火鼎盛，因為距離帝都很近，所以很多人都會來這裡燒香拜佛，祈禱一家平安。

當然，若僅靠這些人的香火錢，還不足以支撐徑山寺這個百年老寺，原本徑山寺已經潦倒殘破，突然在十幾年前，有人出了一大筆錢，將這寺廟整個翻修一遍，不僅如此，還將寺內的大佛鍍了金身，而這個出錢修繕廟宇的人便是韓景福。

很多人都清楚他為何會這麼做，只因為他的母親到這徑山寺，在這裡帶髮修行，也正因為如此，每年韓景福都會為徑山寺捐出一大筆錢，用於寺廟的建造維護等等，也使得徑山寺由十幾年前的一個小寺廟變成如今擁有眾多信眾的大寺，有很多香客前來燒香禮佛。

今天便是韓家為徑山寺捐錢的大日子。

韓家的車隊直奔帝都東城門而去。前行的三輛馬車，最前頭載著韓景福與兩位夫人及少爺，第二輛載著韓家小姐，至於第三輛則是載著錢與一些物品。

由於這是韓家的大事，韓香怡在前幾日也收到通知，即使她不想去，最終還是得陪同前往。

韓香怡坐在馬車上，與韓柳靜與韓如玲同一車。此時的馬車上，三人分別坐在兩邊，韓香怡單獨坐在右邊，左邊則是韓柳靜與韓如玲。

馬車裡十分安靜，安靜到有些詭異，誰都沒有要開口的意思。

韓如玲低著頭，不知道在打什麼鬼主意；韓柳靜則是閉著雙眼，似乎在閉目養神；韓香怡撩起窗簾，向外看去，一時間，看著倒也十分和諧。

馬車駛出帝都，來到外面，帝都的南門與北門是直通官道的，而東門與西門則是普通的土道，並未鋪設磚石，因為前幾日連續下了幾場雨，使得這土道變成泥濘的泥路，馬車走過，留下兩道長且深的車輪印記。

馬車行駛得不快，韓香怡將腦袋伸出馬車，向前看去，可以看到前面的遠處有一片連綿的山脈，那裡山巒起伏，卻能看到一座聳立在山巒之中的高塔，那高塔足有幾丈高，即便距離很遠，也還能看到。

韓香怡曉得，那裡便是他們此行的目的地了。不過讓她感到詫異的是，韓家只不過是給徑山寺捐錢和一些物品而已，有必要這麼勞師動眾嗎？

韓家除去她的姑姑韓鳳英，其他人都出席了。

看樣子，一定與韓家老祖宗有關！若真是這樣，她倒還真該來一趟，畢竟自己也是韓家人。

韓香怡放下簾子，又坐回原位，目光隨意地掃過對面兩人，見她們一個低頭，一個閉眼，便也無聊地擺弄著自己的手指。

路很遠，馬車來到山腳下時已經是一個時辰以後。

一行人下了馬車，韓朝鋒與韓朝陽分別走在韓景福與兩位夫人身邊，四周有丫鬟、婆子緊緊跟隨；韓柳靜與韓如玲也跟在他們身後，有丫鬟隨行伺候，唯有韓香怡走在最後，身邊沒有半個下人。

早知道如此，就把香兒也帶來，起碼有人與自己說說話，像現在這樣，倒也無聊，無奈現在也只能自己一人前行了。

由於山路難行，馬車上不去，所以眾人只能從山腳下一步一步往上走去。

山路還算平緩，向上走了約莫一盞茶的工夫，就能看到一路向上延伸而去的石階，從下面向上看，這石階似乎足有上千臺階，蜿蜒向上，看不到盡頭。

前面路上不時傳來談笑聲，頓時讓韓香怡在這裡顯得異常孤立，彷彿她根本就不是韓家人一樣，是被忽略排擠的一個。

就這樣，沿著山路石階走了大約一炷香的時間，韓香怡便看到拐彎處，前面眾人順著石階走了上去。

韓香怡急忙跟上，拐過彎向上一瞧，不由咋舌，又是石階，不過這次好在可以看到那石階盡頭的寺廟，也就是說，走過這些臺階，徑山寺便到了。

這時前面的眾人都停了下來，走了這麼久，都累得氣喘吁吁，所有人或靠或坐地聚在一起。

韓香怡此時也感到累，但她沒有湊上去，而是在下面找了一處凸起的石頭坐了下來，一邊擦著汗，一邊喘著氣。

就在這時，一個牛皮水袋遞了過來，韓香怡抬頭一看，正是韓朝鋒，不由露出了笑容，接過水袋，咕嚕咕嚕地喝了幾口，這才又還給他，並笑著道：「謝謝！」

韓朝鋒一路上一直都與自己的爹娘走在一起，其實他是想下來陪韓香怡的，只是他若真的這麼做，那就一定會讓其他人心生不滿，這對韓香怡不好。

「讓妳受苦了。」韓朝鋒拿出手帕為韓香怡擦了擦額上的汗，有些心疼地說道。

韓香怡笑著搖了搖頭，道：「哥，你不要這麼說，我既然來了，就明白該怎麼做；再者，你有你的難處，我懂。」

說著，她還笑著揮了揮手，道：「瞧，我還是有力氣的，走這些路不算什麼，之前在我還沒來帝都的時候，在家裡也是經常做農活，來到這裡以後我也沒閒著，所以在體力上我還是沒問題的。

「對了哥，鳳英姑姑為何沒來？連我這嫁出去的女兒都被叫來了，姑姑為何……」自從上次一別，韓香怡本想再見韓鳳英一面的。

韓朝鋒無奈地苦笑了一聲，道：「鳳英姑姑以前也是會來的，不過後來好像聽說是與裡面那位鬧了矛盾，而且似乎還不小，所以從那以後都沒來過了。至於為了什麼，長輩們不說，我們小輩的自然也就不問了。」

聽到韓朝鋒如此說，韓香怡這才點點頭，原來是這樣啊！

見韓香怡那一臉了然的模樣，韓朝鋒也是笑了笑，又將水袋遞了過去，道：「這水袋妳拿著吧，前面還有一段距離，妳若渴了就喝點，也省得路上難受。」

韓香怡見狀，便接過水袋，笑著點了點頭，表示自己明白，他這才笑著離開。

韓香怡看著韓朝鋒的背影，直到他回到上面的人群裡，這才收回目光。可就在這時，她突然看到一路上都未與自己起爭執、甚至連話都未說過半句的韓如玲正一臉怨毒地看著自己。

兩人視線一交集，韓如玲便急忙慌張地轉過臉看向別處。

韓香怡見狀，不由眉頭微微皺起，心中也升起一絲不安。

這丫頭心眼壞著呢，若她見到自己便與自己爭吵，倒也能放心，起碼她沒有忍下來，可這一路她什麼都沒說，只是低著頭。韓香怡還在疑惑怎麼回事，直到剛剛看到她那仇恨的目光，才幡然悔悟。

還以為她不會做什麼，看來是自己想得太好了，看她那樣子，她還恨著自己，只是不知路上為何沒動靜，難道她要忍著到寺裡才對自己出手？

以她的瞭解，這丫頭不像是個能忍得住的人啊……

想到這裡，韓香怡的目光猛地轉向一旁正與韓景福有說有笑的韓柳靜，看著那一臉柔和的笑容，若不瞭解她的人，還真以為她為人很好。

可韓香怡很清楚，她更為陰毒，只是平日裡不顯山、不露水而已，現在想來，或許韓如玲不動自己，是那韓柳靜的主意。

想到這裡，她不由暗嘆一聲，看樣子自己這一行怕是不會那麼容易了。

收拾好心情，韓香怡隨著眾人再次出發，朝著那徑山寺走去。

又走了半炷香的時間，一行人才來到徑山寺寺門前。

此時，雖天色尚早，可已經有很多人來這裡拜佛了，上山的路上便遇到一些或上山、或下山的信眾。

隨著韓家眾人走進寺廟，韓香怡看到有幾個穿著黃袍袈裟的僧人快步朝著他們走來，為首的一人個子不高，卻可以看到那一身肥肉，隨著他每一步走出，都顫抖得厲害，而這人看年紀也不小，那長長的鬍鬚已經摻雜幾縷白絲。

在那人身後則是跟著兩個中年僧人，個子都不矮且身材消瘦，倒像個僧人的模樣，這兩人身後則是幾個年輕的僧人。

為首的僧人來到韓景福身前，手掌豎在胸前，道了一句「阿彌陀佛」，便笑著道：「韓施主，別來無恙啊！」

「大師您也安好。」

「好！呵呵，這都是虧了韓施主您的施予，才讓徑山寺有了今日的輝煌。」

「哪裡哪裡，是大師您主持得好。」

兩人虛假地寒暄了幾句，韓景福便叫人將那兩大箱子的東西抬出來。

韓香怡明顯看到，那大師在瞧見那兩個箱子後，一雙被肉擠在一起的小眼睛瞬間睜大了，好像都閃爍著光芒一般，不由心裡暗暗發笑。

一個小和尚帶著那些下人，不，應該說是帶著那兩個大箱子，朝著後面走去。

韓香怡隨著眾人進了寺廟，走過一道小門，來到寺廟的後院，便見韓景福快步走到一扇半開著的門前站定，卻沒有進去。

韓景福直接對著那半開著的門咚一聲跪了下去，聲音有些顫抖地道：「娘親，不孝兒給您請安了。」說著，便一頭磕了下去。

再看他身後的韓家眾人，也都是隨著韓景福一樣磕了下去，韓香怡先是一怔，隨即也明白了，急忙隨著眾人磕頭。

只見韓景福磕了幾個頭後，跪在那裡，語氣略顯悲戚地道：「娘，不孝兒來了，您出來見見兒子吧！」

可是屋子裡沒有動靜，靜悄悄的，似乎沒人，韓景福還是繼續跪在那裡，他跪著，眾人自然也不敢起身，只得跪在那裡。

又過了片刻，韓景福正要開口時，那半開著的門被打開了，一個小和尚走了出來，豎起手掌道了一聲阿彌陀佛，便對著韓景福道：「韓施主，請進吧！」

說完，才將門完全敞開，示意眾人進去。

韓景福站起身子，抬腳走了進去。眾人見狀，急忙跟上，韓香怡也快步走了進去。

一走進去，便能聞到一股淡淡的香氣，是從香爐裡散發出來的。

在眾人的前方不遠處，有一道身影盤腿坐在蒲團之上，背對著眾人，一邊敲著木魚，一邊輕聲唸誦著經文。

老人頭髮花白，一身僧衣，顯得十分樸素，似是沒有注意到眾人的到來，依舊小聲唸著。

一時間，屋子裡只有那老人的唸經聲，顯得格外古怪。

韓香怡看向眾人，發現所有人都是靜靜地站著，表情鎮定，似乎都已經習慣這樣。她不由吐了吐舌頭，乖乖站在那裡。

就這樣，又過了大約一炷香的時間，老人終於停止敲打木魚與唸經，放下手裡的東西後，才站起身子，轉身看向眾人。

平靜的目光掃過眾人，卻在看到最後面的韓香怡時，原本平靜的目光竟在那一刻起了一絲波瀾。

韓香怡一直在暗暗觀察著這個老人，當她注意到老人眼中的波動後，不由心中一驚。

因為那一絲波動竟然是……恨！

韓香怡是在村子裡長大的，十多年來不要說韓景福，就連一個下人都不曾見過，更不要說這個在寺廟帶髮修行的老人家了。

韓香怡與韓家老祖宗從未見過面，所以她不明白對方為何會用這樣憎恨的目光看著自己，她心中有些發涼，一時竟是站在那裡有些不知所措。

老人的目光並未停留多久，只看了幾秒便移開目光，最後落在韓朝鋒與韓朝陽身上，對著他們笑著擺了擺手，道：「你們倆過來。」

韓朝鋒兩人急忙走上前去，被老人握住手，然後聽那老人笑著說道：「你們有沒有想祖母啊！」

「當然有，我昨兒個作夢都在想呢！」韓朝陽嘿嘿一笑。

而一旁的韓朝鋒則是微笑著點了點頭，畢竟他曾在這裡陪著老祖宗待過幾年，所以和老祖宗很親，此次見到了她，自然很高興。

老人也是和藹笑著，完全沒有剛剛看向韓香怡時的那種目光。

韓香怡默默地看著這一幕，心裡升起一種莫名其妙的感覺。

她是被人討厭了嗎？是因為自己的身分嗎？心裡不由自嘲一笑。

原本她也沒把自己當作韓家人，加上現在已經嫁了出去，自然也不會向著韓家靠攏。

只聽那老人笑道：「朝鋒啊！你和小靜也都不小了，準備何時娶嫁啊？」

韓朝鋒笑了笑，道：「我不急，等我從書院畢了業，自然會考慮這方面的事情；至於小靜，她倒是該著急了，今年她都十六了，再不嫁人就成老姑娘了。」

站在眾人之中的韓柳靜嬌嗔了一聲，便走出人群，來到老人面前，拉著她的手臂，撒嬌道：「老祖宗，您甭聽我哥亂說，我才沒有變成老姑娘呢！」

老人笑呵呵地看著她道：「我們家小靜還臉紅了，怎麼著，是否有心上人了？與我說說，我叫妳爹替妳做主。」

韓柳靜似乎一下子想到什麼，俏臉頓時一紅，然後撒嬌道：「您說什麼呢，小靜才沒有呢！」

隨後眾人在這裡有說有笑地聊了半天，只有韓香怡一人站在後面，坐也不是，站也不是。

她見大家都站著，自己坐下太不禮貌，可他們也不理會她，她一人站在這裡倒也不舒服……

就在她有些不知所措的時候，韓朝陽突然對著她招了招手，道：「姊，妳過來！」

這一個字頓時讓在場所有人都是一愣，隨即都看向韓香怡這裡。

韓香怡心裡暗罵他腦子壞掉了，怎麼能在這樣的場合這樣叫她呢！這不是把她往火坑裡推嗎？可到了這時，她能做的只是硬著頭皮走過去。

韓朝鋒也是皺了皺眉，對於自己這個弟弟的粗枝大葉也感到無奈。

他怎麼就看不清現在的情況呢？

韓朝陽拉著韓香怡來到老祖宗面前，笑著道：「您還沒見過吧！這是我姊，現在可是修家的媳婦呢！」

老祖宗看了韓香怡一眼，然後淡淡道：「時間也不早了，咱們去吃齋飯吧！」說完，率先朝外走去。

所有人都急忙跟上，只留下韓朝鋒、韓朝陽和韓香怡三人。

「你這臭小子，也不看看情況，現在好了。」韓朝鋒說完，瞪了自家弟弟一眼，又對韓香怡道：「香怡，妳也不要在意，老祖宗人不壞，只是可能和妳不熟，所以……」

韓香怡點點頭，道：「放心吧，我沒事，我都明白。」她笑了笑，走了出去。

韓朝陽則是站在那裡，不明所以地摸了摸腦袋，似乎並不清楚自己做錯了什麼。

韓朝鋒無奈地搖了搖頭，也跟著走了出去，只留下韓朝陽站在那裡一臉不解。

一行人來到齋堂，此時裡面已經有很多和尚在吃飯，他們依次拿著碗筷，取了飯菜，便坐下用餐。

寺院的飯菜都是清淡的，沒有肉，韓香怡倒也不介意，拿了一個饅頭和一碗清湯，又拿了一盤炒白菜，便坐在一處吃了起來。這時，有兩人朝著她這邊走了過來。

看到來人，她不禁一怔，來人不是韓朝鋒和韓朝陽，而是韓柳靜和韓如玲，她們怎麼會來自己這邊？

心裡還在琢磨，她們已經來到自己對面坐了下來。

韓柳靜還是一臉冷漠的模樣，一邊吃著菜，一邊看著四周，而韓如玲則是坐下後便看著自己，那樣子似乎要將自己看透一般，這讓韓香怡十分不舒服。

「妳到底想要做什麼，這樣看著我幹麼？」韓香怡終是忍不住，問道。
韓如玲依舊是一臉冷冷地看著韓香怡，稍後才道：「我有話要與妳說。」
「那妳就說吧，何必這麼看著我。」
「不過不是現在，下午午睡以後，妳在後山那裡等我，我會與妳說清楚。」說完，她不再看韓香怡，而是低頭吃了起來。
直到兩人用餐完畢，站起身子要離開時，韓如玲才說道：「妳一定要來，要不然咱們的事情不算完！」說完，便與一直都未開口的韓柳靜離去了。
韓香怡坐在那裡，一臉錯愕。
去後山，她會對自己說什麼？大罵一頓？還是找人打自己？
前者很有可能，後者則是自己多想。
韓香怡吃完飯後，將碗筷放回去，來到院子裡，由一名和尚帶著她們去到午休的地方。進了屋子，躺在床上，韓香怡並沒有馬上睡著，而是想著韓如玲話裡的意思。
「難怪一路上都沒與我爭吵說話，看樣子是打算到了那裡再解決嗎？」
她不由做了決定，既然如此，那便去吧！反正她們之間的事情早晚都要解決。
想到這裡，韓香怡便放下了心，閉上眼睛，很快地睡著了。
等她再次睜開眼睛時，是被寺院的鐘聲叫醒的。
看了看外面的天色，已經不早了，日頭已經開始向西方落去。

韓香怡下了床，整理了一下自己的衣著，便推門走往後山方向。

因為天色不早了，寺院已看不到往來如織的香客，她出了寺院，繞過院牆來到後面，此時向著天邊看去，已經可以看到天邊的一片紅霞，甚是美麗。

韓香怡找到一塊大石，她半靠半坐地等待她們的到來，可轉眼一盞茶的工夫過去了，也沒見人來。

韓香怡皺了皺眉，又等了一會兒，此時大約一炷香的時間過去了，她終於站起身子，察覺到不對勁，急忙向著寺廟正門趕去，此時天色已經暗了下來，寺廟周圍沒有一道人影。

韓香怡心中更是焦急，直到此時，她才確定，自己被她們耍了，她們根本就沒想要來這裡，她心裡升起一絲不好的預感。

當她來到寺廟門前時，不禁停住了腳步，寺廟的大門已然關閉。

她……進不去了。

韓香怡想著，急忙朝著山下跑去，因為她記得韓朝鋒說過，他們來這裡從不過夜，一般待一天，夕陽西下便會離開，而此時天邊的日頭只剩下一個尾巴。

韓香怡一路飛奔，終於花了來時一半的時間來到山下，可此時，山腳下哪裡還有什麼馬車，連個鬼影子都沒有！

她心中冰涼，雙腿一軟，整個人直接倒在地上。

自己……真的被她們給算計了！

屋漏偏逢連夜雨，或許說的就是韓香怡此時的境況，原本還晴朗的天空眨眼間便烏雲密布，雷聲也是響徹天際。

嘩啦啦！

大雨傾盆而下，瞬間將韓香怡渾身上下澆了個通透。

夏日的雨水下起來總是沒有規律的，韓香怡站起身子，轉頭看向那被雨水拍打的山石階梯，現在自己若爬上去，一定被雨淋得濕透，且那寺廟也不會開門，加上一想到韓家老祖宗那怨恨的眼神，她就不想要再回去了。

四周看了看，她發現了一處凹陷進去的山體，急忙跑了過去，整個人縮進了山體內，儘管如此，大雨還是會不時地灌入內部，將她的下半身打濕。

隨著雨水越來越大，四周已經起了霧，韓香怡看了看四周，根本看不清楚旁邊的景象，所以她不敢再出去，只得縮在這裡，期待大雨趕快停。

可老天似乎並未聽到她的祈求，大雨瓢潑而至，將一切都淹沒在雨水之中。

這一刻的韓香怡很冷，而這份冷，不僅是身體，也來自心裡。

自己或許從一開始就不該抱有什麼美好的幻想，將話說開？關係緩和？那是癡人說夢！

對於這樣的人，自己原本就不該有這樣白癡的想法。

想到自身現在的處境，韓香怡不由得再次露出苦笑，蜷縮著身子，讓自己盡可能靠近石壁，不讓雨水打到自己。此時四周的一切變得漆黑，只有嘩嘩水聲成為這裡的主旋律。

韓香怡感到身子越來越冷，漸漸開始顫抖起來，雙臂緊緊抱住自己的肩膀，整個人如剛出生的嬰兒一般，蜷縮在那裡，只期待雨水停歇。

可這雨注定只會越下越大，越下越多。

時間一點點的流逝，韓香怡的意識開始模糊，她雙唇發白，打著哆嗦，一張臉也沒了血色。

雖然如今是初夏，可夜晚還是冷的，加上有雨水的刷洗，空氣中到處瀰漫著冰冷的氣息。

韓香怡穿得不多，此刻雖然躲在這裡，可衣服已經濕透，被這冷風一吹，已然瑟瑟發抖。

就在她的意識快要模糊、雙眼即將渙散的時候，突然，一雙手猛地抓住她的雙肩，她身子一顫，想要睜開雙眼去看，卻怎麼也睜不開，彷彿這雙眼睛已經被黏合在一起。

最後她只覺得腦子嗡的一聲響起，整個人便沒了意識。

當韓香怡再次醒過來時，卻發現自己躺在床上。

這是她的床……她回家了？

一雙眼睛看著四周，韓香怡想要坐起來，卻發現身體很疼，想坐卻無力支撐起來，最後只得乖乖躺著。

這時，一道身影從門外走了進來，那人端著一個洗臉盆，放到桌上，將盆裡的手巾擰乾，然後快步來到了床前。

當她看到已經睜開雙眼的韓香怡時，頓時驚喜地叫出了聲音。

「大少奶奶，您醒了！」

香兒開心叫著，見韓香怡想要起來，便急忙將手巾放到一旁，然後扶著她靠坐起來。

「給我拿杯水。」韓香怡開口說道，聲音略顯沙啞。

香兒急忙倒了一杯熱茶水遞過來。

韓香怡接過茶水，喝了一口潤了潤喉嚨，覺得沒那麼不舒服了，這才道：「我是怎麼回來的？」

「是大少爺將您抱回來的。」

「他？」

「嗯嗯，是大少爺呢，當時天色都晚了，大少爺見您還沒回來，便出去了，隨後下了大雨，我還擔心著呢，沒多久就見大少爺抱著您回來了。我當時嚇了一跳，您都昏過去了。」說到這裡，香兒握緊了拳頭，憤恨道：「韓家人實在是太過分了，怎麼能將您一個人扔在那裡呢！」

韓香怡原本表情已經有些舒緩，畢竟想到是修明澤救了自己，她還有些開心，可一聽香兒這麼說，她臉色頓時變得難看起來。

韓家，她記住了，她以後都不會再相信那些人了！要不是他們，自己怎麼會變成這樣。

這時，門又被打開了，走進來的人正是修明澤，他手裡端著一碗粥，看了看香兒，香兒立刻心領神會，便輕笑一聲，端著盆子離開了。

修明澤搬了把椅子坐到床邊，也沒說話，只是拿著勺子將碗裡的粥攪了攪，又吹了吹，這才將勺子遞到韓香怡的眼前。

韓香怡一怔，隨即遲疑著張開了嘴巴，修明澤便將粥送進她的嘴裡。

這粥很淡，不過卻很好吃，韓香怡一口接著一口吃著他餵給自己的粥。

由於他沒說話，韓香怡也顧不上說話，只是安靜地吃著。

很快，一碗粥沒了，韓香怡還有些意猶未盡。

修明澤卻將碗放在一旁，冷冷地看著她道：「妳是傻子嗎？」

「嗯？」韓香怡一怔，沒想到他會這麼說自己。

「妳還真是個傻子！」說完，修明澤冷哼了一聲，又道：「妳要不是我的妻子，被凍死了都沒人管。」

韓香怡被他說得無法反駁，只得咬著下唇，一臉委屈。

確實，自己是個傻子，是個大傻子，被他們耍得團團轉的大傻子。

見韓香怡那樣委屈，修明澤也罵不下去，只得嘆了口氣，抓住她的手，用力地握了握，然後聲音柔和地道：「嗓子還難受嗎？」

「不難受了。」韓香怡輕聲道。

「我真是想狠狠罵妳，可……算了！」說著，修明澤伸出一隻手，擦掉韓香怡此刻眼角含的淚珠。

「夫君！」韓香怡糯糯地叫了一聲。

「作什麼？」

「謝謝你。」

「哼，謝我作什麼？我是妳夫君，這是我該做的，只是沒想到妳會這麼傻，真是太可氣了。」修明澤一副恨鐵不成鋼的模樣說道。

「再也不會有下次了。」韓香怡捏著修明澤的手，小女人的模樣盡顯無疑。

那嬌羞憐人的模樣看得修明澤心裡一熱，不由站起身子，坐到床上，在韓香怡詫異的目光中，一下子便吻了下去。

韓香怡身子一顫，沒有躲避，而是摟住他的脖子，兩人忘情地吻在一起。

直到韓香怡呼吸有些困難的時候，修明澤才放開她的嘴，看著她那有些紅腫的唇，輕嘆一聲，又啄了一口，才表情冷然地道：「妳放心吧！敢對我的女人做這樣的事情，我不會輕饒了他們！」

「夫君……」韓香怡有些動情。

「我要讓她們也嚐嚐被人扔進大雨裡澆上一晚的滋味如何，這叫以其人之道還治其人之身。」說完，修明澤冷冷笑了起來。

一晚過去，韓香怡蜷縮在修明澤的懷抱中進入夢鄉。

——未完，待續，請看文創風470《香怡天下》2

2016年11月出版

香怡天下

文創風 469～471

父母之命，媒妁之言，
家族為了自身利益，竟將她許配給一個傻子！
橫豎待在自個兒家沒有一席之地，
還不如嫁入豪門另闖一片天～～

香粉佳人，情長溫婉／末節花開

想她韓香怡乃身分卑微的丫鬟所出，
怎知卻成為家族聯姻的最佳人選？
一瞧這未來夫君，家世顯赫、皮相俊美，
嗯～～各方面都相當出挑，卻唯獨是個傻子，
這樁「好事」會落到她頭上自是不意外了。
可他們機關算盡，卻漏算了她這夫君的「裝傻」心計，
反而讓她意外撿到一個極品夫婿，
不僅會全心全意地呵護她，還是文武雙全的大將之才。
而當他鋒芒畢露、一掃傻名之際，
行情立刻水漲船高，成了達官貴人眼中的香餑餑，
連巡撫大人都親自來說親，欲將女兒嫁予他做妻，
可她的傻夫君早已「名草有主」了，那怎麼行啊！

為流浪貓狗加油 和貓寶貝 狗寶貝

廝守終生(一定要終生喔！)的幸福機會

對人來說，貓寶貝狗寶貝只是生活的一部分，但妳（你）對牠們來說，卻是生活的全部，領養前請一定要考慮清楚——

▲ 極品玳瑁貓 小玉

性　　別：女生
品　　種：米克斯
年　　紀：約4個月
個　　性：活潑調皮
特　　徵：額頭有菱形花色
健康狀況：尚未施打預防針，眼睛和呼吸道感染已治癒，並已驅蟲除蚤
目前住所：新北市淡水地區

『小玉』的故事：

七月下旬，中途住家的社區保全在鐵蓋下的狹小空間內，發現了3隻近乎脫水的小幼貓，保全因工作性質無法餵養，只能拜託中途幫忙照看。

由於母貓是隻不到6個月大的小媽媽，本身營養不良，導致沒有足夠的奶水可以養育小貓，再加上小貓們的健康狀況也不佳，中途只好緊急接手救援。中途先將小貓帶去醫院驅蟲除蚤，並針對眼睛及呼吸道感染的問題做妥善治療，同時也幫母貓完成結紮。

在中途耐心和愛心的照料下，3隻小貓從奄奄一息，長成可以自行吃罐頭、飼料，到使用貓砂；如今更是健康活潑又調皮，每每看到牠們耍萌撒嬌的模樣，再大的辛苦勞累都會消失。目前小玉的兩個兄弟已找到新把拔、馬麻，只有玳瑁花色的小玉還沒有新家。玳瑁貓乍看花色很雜亂，其實更突顯其罕見與獨特性，而且根據很多養過玳瑁貓的貓奴說，玳瑁貓個性溫馴穩定、特別貼心，尤其小玉是女生，又多了份乖巧，可說是難得一見的極品喔！

雖然認為小玉不易送養，但因中途家裡已有4貓4狗，實在無法給小玉全部的關愛，所以還是想給她一個機會，希望牠也能幸運的遇到獨具慧眼的把拔、馬麻，得到充分的愛及更多照顧。如果你也喜歡獨具一格的貓、願意把小玉視為「家人」，同時也有心理準備她將會陪伴你十多年，歡迎來信cece0813@gmail.com（王小姐），主旨請註明「我想認養小玉」；或致電0918-021-185。

認養資格：

1. 不關籠養、不放養門外。
2. 需經全家人同意。
3. 最好有養貓經驗（沒有經驗，但有耐心也歡迎）。
4. 能妥善照顧，絕不讓貓咪因疏忽而失蹤。

來信請說明：

a. 個人基本資料：姓名、性別、年齡、家庭狀況、職業與經濟來源等。
b. 想認養小玉的理由。
c. 過去養寵物的經驗，及簡介一下您的飼養環境。
d. 若未來有當兵、結婚、懷孕、畢業、出國或搬家等計劃，將如何安置小玉？

文創風 469

香怡天下 1

國家圖書館出版品預行編目資料

香怡天下 / 末節花開著. --
初版. -- 臺北市 : 狗屋, 2016.11
冊 ; 公分. --（文創風）
ISBN 978-986-328-662-2（第1冊：平裝）. --

857.7　　105017561

著作者	末節花開
編輯	黃鈺菁
校對	沈毓萍　簡郁珊
發行所	狗屋出版社有限公司
地址	台北市104中山區龍江路71巷15號1樓
電話	02-2776-5889～0
發行字號	局版台業字845號
法律顧問	蕭雄淋律師
總經銷	知遠文化事業有限公司
電話	02-2664-8800
初版	2016年11月
國際書碼	ISBN-13　978-986-328-662-2

本著作由起點女生網〈http://www.qdmm.com/〉授權出版

定價250元

狗屋劃撥帳號：19001626

網址：love.doghouse.com.tw　E-mail：love@doghouse.com.tw